闪光的名字

熊红久 主编

新时代天山文丛·第六辑

新疆人民出版社
（新疆少数民族出版基地）

图书在版编目（CIP）数据

闪光的名字 / 熊红久主编 .—乌鲁木齐：新疆人民出版社（新疆少数民族出版基地），2024.3
（新时代天山文丛 . 第六辑）
ISBN 978-7-228-21348-1

Ⅰ.①闪… Ⅱ.①熊… Ⅲ.①散文集—中国—当代
Ⅳ.①I267

中国国家版本馆 CIP 数据核字（2024）第 064142 号

闪光的名字

SHANGUANG DE MINGZI

策　划	陈　漠	责任编辑	王　慧
装帧设计	刘堪海	责任技术编辑	杨　爽

出版发行	新疆人民出版社 （新疆少数民族出版基地）
地　址	乌鲁木齐市解放南路 348 号
邮　编	830001
电　话	0991-2825887（总编室）　0991-2837939（营销发行部）
制　作	乌鲁木齐捷迅彩艺有限责任公司
印　刷	新疆新华印务有限责任公司

开　本	787mm × 1092mm　1/16
印　张	17.5
字　数	210 千字
版　次	2024 年 3 月第 1 版
印　次	2024 年 3 月第 1 次印刷
定　价	70.00 元

目　录

◎熊红久

情暖额尔齐斯河

清澈的额尔齐斯河，穿过新疆北屯市城北，沿西北方向继续奔腾3000多公里汇入北冰洋。在水流滋润下，河谷次生林和河滩草甸宛若一块翡翠，镶嵌在荒漠戈壁上。这里湖沼密布，水草丛生，阡陌相连，林木葱茏，一幅“大漠水乡”的美好图景。北屯市是全国绿化模范城市和自治区园林城市。阿尔泰山的“金山”与额尔齐斯河的“银水”相互映衬，峻拔秀美。因为与俄罗斯、哈萨克斯坦和蒙古国接壤，北屯市成为“鸡鸣闻四国”的边境重地。与之隔河相望的是阿勒泰市阿苇滩镇牧业一队。因为水草丰美，冬季少风，这里成为哈萨克族牧民世代放牧的冬草场。

时光荏苒，有老人逝去，有孩子长大，但在边境牧场不变的是大家对马殿英的信任和依恋。每逢节假日或婚丧嫁娶等重要活动，牧民们都会争相把老马接到家里。“老马不在，奶茶不香！”牧民们说，“大家和老马，就像奶茶和盐一样分不开。”从20世纪60年代开始，马殿英就倾尽所有，无私帮助额尔齐斯河畔的200多户牧民，帮助

30 多个孩子完成了大学学业。

在阿苇滩镇牧业一队，一提到马殿英，每一家都能说出几个受他帮扶的故事。马殿英的工资几乎都用在了牧民身上，几十年下来已累计达 60 万元。而他自己却还居住在 20 世纪 90 年代的小阁楼里，陈旧的沙发露着木头，破裂的马桶盖用铁丝缠了又缠，墙脚堆放着捡拾来的废纸壳和矿泉水瓶子……

被国务院连续两次授予“全国民族团结进步先进个人”称号，又于 2023 年 1 月荣登 2022 年第四季度“中国好人榜”的马殿英，是什么让他义无反顾地帮助素不相识的牧民？他行善举的动力又来自哪里？

一

出生于河北省唐山市的马殿英，1955 年考入新疆八一农学院。毕业后，他被分配到中国人民解放军新疆军区生产建设兵团农十师计财处，负责统计工作。

1961 年 12 月末，云母一矿的报表迟迟没有报上来，严重影响了全师的统计进度。为了按时完成任务，马殿英二话不说，背上挎包，揣上几个干馍，冒着纷飞的大雪，奔向 60 公里外的齐百岭矿区，整整三天才走到。历时四天，马殿英终于协助矿办完成了报表。午饭后，他多装了几个馍，立马动身返回北屯。顶着零下 30 多摄氏度的严寒，马殿英独自在白茫茫的戈壁滩上走着。深夜里，他突然发现远处闪着几点绿光，仔细一看，竟是两只狼蹲在前面。惊骇的他转身就跑，连翻几道坡，藏进了芦苇荡，躲过了野狼，却迷失了方向。转了一整天也没找到出路，饥寒交迫且筋疲力尽，他觉得自己年轻的生命要结束在这个冬季了。就在快要丧失意识之际，他看见一匹马踏雪而来……在真实和虚幻之间，他慢慢倒了下去。

醒来时，眼前有两张陌生的笑脸，毡房里炉火正旺。

几碗热腾腾的奶茶下肚，马殿英才缓过神来。他们用互相听不懂的语言比画交流。因太疲倦，没多久，他又昏睡了过去。3 天后，马殿英的体力才渐渐恢复。他不顾牧民的挽留，恳求牧民将自己送回北屯。

回到驻地，马殿英对牧民的救命之恩念念不忘。第二年开春，雪刚化完，他就买了砖茶、方糖，来到记忆中的地方，却怎么也找不到那家人了。后多方打听，也没得到确切的消息。

恩人，你在哪儿?

四处寻找无果，马殿英暗下决心：找不到救命恩人，那就把河畔所有的牧民都当成恩人。

二

巴合特拜·乌热勒拜是最早得到马殿英帮助的人之一。1963 年春，有一天，妻子突然腹痛，在床上打滚，他急得满头大汗，不知所措。正当这时，一个汉族小伙子走进毡房，见此情况，连说带比画，让巴合特拜赶紧将妻子抱上马，跟在他的自行车后面，直奔北屯医院。到了医院，小伙子忙前忙后，又是挂号又是交费。幸亏送医及时，患急性阑尾炎的妻子才得到救治，巴合特拜也第一次知道了马殿英的名字。出院时，马殿英说什么也不要巴合特拜还给他的住院费。

那年秋天，巴合特拜出去放牧，回来时发现自己家的房子着火了，烧得只剩下了残垣断壁。巴合特拜正沮丧时，马殿英出现了，安慰他不要急，说完骑着自行车赶回师部。第二天，马殿英带来了七八个小伙子，帮助巴合特拜家重新修建房屋。不到一周，烧毁的旧屋就被修葺一新。他还送来了面粉、砖茶和方糖。巴合特拜紧紧抱住马殿英，泣不成声。临走时，巴合特拜从羊圈里牵出两只羊作为答谢礼，被马殿英婉拒。他轻轻拍着巴合特拜的肩膀说："我帮助大家，不图任何报酬。"

达吾明·努尔汗家应该算是整个牧业一队人口最多、最贫困的家庭，养活8个孩子的沉重负担，不但压弯了他的腰，也压出了他那满脸的皱纹。因为贫穷，排行第五的杰恩斯别克病倒在家，却没钱送医院治疗。马殿英来到他家，看见10岁的孩子肚子鼓胀得像一个大皮球，抱起孩子就往医院跑。杰恩斯别克住院期间，马殿英天天在家里熬药，给孩子喂服。经过两个月的治疗，杰恩斯别克终于痊愈。没过多久，老六又病倒了，医院诊断是白血病，因治疗费用太高，达吾明决定放弃治疗。马殿英知晓后，坚决不同意。他把孩子背回家，毅然担负起了给孩子看病的所有费用。经过半年多的治疗，孩子还是走了，马殿英失声痛哭，接连向达吾明说对不起，自己没能救回孩子。

此后，马殿英几乎每周都会去看望达吾明一家，全身心帮助他家走出困境。因为烦心事多，达吾明养成了爱喝酒的毛病，三两天就醉一次，家里人还不敢说。马殿英来了之后，不但严格控制他喝酒，还诚恳地跟他交心，达吾明的心态慢慢发生了变化，开始关心起羊群的发展和子女的教育，人也越来越勤快了。几年时间，达吾明家里的羊从几十只发展到上百只，还有十几头牛和七八峰骆驼。牲畜多了，草料又成了问题。已被调到师毛纺厂任副厂长的马殿英了解这一情况后，每个星期天都会带领七八个青壮年义务帮助达吾明家打草。后来市面上有了机械化的割草机，马殿英就与妻子董绍芬商量，拿出800元，给达吾明家买了一台割草机，帮他彻底解决了草料问题。当时，董绍芬在师面粉厂任副厂长，虽然两口子都是领导干部，但在20世纪80年代初，800元于他们依然是不小的数目。当割草机摆在达吾明家门口时，他轻轻地抚摸着操作杆，流着泪，久久没有说出一句话。马殿英却开心地坐在毡房里，喝着茶，与他讨论如何经营家庭养殖业，如何在空地上种植优质草料的问题。

女儿加娜尔到了上学的年龄，达吾明却想让她留在家里干活儿，马殿英得知后，严厉地批评了达吾明，告诉他，无论男女都必须上学，有文化才有好的前途。这样，加娜尔才去了北屯小学。

送加娜尔去学校后，马殿英好几宿没睡好觉，眼前老是浮现出孩子们围坐在昏黄的马灯下做作业的场景。他找过电力部门，根据整体规划，至少三年之内还排不上队给牧业一队拉电。于是，他决定自己干。先找来一些枯树干，又买了一些木头，四处托人弄到不少旧电线，又购买了一些新材料。东西备齐了，他就带着毛纺厂的六七个工人，栽杆子、拉线，用了五天时间，接通了一公里长的线路，直接将电通到了达吾明家里。通电这天，周围十几公里的牧民都赶来见证这个历史时刻。电灯霍然亮起来的时候，大家雀跃欢呼，喝酒唱歌，通宵不散。一个月之后，马殿英又花了 480 元钱，给牧区送来第一台电视机，让牧民看得到电视节目，听得见党的声音。

在马殿英的关心下，加娜尔一直读到初中毕业，通过招工被录用到师部医院工作。她始终以马殿英为楷模，兢兢业业，任劳任怨，连续十余年被评为医院先进工作者和优秀共产党员。

提到马殿英，加娜尔热泪盈眶。她说：“没有马叔就没有我们家的今天。那一年，我父亲突然病逝，我一个人去阿勒泰市上初一，觉得孤苦无依。马叔居然骑着自行车跑了 60 多公里去看我，还带着水果糖，鼓励我安心学习，说家里有他照顾，让我放心。”

“我在医院食堂工作期间，他常常过来教我写汉字，教我学炒菜、蒸馒头，甚至还教会我修压面机。1998 年春，我结婚的时候，马叔给我准备了手表、太空被等好多陪嫁，还代表女方家长把我送到男方家。马叔还十分关心我女儿的成长，经常给她送好看的书，嘱咐我一定要让女儿考大学。现在我女儿已经是新疆大学大三的学生了。我儿子今年也要参加中考，在马叔的影响下，他立志将来要考上北京的大学，去天安门看升国旗。”

讲到孩子，加娜尔的语气里充满了自豪和幸福。

被马殿英送医院救活的杰恩斯别克，现已是阿苇滩镇牧业一队靠养殖致富的带头人了，拥有 500 多只羊和 30 多头牛，一年的收入超过 20 万元。他的女儿莎依古丽从伊犁师范大学毕业后，2021 年考上了福海县幼师的岗位。莎依古丽拿出自己 6 岁时的照片，照片上，她穿着红色的新衣服，跳着舞，旁边是拍手欢笑的马殿英。她说：“那时马爷爷经常到家里来，打草的时候送柴油，刀片坏了帮忙修理。装草、拉车，什么活儿都干，就像回到了自己家。他自行车后面的筐子里，装的都是药品、维修工具，前面的筐子里装的是糖果、饼干、冰糕、花生之类的食品，像个‘百宝箱’。每年过节，马爷爷都会送我新衣服，可他从不舍得给自己买一件。在我的记忆里，他一直都穿着件军装。我上大学期间，正是父亲养殖的起步阶段，家里需要用钱的地方很多，不能及时给我寄生活费，关键时刻总能收到马爷爷的钱。我们家的情况，他一清二楚。”莎依古丽双眼湿润着继续说：“马爷爷帮助了我们一家三代，在我们全家人的眼里，他就是我们的亲人，就是我的亲爷爷。”

三

40 年来，巴哈提别克 · 木拉特拜一直亲切地称呼马殿英为“阿爸”，在他心里，马殿英是最亲的人。巴哈提别克 2 岁的时候，母亲因病去世了，父亲带着 3 个孩子艰难生存。他 10 岁那年，姐姐又因病离世，父亲受到刺激，整天神情恍惚，借酒浇愁。他和智力有障碍的哥哥相依为命，不是到邻居家讨一碗奶茶，就是帮别人干些零活儿挣一口饭食，有一顿没一顿的。17 岁时，父亲也去世了，留下一间狭小的破屋和几只瘦弱的羔羊，他和哥哥成了孤儿，他家成为牧业队最贫困的人家。就在这时马殿英推开了他家的房门。看着裂缝的门，缺少玻璃的窗子，掉土的屋顶，马殿英担心这屋子无法过冬。他把巴哈提别克拉到门外，拍着他的肩膀说：“孩子别怕，有你马叔在呢，只要咱不怕吃苦，就一定会有好日子。”说着便拿起门口的坎土曼开始挖土，说：“从今天开始就和泥打土块，盖两间保暖的新房子。”

此后的一个月里，马殿英每个星期天都会带着五六个毛纺厂的青年工人，帮巴哈提别克家打土块。他还买来了椽子和檩子。盖房过程中，每个星期天马殿英都带着工人来，平时下班了，他独自一个人来，让巴哈提别克打下手，教他如何拉线，如何砌墙。新房落成时，马殿英送给巴哈提别克一口新锅，笑着说：“好日子就从今天开始吧！”巴哈提别克紧紧攥着马殿英的手，眼含热泪说：“阿爸！你就是我的阿爸！”

为了帮助巴哈提别克过上好日子，马殿英先找牧业队队长，又找信用社主任，通过草场抵押的方式，帮他取得农业贷款，还亲自帮他选购了 30 只细毛羊和 2 头奶牛。看着圈里满满当当的牲畜，巴哈提别克对未来充满了信心。

马殿英专门找来农业技术员，教巴哈提别克如何种植玉米，如何按比例给牛羊配制饲料，并送来一大摞关于养殖的书籍。这让只有小学文化程度的巴哈提别克非常感动，他记住了阿爸的话，只有学好知识，才能更好地发展。

3 年多的时间，马殿英差不多每周都要去巴哈提别克家看看，及时帮他解决遇到的难题。巴哈提别克的羊群发展到了 100 多只，奶牛也超过 10 头，20 岁出头的小伙子已成为牧场上人人夸赞的富裕户，媒人纷至沓来。

巴哈提别克结婚的那天，马殿英专门从城里买来菜和调料，亲自下厨炒菜，招待客人。他还借来一台发电机，让整个草场灯火通明。牧民们载歌载舞，一直热闹到次日第一缕曙光升起，才依依散去。

从此，无论刮风下雨，巴哈提别克小夫妻俩天不亮就赶着马车进城，把新鲜的牛奶送到每一位订户的手里。

大女儿出生后，马殿英叮嘱巴哈提别克，将来一定要让孩子上学，要学习国家通用语言，才会有更好的前途。巴哈提别克也正是按照阿爸的要求这么做的。他有 3 个孩子，大女儿是中专学历，二儿子本科毕业，三女儿不仅考上了大学，还读完了研究生。昔日的孤儿，成为牧场上人人赞誉的知识分子家庭的一家之主。

如今的巴哈提别克有了自己的育肥基地，每年牲畜出栏数已不再用“百只”计算，年收入超过 50 万元。一排砖混结构的新房子门口，停着 3 辆汽车，有运羊的大货车，有拉饲料的小卡车，还有自己开的小轿车。

40 年前的两间土坯房还在，巴哈提别克摸着粗糙的墙壁，动情地对孩子们说:“看到这屋子，就会想起阿爸的话，让我时刻都记得，咱们的好日子是怎么来的！”

四

听说我们来了解马殿英的事迹，村委会门口挤满了人。性格直率的热希拉 · 赛格孜拜大妈先挤了进来，一提到马殿英就忍不住哽咽了。

“我刚嫁到阿苇滩牧场时就认识马叔了。他每周都会来牧场，谁家有困难都会给他说。后来，我丈夫阿玉甫检查出了癌症，马叔立即给他安排了床位，马叔那时已经在北屯医院当副院长了。由于病情恶化，阿玉甫被安排转院到乌鲁木齐治疗，可家里的 300 只羊、30 头牛和 10 匹马没人照顾。马叔让我放心陪护，家里的事情他来处理。两个多月后我们回到家，牛羊被照顾得好好的，圈里的羊粪也打扫得干干净净的。阿玉甫去世后，我带着 4 个未成年的孩子生活。每到秋天打草季节，马叔都会带着医院的十几个年轻人来，帮我们割草、打包、拉运。镰刀、铁叉都是他们自己买的，午饭也是自己带的，就这样帮助了我们很多年。我儿子非常喜欢马爷爷，他结婚的时候，马叔已经 70 多岁了。他对每一户牧民都很亲，他是我们整个阿苇滩牧民的亲人。”

热希拉还准备继续说，被赫斯勒汉 · 马吾力提老汉强行推了出去，他自己赶紧坐下来，急不可耐地向我们倾诉。

“我 12 岁那年的 5 月，额尔齐斯河发了一场大水。当时，我们一家人和牲畜已经搬到了夏牧场，留在河畔的房子和羊圈全让洪水冲走了。马殿英得知后，就组织他们毛纺厂的工人，帮我们打土块盖房子，还找来枯树干修羊圈。等我们回来后，发现房子和羊圈是新的，都不敢认了。没上山的邻居告诉我们，是马殿英带人干了两个月才修好的，不但安了门窗，连取暖的火墙也砌好了。我一下就记住了马叔。那时候穷，牧民们怕门窗这些值钱的东西被人拿走，去夏牧场之前都会拆掉埋起来。自从马叔来了之后，我们转场回来，家家户户的门窗都装好了，火墙也是新修的。他从不收钱，就是送两公斤肉，他都坚决不收。他说喝碗奶茶就够了。我 25 岁那年，父亲查出了胃癌，一年中住了 3 次院，全是马叔安排的。知道我们家穷，所有的医药费都是他垫付的。父亲临终前嘱咐我，要像马叔一样，做一个帮助别人的人。现在经济条件好了，这些年我也一直在帮助别人。2017 年，村民吐里洪·齐拜泰出了车祸，要动手术，我捐了1000元钱；2019年，村民阿达力·吐里汉得了肺病，我也捐了1000元钱；武汉暴发新冠疫情的时候，我又捐了1000元钱。可这些事和马叔做的比起来，都不值一提。”

见一位老人进来，赫斯勒汉赶紧站了起来，让出位置，介绍说：“这是我们牧业队的老书记，牧民所有的事情，他都清楚。”

“我叫达尼尔·焦里德拜，在队上当了32年的队长和书记，整个牧业队里大概我是最早认识马叔的。我上初中的时候，父亲得了急病，被送到医院，却没钱住院。刚好碰到马叔，他得知我们是阿苇滩镇牧业一队的，就替我们付了住院费，中午还送来了热汤饭。父亲住了一个月的院，是马叔结的账。到了秋天，我得了急病，昏迷了一周，邻居们都认为我没救了。恰好马叔来队上办事，看到这个情况后，立即把我送到医院。我被抢救了两天才苏醒，马叔一直在病房外守着。我女儿阿依古丽10岁的时候，得了一场大病，上吐下泻，在本地医院住了20多天都治不好，人已经瘦成一把骨头了。医生和我们都认为孩子没救了，可马叔没有放弃，找到了一位老中医，治好了孩子的病。现在阿依古丽已经是3个孩子的母亲了。可以说，没有马叔就没有我们一家。他的故事，三天三夜也说不完。

“由于牧区偏远，缺少文化生活，群众想看场电影，马叔就专门联系人给牧民们放了电影。最兴奋的是孩子们，叨念了小半年。之后，马叔每年都要安排人来牧场放电影。

“当他听说牧场牲畜缺少颗粒盐，就四处寻找，自己掏钱为我们购买了3吨，发现不够，过了两天又送来了1吨，花费了他两个月的工资。我们凑足了钱给他，他说什么都不要，还说自己的命都是牧民救的，怎么能收钱。

“看到不少家庭孩子多，面粉不够吃，他就回单位动员干部职工给牧民捐粮食，自己首先捐了100公斤。那一次，他们给我们送来了1200多公斤粮食。

“每年春季，额尔齐斯河都会涨水，两岸往来被阻断，绕行得多走十几公里，经常有涉险的行人和牲畜被淹死。在转场中，数以万计的牲畜被困在岸边。马叔向阿苇滩镇领导提议建一座木桥。他亲自带着我们选址、搞设计、买材料、伐木头，又找来几十个工人，热火朝天地干了半个月，建起了额尔齐斯河上第一座简易木桥。桥建好那天，我们把刚出锅的抓饭摆在桥面上，坐在桥上庆祝。有了这座桥，两岸群众常来常往，兵地关系更密切了。

“他经常带着医生给牧民们免费体检，检查出了不少患高血压、糖尿病、肺结核的病人。马叔每次都会送药来，他出钱买药，不收牧民一分钱。还有一次，孩子们得了秃疮，传染了上百人，马叔急得四处求医，自己花钱配药，一个方子一个方子试，耗时半年多，终于治好了所有患病的孩子。

“几十年的时间，马叔几乎每周都要来牧区，牧民在家的时候，就进屋喝碗奶茶，看看牧民身体状况，再询问孩子的学习情况。牧民家里没人的时候，看谁家房子破了，就带人维修好；火墙倒了，就重新砌；羊圈围栏散了，就用铁丝紧固好。他新盖和维修过的房子，有上百间，砌过的火墙有3000多座。

“直到70多岁，觉得自己体力不支了，马叔才收了两个年轻牧民当徒弟，教会他们砌火墙、盘炉子，小伙子们在前面干活儿，他在后面指导。

“马叔永远都是骑一辆挂着两个筐子的旧自行车，穿一身洗得发白的军装。看到牧民有喝醉酒的，或者躺在家里不干活儿的，或者到处闲逛的，他都会大声训斥。大家很听他的话，既喜欢他又害怕他。在他的影响下，全队的牧民相互帮助，从没有发生过打架闹事的事件，更不要说大的案件了。”

达尼尔老书记点燃烟锅里的烟草，猛吸两口说：“只要有他在，就没有过不去的坎。在我们心里，他是最好的共产党员，最好的干部，最好的亲人。”老书记的眼里涌满了泪花。

五

邓有敬曾经是新疆生产建设兵团第十师大修厂的厂医，说到马殿英，他赞不绝口。

“他刚调到我们厂任副厂长，第一个星期天就喊上我，骑车去牧区给牧民看病。人一到，牧民就围了上来，像见到了亲人，孩子们抢糖果、饼干，大人们拿药品、食盐。他什么活儿都干，铲羊粪、修围栏、打马草，谁家炉盘缺个盖子他都会给配齐。他经常带着我去市场买砌火墙的小土块，两分钱一块，买几百块，再找拖拉机送到牧区，我给他打下手，帮牧民砌火墙。牧民住院，去看护的家人没地方住，他就带回自己家，管吃管住，还帮着做病号饭。不是一户，是上百户；不是一天，是长年累月这样。最让我感动的是那次马厂长遭遇了车祸，北屯医院的走廊里、院子里挤满了牧民，白天、晚上都守在医院。昏迷了两天后，马厂长终于被抢救过来，等在手术室外的牧民激动得热泪盈眶。还有一次，马厂长的儿子结婚，他没有告诉牧民。可得到消息的人们从四面八方赶来，大街上第一次出现那么多骑马进城的牧民，马厂长居住的家属院内外都拴满了马匹。屋里坐不下，牧民们就聚在院子里，弹起冬不拉，跳起黑走马。各族宾客欢聚一堂，亲如一家。阿尔泰山是座金山，但真正的金子，在人们的心里。”

焦清杰曾是新疆生产建设兵团第十师毛纺厂的驾驶员，马殿英在毛纺厂工作的那几年，牧民家的很多活儿都是带着他干的。

“马厂长从厂子里拿个火钳、选个炉盖，都会掏钱。之前，我以为是他自己家里用，后来才发现，都是给牧民配的。每个星期天我们都主动报名，跟着马厂长到牧区盖房子、铲羊粪、砌火墙、架电线杆。让我纳闷的是，每家的困难他都了如指掌。谁家缺少劳力，谁家孩子要考学，谁家老人有慢性病，谁家草料不够，他都能妥善解决。记得有一年春天，马厂长让我开车送一户牧民到夏牧场，说他妻子怀孕了，不能长时间骑马。四个月之后，又让我去夏牧场把那位孕妇接到医院，说预产期快到了。他把牧民的每件事都记在了心里。”

70 岁的努尔孜亚 · 色肯大妈流着泪说：“过去因为穷，结婚用的都是自制的木碗木盆。马叔得知后，专门买了一套新的锅碗餐具送给我们。父亲 75 岁那年得了急性胸膜炎，家人和他自己都觉得没救了，就放弃了治疗。马叔听说后，找了一辆车把父亲送到医院，又帮忙办了住院手续，安排最好的医生全力救治。父亲如今 102 岁了，还健健康康的。”

被誉为阿勒泰市“爱心妈妈”的巴合提亚尔 · 卡灭尼说：“我做好事，都是马叔传承给我的。我一嫁过来，家人谈论最多的就是马叔。我第一次见马叔，是他给每家每户送面粉，一家一大碗，孩子们终于可以吃上白面馕了。后来我丈夫得了十二指肠溃疡，马叔送了三年的药才治好，听说是进口药，很贵，可他却不收我们的钱。我丈夫去世后，我带着 7 个孩子，生活非常困难，马叔经常给我们家送面粉、茶叶、方糖，还给孩子们送衣服。我当时就发誓，一定要向马叔学习，做一个高尚的人。一天晚上，在我家附近的林子里，我捡到了一个大袋子，提回家一看，全是钱，整整 20 万元，我毫不犹豫就上交给了场部。最后，经落实是牧业三队卖羊的钱，丢钱人找了一夜，说再找不到就不活了。”

“如今日子好了，孩子们都有了工作，我也有能力帮助别人了，就资助了 5 个困难学生，给他们捐助了 3 万元；同村的库丽加病了，我捐助了 1400 元；二队的宫舍拜家里生活困难，我也捐助了 2000 元。到目前为止，我捐助别人的现金已超过 6 万元，牲畜 15 头。”巴合提亚尔说着拿出一个布袋子，倒出一大堆荣誉证书，红彤彤的，摆了满满一炕，就像一团团火苗，温暖着别人，也温暖着自己。

六

奔腾的额尔齐斯河，见证了两岸各族群众世代的交往交流交融。马殿英的故事，就是这长河中的一股暖流。

当下的新疆，兵团与地方的融合协作越来越密切、越来越全面。很多地方单位与兵团部门结对子，兵地亲如一家，越来越多的民族团结故事在新疆大地上涌现和流传，就像这绵延不绝的河水，滋养着两岸各族群众的心灵。

同饮一江水，共续万代情。

◎熊红久

大地情深

对于新疆伊宁县温亚尔镇布力开村而言，这些年的变化就像是一位丹青高手在白布上画出来的。一条条柏油马路纵横交错，路边潺潺的流水和绽放的鲜花交相辉映，一幢幢红顶蓝墙的新房被绿树环绕，一排排崭新的太阳能路灯耸立路边，有大群的鸽子在蓝天下飞翔。每一位村民都面带微笑，友善、亲和、自信成为动人的语言。每一条街巷都整齐干净，祥和、富裕、美丽成为亮眼的名片。随便走进一户人家，房新瓦亮、果园飘香，村民的眼神里充满甜蜜和光亮。如果把幸福的生活比作棚架下那一串串晶莹剔透、颗粒饱满的葡萄，当了 33 年村党支部书记的买买提江·吾买尔就一定是这葡萄树的主根了。这位年过七旬的维吾尔族老支书，几乎耗尽了自己的心血，硬是带领全村村民把一个年人均收入不足 3000 元的落后、贫困、如一盘散沙的村落，建设成年人均收入超过 19500 元，家家有产业、人人有事干的富裕村、文明村。全村维吾尔族、汉族、回族、东乡族、哈萨克族等 10 个民族 1442 户 6225 人，就像是长在一根藤上的绿叶，每一片叶子都有内心共同的方向。大家相互依存，互助友爱，枝繁叶茂，硕果满仓。

定 盘 星

布力开村村委会是买买提江工作了30多年的地方，当年的土坯房早已被一栋漂亮的三层楼替代，五星红旗在楼前高高飘扬。院子里铺着彩砖，绿化带长满了榆树、柏树、白蜡树，菊花黄，月季红，草坪绿，整个院子就是一座花园。办公楼的右侧是新建的“初心向党”教育馆。新上任的村党支部书记赛依班姆·木扎合买提告诉我们，老书记买买提江2018年退休后，全村的干部群众一致要求修一座党史学习教育馆，完整展示在老书记和村党支部的带领下村子翻天覆地的变化，让孩子们牢记历史，感恩共产党。

馆内的荣誉墙上，悬挂着布力开村获得的“基层组织建设示范村”“自治区文明村”“创优争先先进基层党组织”“卫生示范村”等诸多奖牌。荣誉柜里，陈列着买买提江·吾买尔获得的“全国优秀共产党员”“全国最美家庭”“全国劳动模范”“自治区民族团结进步模范”等荣誉证书，鲜红的党的十八大代表证尤为醒目。赛依班姆笑着说:“‘七一勋章’奖牌不在这里，老书记像生命一样珍爱，说要天天放在枕边才能睡得香。”

一幅幅图片、一段段文字讲述着村子的变化，而每一个细节，都离不开老书记的影子。讲到动情处，赛依班姆眼含热泪说:“买买提江书记就是上级党组织颁给布力开村的‘七一勋章’，只要有他在，就没有克服不了的困难，没有战胜不了的风浪。”

1981年3月，29岁的买买提江被温亚尔乡党委任命为布力开村的党支部书记。这个自幼丧父，母亲改嫁，靠着吃村里百家饭长大的小伙子坚定地说:“一定不辜负组织和乡亲们的期望。”

布力开村人多地少，村民们祖祖辈辈只会抡锄种地，想在几亩玉米、小麦地里寻找致富的出路，无异于痴心妄想。买买提江整天都在琢磨脱贫致富的办法。1985 年，他的胃里长了一个良性肿瘤，医生叮嘱他，肉类中只能吃鸡肉。他便和妻子养了十几只鸡，将吃不完的鸡蛋卖掉，一个月竟挣到了 60 多元钱。“如果扩大养殖规模，一定能赚大钱！”他积极动员左邻右舍跟着自己干，大家摇头说，既没资金又不懂技术，不敢干。他知道自己必须做出样子，大家才能信服。养病期间，他买了 1000 多只鸡苗，搞起了养殖，一年下来赚了 8000 多元。养鸡能带来这么大的效益，一些村民动了心，便跟着他学养鸡，他把自己摸索的养殖经验毫无保留地传授给大家。

在布力开村，维护社会稳定是村党支部放在首位的工作。1996 年初，买买提江发现村里的一些年轻人在频繁聚会。他赶紧进行摸底调查，了解到有两个外来的非法讲经人员在向村民灌输宗教极端思想，散播民族分裂言论。他一面报告上级，依法查处违法人员，一面动员村干部、爱国宗教人士、“四老”人员到各家各户做工作，宣传党的民族政策和相关法律，及时消除了不良影响。1997 年 6 月的一个夜晚，有村民反映，几个陌生人趁着天黑，向部分村民发放印有煽动民族分裂言论的传单，买买提江立即带领村干部赶往村民家里，违法人员闻风而逃。他挨家挨户走访，工作到凌晨 4 点，将非法传单全部收回。

当买买提江得知自己的同学参与了一起非法宗教活动后，非常痛心。他下班后来到同学家，开诚布公地质问和劝导，竟被同学推到门外，说即使自寻死路也不让他管。买买提江索性坐在门口，隔门与同学谈心，谈孩子，谈家庭，谈老母亲，谈两人小时候的生活，谈未来的发展，直到天快亮时，泪流满面的同学打开了门。吃罢早饭，他亲自陪着同学到公安局自首。

1997 年 12 月的一个夜晚，买买提江去县城开会，家里只有妻子努尔布维 · 米吉提和两个孩子。半夜，有人敲门。妻子护着孩子，拿着擀面杖在炕头坐到天亮。早晨起来，门框上插着一把匕首和一封恐吓信。买买提江回来后，毫无惧色，他镇定地告诉妻子："这是敌人胆怯的表现，说明我们做对了。新疆是中国的新疆，维吾尔族是中华民族大家庭的一员，谁想把新疆和维吾尔族分裂出去，我第一个不答应。就是豁出命，我也要跟他们拼到底！不要怕，我们的身后是强大的祖国，是伟大的中国共产党。"

在买买提江的倡导下，村委班子建立了两套工作机制，一套主抓社会稳定和宗教工作，一套主抓农业生产和脱贫攻坚，两方面的工作相互配合，相互促进。30 多年来，布力开村的村民们和睦相处、团结友爱，村子里没有发生过一起暴恐案件。

"96" 井

清朝末年，就有人在布力开村一带屯田生活。百年来，村民一直是靠天吃饭。夏天，村民到村北头的洪水沟里取些涝坝水来解决饮水问题。最难熬的是四五月间，山上的雪水还没融化，沟里没水。降雨又很稀少，涝坝干涸，为数不多的几处水坑大多都游着一层蝌蚪。无奈的村民只好连泥汤和蝌蚪一起舀进水桶里，担回家后再仔细清理使用。一桶水半桶泥，腥味、酸味、臭味弥散在锅灶边。因为水质极差，很多老人得了肾结石，小孩患肠胃疾病更是屡见不鲜。冬天，村民则到渠沟里采冰化水，以供生活之需。有一年冬天，村里一位无儿无女的老人去沟里拉冰，脚下一滑，摔进沟里，躺在冰上不能动弹，幸亏被其他村民发现，才救了回来。一些条件稍好有毛驴的家庭，则让毛驴驮着两个大桶，到十几里外有水井的村庄买井水吃。那时候，家家户户最不可或缺的就是装水的塑料大桶了。因为缺水，村里的女孩都想嫁出去，没有姑娘愿意嫁到布力开村来，村里的光棍儿越来越多。能够吃上干净的水，成为布力开村几代人的梦想。

水的问题，也成为堵在买买提江胸口的一块巨石。他找到一些村里的老人，询问过去是否有过打井的事情。年逾八旬的阿不力孜老人告诉他，1949 年前，村里请过一个风水师，那人拿着罗盘在周边转悠，画了七八处地方，村民们照此历时两个多月，打了数口井，深的也有十几丈，但一滴水也没见到。他又询问村委会的老干部，有人说，20 世纪六七十年代，县里也曾派过水利测绘队来，但测量的结果是，由于整个村子的海拔为 800~900 米，且处在天山西北坡，地势自东北向西南倾斜，地质结构不适合地下水的储存。说罢都摇头，天不厚爱。

1995 年秋天，村里召开了一次重要的党员大会，核心议题就是全村吃水的问题。这是解决民生问题绕不过去的一道坎，也是这一届村委班子必须砸碎的控制了村民百年的锁链。最后，全票通过了村党支部书记买买提江的提议：打井！

报告递到温亚尔乡党委的会议桌上，一听要花费 10 万元打井，还不保证出水，9 个乡党委委员中 8 个都投了反对票，只有党委书记王新坚决支持，说："只要你们去喝一口黄泥汤水就会明白，打井，对于布力开村而言有多重要。" 10 万元毕竟不是个小数目，最后乡党委形成决议：同意布力开村打井，如果打出了水，打井的费用由乡财政解决；如果打不出水，费用村里自理。

在村民大会上，有的村民不同意，认为这是白费钱。村里这么多年积攒的集体收入不足 5 万元，还有一大半的钱需要村民集资。但大多数的村民积极支持，他们相信买买提江书记，相信他是一个将村民的利益放在第一位的好干部。阿不力孜老人走上前，握着买买提江的手，动情地说："我都是要入土的人了，吃了一辈子黄泥水，多想喝一口咱村子里甘甜的井水啊，我支持你！如果实在打不出水，我们也认了，至少可以让我们的后代再也不要为打井花冤枉钱了。"

买买提江找到伊宁县水利局，请来两位技术员，经过两天勘测，得出结论：没有地下水。他没有气馁，几天后又找到伊犁州水利局，请来几位专家，勘测的结果和前面的完全一样。一大半的村干部都泄气了，说道："咱们村咋就这么命苦，前后的村庄都能打出水，偏偏我们布力开村不行。"

一周后，性格倔强的买买提江一个人坐着夜班车来到乌鲁木齐，找到自治区水利厅，软磨硬泡了两天，硬是把 3 位专家请到了村里。经过 3 天反复勘查，最后确定，沿村子南边 300 米东西方向，深度 110 米左右，有一条水带，可以打井。

1996 年 4 月，打井队进驻村里的那天比过节还热闹，全村老幼上千人围在机器旁，期待的目光里，几乎能看见井水的影子。

开始打井了，买买提江日夜守在现场。20 米、30 米、50 米，一切进展顺利。第九天中午，他刚回到家里，还没端稳饭碗，艾尔肯副书记就气喘吁吁跑进来："买书记，不好了，钻头断在 60 米深的井里了。"他丢下碗筷，跑到井边，看到几个施工人员围坐在一起，垂头丧气的。买买提江了解完情况后，鼓励大家不要灰心，从头再来，大不了晚几天见水嘛。

打井队重新调整了位置，换了新钻头，机器声再次响起。

那天，买买提江正在托海渠边的地里查看玉米的出苗情况，艾尔肯副书记大汗淋漓地跑过来，累得上气不接下气。买买提江心里一紧："又出事了？"艾尔肯一屁股坐在田埂上："水，水，井里，出水了！"

买买提江跳上自行车，朝井口方向狂奔而去。远远就看见很多村民围在水流边嬉戏打闹。他拨开人群，冲到奔涌的水流前，一头扎进去，痛快地喝了几口，满嘴的沙子都是甜的。打井队队长说，再过几个小时，水就清了。买买提江等不及了，装满一瓶水，骑上自行车往乡里赶。他冲进会议室，把满满一瓶带着细沙的井水放在王新书记面前，兴奋地对乡党委委员们说:“这是村里刚打出来的井水，大家尝一下，甜的。”

方圆十几里的乡亲们都知道布力开村打出了一口甜水井，装满空桶的驴车、马车、自行车蜂拥而来。买买提江书记安排专人管理，免费供应。由于取水的人太多，队伍一圈圈环绕，就像数字“9”，结合打井的年份，村民们把这口井命名为“96”井。

重塑威信

2001 年 9 月，买买提江因病手术，不再担任村党支部书记。布力开村各项工作连年倒退，村民增收乏力，村集体还欠下了 52 万元的外债，矛盾纠纷增多，村民上访不断。不到 5 年的时间，原来经常被上级表彰的先进村，成了县里集中整治的重点村。2006 年 6 月，组织上找到买买提江，希望他能重挑重担。家人和亲友为他的身体担心，劝他不要接这个烂摊子，他却语气坚定:“我是共产党员，要对得起组织和乡亲们的信任，不能当逃兵。”

上班的第一天，买买提江召开党员大会，全村 49 名党员，却只来了 18 人，人数未过半，会议取消。第二天，他带着村主任到每户党员家中询问事由、了解情况。几天下来，掌握了群众反映强烈的两个方面的问题：一是村委班子不团结，村干部精神涣散、素质差；二是村里账目混乱，村干部有腐败行为，侵占集体土地，损害群众利益。买买提江向大家保证，一定会直面矛盾，公平、公正解决问题，决不徇私情。他要求全体党员必须团结起来，应对这个困难的局面。

第二次召开党员大会，除了两个生病的，到了 47 人。买买提江首先带领大家重温入党誓词，强调了党员的职责和使命："我们是在党旗下宣过誓的，面对违纪违法的人和事要敢于斗争。我们是党的最基层政权的代表，不但要守住阵地，更要建好阵地。"

大会决定成立两个调查小组，一组查地，一组查账。买买提江再一次强调，无论涉及谁，都要一查到底。

买买提江从县农业局请来了专业技术员，用 GPS（全球定位系统）对全村土地进行精确测量，掌握第一手数据，同时逐个清查全村集体土地承包合同，用了一个月时间，清理出 4 名村干部占用集体耕地 719 亩。原本每亩每年 200~300 元的好地，被以 50 元的极低价格承包，合同一签就是 30 年。又查出 980 亩果园大都被村干部的亲戚承包，时价每亩 100~150 元的承包费，竟被压至 10 元、20 元，承包期限长达 25 年。还查出 400 多亩土地被十几户村民不合理占用。此次土地清理，废除不合理合同 61 份，涉及 53 人、2166 亩地，收回 5 户违规占用的宅基地。

伊萨姆·艾克热木找到买买提江，清理的土地里有他的 20 亩，承包费要从 20 元涨到 200 元，他觉得太高了。看着和自己一起长大的表弟，想到童年孤苦伶仃时舅舅一家对自己的好，买买提江无言以对。沉默良久，他拍着表弟的肩膀说："你有困难我可以帮助你，但承包费，一分钱不能降。"表弟再三请求，他也不为所动，气得表弟猛地推开他，回了一句"白眼儿狼"便摔门而出。

堂妹胡西旦木·吾加合买提也找到他，递过来一个请示，说自己才拿到手的宅基地要被收回去，只要他签个字，就能留下。"哥，我这是给爸妈留的。"望着妹妹恳求的眼神，想着亲人们对自己成长的关爱，他双眼含泪，牙关紧咬，坚定地摇了摇头。“好！买买提江，你现在能了，我再不会踏进这个门！”妹妹走后，他跌坐在椅子上，失声痛哭。

村委会发出公告：所有合同重新签订，按照土地和果园的品质，承包费实行梯次价格，公开竞标，每三年调整一次。

不到一周，村集体土地就全部承包完毕，当年收入55万元。

在清理土地的同时，买买提江从乡农经站请来一位资深老会计，配合查账组清理多年的混乱账目。20多天后，逐渐梳理出了眉目。个别村干部侵占群众利益主要包括：把本应属于村集体土地收入的国家农业补偿款，套在自己亲戚名下，为自己谋利；低价承包村集体土地、果园，每年从承包户手里收取相应的回扣；将安居房补贴款发放给不符合要求的亲戚；违规报销等。涉及村干部4人，资金11.2万元。

有人敲开了买买提江家的门，悄悄拿出一沓钱，希望他网开一面，被他严厉斥责，并要求对方立即向纪检部门自首，讲清楚自己的问题，争取宽大处理。有人把金银首饰塞到他妻子的枕头下，希望得到“照顾”。他不仅和妻子一道将其送还回去，还苦口婆心地劝说违纪干部，要勇敢面对问题，接受组织调查。最后，这4名干部都得到了相应处理。

上任不到3个月，买买提江两记漂亮的组合拳，打出了村党支部的声威，获得了群众的信任。来找他反映问题、提供思路的村民络绎不绝。

2007年，布力开村集体收入达到85万元。当年5月，布力开村摘掉了“重点整治村”的帽子。2009年，村集体收入突破100万元。有了资金，修桥、修渠、奖励大学生、补助五保户、帮助贫困户建新房……村党支部真正成为全体村民的主心骨和暖心房。

连 心 桥

布力开村有两条大深沟，东西走向的叫托海沟，南北走向的叫布力开沟。布力开沟地势开阔，落差大，积雪融水冲击出一条宽约四五十米、深达七八米的沟壑。沟内流水不断，沟对岸有耕地 3000 多亩，居住着 280 多户 1000 多人。每年的 6—8 月是洪水的高发期，两三天就来一次，最大流量每秒超过 80 立方米。沿岸群众的房屋经常被洪水冲塌，不少农田被毁，林木被冲走。沟上有一座木桥，能抵挡些中小水流，一旦遇到稍大洪水，桥就不保。一次，上四年级的马兰花推着自行车去上学，刚走到桥中央，洪水突然大涨，桥被冲断，人和车子都跌入水中，幸亏被路过的村医发现，奋力施救，才捡回一条命。洪水退去，木桥还没修复，孩子上学只能由大人背着，拽着绑在桥墩两端的粗绳，蹚水过河。到了冬天，河沟又被厚厚的冰雪覆盖，坡陡路滑，经常有人滑倒受伤，或不小心掉入冰窟。

2006 年 8 月，买买提江上任不久，就遇到了一场大洪水，布力开沟的木桥被彻底冲毁。水退后，村干部从四五公里外的下游找回被冲走的木头，却不足三分之一。买买提江毫不犹豫地来到自家院子，要砍树修桥。12 岁的孙子抱住粗壮的树干，哭着说那棵苹果树是自己栽的，不让砍。他将孙子锁进房间，亲自砍倒了最粗的 3 棵树。村干部们也纷纷效仿，拿出了家里的木材。两天之后，一座新桥架设在布力开沟之上。

买买提江再次召开党员大会，研究修桥事宜。木桥不但不安全，每年还要重修四五次，劳民伤财。一定要修一座坚固的水泥桥，一劳永逸。他让党员们去征求群众的意见：在哪个位置建桥？建多大的桥？建桥材料如何解决？要发挥群众的智慧和力量。全村人的积极性都被调动起来了，大家商议，用集资的钱买水泥，有的人出钱，有的人出力，有的人出木材，开启了建桥行动。为了降低成本，买买提江带领青壮劳力捡石头、拉沙子、抬木头。建桥，成了村里的头等大事。

他们的建桥行动被上级党委得知后，受到高度重视。县委、县人民政府专门安排水利专家进行实地勘察，提供设计图纸，并把修桥项目列入县水利工程规划，还立项修建了 7.5 公里的防洪坝，彻底消除了安全隐患。

2007 年 9 月，新修的长 60 米、宽 12 米的水泥大桥通车了，全村连成了一个整体，村民们亲切地称这座桥为“连心桥”。从此，村民告别了洪水肆虐的时代。

在买买提江书记的带领下，全村通过三资清理、土地流转等方式，自筹资金 75 万元，于 2008 年分别在托海沟和布力开沟又新建了 3 座水泥桥，极大方便了群众出行。现在的布力开村，共有 5 座桥连通村内外，每一座桥都是一道风景。

致富之路

马玉林是早年跟着买买提江一起养鸡的几户村民之一。当年，还是在买买提江的帮助下，他从信用社贷款 300 元，办起了养鸡场。经过 20 多年的发展，养鸡场的规模已从当初的几百只鸡扩大到了 7 万多只，马玉林成为村里的“马百万”。2008 年 5 月，买买提江找到他，说村里土地有限，全村要想脱贫致富，只有从养殖业寻求突破口。他希望成立养殖合作社，由马玉林带头。马玉林告诉他，用传统办法养鸡，人工费用高，出蛋率低，规模也上不去。买买提江问：“那怎么办？”马玉林说：“离这儿 200 多公里的博乐市小营盘镇，有一个现代化的养鸡场，规模很大，咱们去观摩学习一下，看看他们是怎么弄的。”听完这话，买买提江拽着马玉林就往汽车站走。

小营盘之行，给他俩带来了极大的震撼。几十个人就能管理上百万只鸡，一个车间就能养5万只。投食、捡蛋、清扫、除粪，各个环节都实现了机械化，产值是普通养殖的3倍。马玉林当场就预订了两个车间的自动化设备。

之前10亩地的院子，显然不能满足扩大生产的需要了。村“两委”决定，把旧砖厂的60多亩荒地承包给马玉林，让他与村里养殖规模稍大的8位养殖户联合，成立布力开村养鸡合作社。旧砖厂离村子较远，水、电、路都不通，买买提江就骑着自行车，整天穿梭在县水利局、县电业局和县交通局之间，不到3个月，硬是实现了“三通”。设备进场的那天，马玉林紧紧握着又黑又瘦的买买提江书记的手，眼眶湿润了。

两个现代化车间一年就给马玉林带来50万元的收入，不但安置了村里9个人就业，还带动16户村民加入了合作社。买买提江十分高兴，鼓励马玉林再建几个现代化车间，带动更多的人创业和就业。马玉林说他也有此想法，就是缺少资金。买买提江拍着他的肩膀说：“你管好生产，钱的事，我去想办法。”

先跑发改委，再跑财政局，最后干脆揣着馕蹲在县委书记办公室的门口，买买提江软磨硬泡，硬是为养鸡合作社争取到了400万元的贴息贷款，养鸡的规模一下扩大到了20万只。

致富不忘帮扶村民，马玉林不但安排了28名村民在养鸡场就业，还拿出10万元资助3户贫困户盖了新房，拿出8万元资助村里20多个困难学生。新冠疫情期间，他还给武汉捐款1万元。

如今，全村蛋鸡养殖超过了50万只，合作社养殖户达到了32户，用工量超过80人，每年仅劳务工资就超过了200万元。

马福山是布力开村最早的养牛专业户。20 世纪 90 年代中期，他投入 6 万元盖了一套 150 平方米的砖混住房，成为村里人人羡慕的富裕户，牛的养殖规模一直在 40 头以上。

2012 年，买买提江找到马福山，让他向马玉林学习，扩大养殖规模，成立牛羊养殖合作社，并答应将村子西北角的 35 亩荒地建成存栏 1 万头（只）的牛羊饲养基地。望着年近 60 岁的老书记消瘦的身体，面对他诚恳的目光，马福山心里一热，答应了。

让马福山没有想到的是，当他和养殖户安刚华、艾牙司丁 · 伊利亚斯准备出发到外地选看牲畜时，买买提江也匆匆赶来，说要亲自看看才放心。他们先后去了尼勒克县、伊宁市活畜市场和新疆生产建设兵团农四师七十九团二牧场等地。有的牧场不通车，十几公里山路，他们只能走着去。

牛羊买回来了，买买提江又去新华书店买了一大堆有关牛羊养殖的书籍，不但自己看书，还让马福山也学习，说不能只凭经验，一定要科学养殖。半年后，村子西北角的荒地上建起了 19 个大棚。为了让想从事养殖业的贫困户不为资金发愁，买买提江跟村干部商议，成立布力开村小额贷款担保中心。没有了后顾之忧，当年要求加入合作社的村民就多达 120 户。

“在村里的担保下，我贷了 1 万元，加上自己攒的钱，买了 3 头牛、4 只羊，一年就赚了 1 万多元。”村民塔西买买提 · 贾帕尔满脸自豪地说。

经过十几年的发展，布力开村现在育肥牛羊存栏数 2.6 万头（只），每年可出栏 5 万头（只）以上。全村 817 户都从事起了庭院养殖，人均年收入超过 2 万元。2020 年，村集体收入达到了 214.77 万元。

2008 年 9 月，布力开村六队 15 岁的汉族女孩李素兰被检查出了直肠癌。其父亲早在 3 年前就因突发心脏病去世，她一直与母亲相依为命。为了给孩子治病，家里不但花光了积蓄，还借遍了亲戚朋友。女孩流着泪，央求母亲放弃治疗。绝望的母亲带着最后的希望找到买买提江。详细询问完情况后，买买提江安慰女孩母亲："不要着急，咱们一起想办法，绝不能耽误给孩子治病。"说完，从口袋里掏出仅有的 800 元钱，塞到女孩母亲手里。他抚摸着女孩的头，对她母亲说："今后不论有什么困难都一定要告诉我，我会尽全力提供帮助。你也千万不要觉得不好意思，把我当自己的哥哥就好，我们都是你的家人。"

此后，买买提江每个月都会给她们 300 元作为医药费，连续两年没有间断。他还隔三岔五去看望李素兰一家，送米、送面。他找到民政局，为女孩申请到 3000 元的大病救助，又动员村里的养殖大户和党员捐款 4000 余元给女孩治病。他还积极与村"两委"研究，为李素兰家解决了 10 亩耕地，申请了住房补贴，盖起了安居房。在买买提江的帮助下，恢复健康的李素兰取得了银行贷款，在伊宁市开了一家服装店，生活过得越来越好。

在布力开村的西面，有 5200 多亩低产田，村民辛辛苦苦劳作一年，每亩收入还不到 800 元。买买提江多次召集种地的 71 户村民，开会研究土地流转事宜。他说："我保证每家每亩地有不少于 600 元的收入，腾出的劳力可以到村附近的工业园区打工，每月还能有 3000 元的工资。算一算账，收入翻了好几倍呢！"村民们鼓掌同意了。

2007 年 9 月，买买提江带领 30 多位年轻人来到距村子四五公里的工业园区，走进新汶矿业集团（伊犁）泰山阳光新型建材有限公司，把村里第一批农民身份的产业工人交给了这家瓷砖生产企业。艾热提 · 吾买尔江和力维尔 · 合拉木就在其中。从随性散漫的状态，转变成要按时上下班、严格遵守工作流程的技术工人，很多村民不适应，不到 10 天，一小半的人就找各种理由不干了。听到厂子反馈的情况，买买提江一面鼓励坚持在厂子上班的艾热提和力维尔做出榜样，一面去找领头不去上班的西克里·亚森和麦力当·萨拉依丁，当着其家人的面告诉他们，家里的困难村委会可以帮助解决，他们只需要在厂子里安心打工。他在村委会开设了光荣榜，所有打工人员的家庭都榜上有名。多管齐下，稳定军心，经过两三个月的适应期，尤其是拿到 3000 元的工资后，大家的情绪平复下来，有更多的村民想去打工了。第一批跑掉的麦力当不但工作岗位完全固定了下来，他还动员父亲萨拉依丁·热合米提也来厂子上班了。

买买提江一直关注着这群打工的年轻人，他把思想进步、善于学习、甘于奉献的艾热提作为入党积极分子来培养。2009 年 7 月，艾热提光荣入党，成为全村打工青年的优秀代表。十几年来，喜欢钻研的艾热提在民族特色产品花色研发上有了突破，成功研制出 800# 抛光砖产品，600# 和 800# 全瓷金刚晶和通体大理石产品，800# 和 600# 全瓷仿古砖产品，改写了新疆不能生产瓷质抛光砖的历史，为企业降低了能耗，节约了成本。现在身为公司党支部委员、包装车间工段长的艾热提，月工资已经拿到了 6000 元以上。2020 年 11 月，他荣获“全国劳动模范”称号，并在北京人民大会堂接受表彰。2021 年，他所在的车间被推荐为“全国工人先锋号”。表现同样优秀的力维尔也在 2021 年 4 月被评为“伊犁州劳动模范”。

让买买提江深感欣慰的，不仅仅是一个村子里涌现出了两位劳动模范，还有在工业园区稳定就业的布力开村村民已经超过了 350 人。望着家家户户门口停放的小汽车，买买提江自豪地说：“村里已有近 400 辆小汽车了，这个数字每个月都在增加。现在是外村的姑娘抢着想嫁到我们布力开呢！”

重视教育

因小时候家庭的变故影响到了教育，买买提江对自己国家通用语言文字水平不高、发音不准一直耿耿于怀。他提出，教育要从娃娃抓起，村里必须建一所幼儿园。他对村干部说:“咱们都是小时候没有学好国通语的人，到现在也不能把一份文件完整地读下来，更不要说深入学习研究了。这样的情况不能再延续下去了，一定要办一所学习国家通用语言文字的幼儿园。”为了省钱，买买提江将村干部和群众分成几个组，有的到渠沟里找石头，有的到县城拆迁的旧平房找砖，有的找木料。凑齐材料后便加班施工。一个半月后，3 间新房建好了，布力开村第一座幼儿园正式挂牌。孩子们的国通语水平提高得很快，上了一年学的孩子都能流利地用国通语交流，这让家长们非常兴奋。越来越多的孩子被送了过来，200 平方米的校舍很快就人满为患。

再穷也不能穷教育。买买提江将村里的集体收入凑足 100 万元，又一趟趟去县教育局找相关领导，终于争取到了 150 万元的项目款。2011 年 9 月，布力开村建成一座总占地面积 2000 平方米、校舍占地面积 1010 平方米的新幼儿园，招生能力从 60 人扩大到 150 人。

2017 年 9 月，布力开村幼儿园继续扩建，新建了一栋三层楼，占地面积和校舍都扩大了一倍，招生能力达到 300 人，仅教职工就有 32 人，园内各种游乐设施一应俱全。国通语教育在布力开村已成为备受推崇的光荣事业。

除了建幼儿园，买买提江对教育的重视还体现在其他方面。2014 年 6 月，他将一面绣着“尊师重教好家庭”的锦旗和装有 300 块钱的红包送到布麦热叶姆 · 雪克来提家，奖励她考上了北京师范大学附属中学。布麦热叶姆离家前，买买提江拍着她的肩膀说：“好好学习，不要为家里担忧，我们都会帮助你们家的。你要珍惜在外学习的机会，要宣传我们美丽的新疆，宣传我们友爱的民族，宣传我们团结的大家庭。”逢年过节，买买提江都会去布麦热叶姆家看望，询问家里的收入和生产情况，了解其他孩子的学习和生活情况。有了姐姐做榜样，妹妹学习也非常努力。2018 年 6 月，古丽米热木 · 雪克来提也考上了杭州师范大学附属中学的新疆高中班。买买提江得知消息后，带着礼品连夜赶到她家，对着孩子的父亲竖起大拇指：“雪克来提亚克西！你又为党和国家培养了一个好丫头。”在两个孩子上学期间，买买提江一直同她们保持着电话联系。布麦热叶姆说：“只有感受过温暖的人，才懂得爱的力量有多强大。买买提江爷爷就是我们心中的明灯，照亮了我们爱国的情怀。我和妹妹时刻都怀揣感恩的心，要为祖国和家乡贡献自己的力量。”

说到教育，赛依班姆 · 木扎合买提感触最深。2012 年 9 月，从广西桂林旅游学院毕业的她回到了家乡伊宁县，想参加县里的公务员招考。家人表示支持，但劝她先到乡村工作一段时间，了解一下基层干部的状况，再做选择。12 月初，她来到了布力开村。

见她普通话说得非常标准，在村委会会议上，买买提江说：“欢迎我们的女儿赛依班姆来村里工作，第一项任务就是教我们学国通语。从明天开始，每天上午的晨会，用 30 分钟来学，我第一个报名。”

自此之后，只要不在外地开会，买买提江都会参加晨学。他要求从最基础的汉语拼音教起，说干部们自己弄懂了，还可以回家教孩子。经过 4 个多月的强化学习，村干部们基本上都达到了可以用国通语顺畅交流的水平。

买买提江第一次带着赛依班姆下田间，走到地边，从怀里掏出一双布鞋递给她："孩子，你这样穿着短裙、凉鞋，留着披肩发，一看就不是做农村工作的，村民心里是不接受的。你只有和他们一样了，才能靠近他们的心。"

这次谈话对赛依班姆触动很大。她看到买买提江和村民握手，肩并肩坐在田埂上，喝着村民递过来的水，亲热得像亲兄弟。

赛依班姆原本想在村里锻炼半年就走的，也曾因为做不好群众工作，在买买提江书记面前哭过好多次。买买提江安慰她："孩子，没关系，多哭几次就好了。我刚开始干的时候还不如你呢，我也哭过很多次。但哭一次就要总结一次，这样才能更聪明。再复杂的工作，都能够在不断总结中干好。孩子，你一定行！"

正是在买买提江的鼓励下，赛依班姆坚持了下来，这一干就是3年。2015年6月，她考上了公务员，工作岗位调整到了其他乡镇。临走时，买买提江握着她的手说："孩子，你现在走到哪里，我都放心了。"

2021年4月，组织任命赛依班姆任温亚尔乡党委委员兼布力开村党支部书记，在离开6年后，她又回到了村子。上任第一天，买买提江来到村委会广场，对着全村几千人说："赛依班姆是我的孩子，我带着她在咱们村子干过3年。这孩子有能力，心地善良，我放心。现在组织上又让她回来了，我把这个孩子交给你们了，你们要像支持我一样，支持我的女儿。"说完，又紧紧握着赛依班姆的手说："好孩子，我也把这几千人交给你了。你放心，我不会离开村子，以前的村委班子也不会离开村子，我们都是你的后盾。谁让咱们的村子叫'布力开'呢！'布力开'就是'不离开'。"

买买提江和赛依班姆都从彼此的眼眶里看到了泪花。

村委会对面的群众文化广场上有一块电子大屏，正在播放2021年6月29日习近平总书记给买买提江·吾买尔颁授"七一勋章"的画面，主持人宣读颁奖词:“他是旗帜鲜明同‘三股势力’做坚决斗争的先进模范，他坚持强基固本，大抓支部建设和党员队伍建设，在他担任新疆伊宁县温亚尔乡布力开村党支部书记的30多年中，村里未发生一起暴恐事件。他深入开展‘民族团结一家亲’和民族团结联谊活动，开办幼儿园推广国家通用语言文字，为推动民族团结进步做出突出贡献。先后荣获‘全国优秀共产党员’‘全国劳动模范’等称号。”

短短百余字，总结了他一生所坚守的信仰。在村民眼里，买买提江就像天山那般，圣洁、崇高，滋润万物，踏实、可靠，不可撼动。

◎王 族

生命至上

一

事件发生之前毫无征兆。小男孩阿卜杜外力（化名）走出幼儿园，想起妈妈正在核桃园里打农药，产生了去看看拖拉机和喷雾机的想法。阿卜杜外力今年7岁，小脑袋里的想法一产生，便迈开双腿向离家不远的核桃园走去。

阿卜杜外力的家在新疆和田地区和田县拉依喀乡托万拉依喀村。这些年来，村民的住房都翻修一新，大多数人家还盖了新房子，在房前搭起葡萄架，院子里也栽种了花，每到花开时节便绽放出鲜艳的花朵。不仅如此，房前屋后的菜地、果园和庄稼地，也是一片葱茏。核桃树已经结出毛茸茸的幼果，从长势上看，今年必将有不错的收获。

这一天是4月30日，所有人都因为迎来了“五一”小长假而有了放松的心情，但在和田却是给核桃树打农药的紧要时期。这个季节的核桃树容易生虫，必须及时打药防治，才能保证核桃树在秋天硕果累累。前几天，村委会组织大家集中给核桃树打农药，并按照工作量给村民付工钱。这是政府实施脱贫攻坚工程以来，帮扶农民的一种措施。阿卜杜外力的妈妈苏迪乌麦·伊敏托合提，此时正在和同村的喀迪尔·约尔麦提以两人一组的方式打农药。他们分工明确，由喀迪尔掌控装载着农药桶的拖拉机，苏迪乌麦则手执与农药桶连为一体的喷杆，对着核桃树喷出农药。农药犹如浓雾似的洒向树身，他们喷洒完一棵，又向下一棵移动过去。和田地区适宜核桃树生长，而在托万拉依喀村，核桃的种植已走出以往自给自足的传统方式，每年对外销量都很稳定，给村民带来可观的收入。

阿卜杜外力走到核桃园边，目光被拖拉机的声音吸引，很快便看见妈妈正在拖拉机旁边忙碌，跑过去叫了一声“妈妈”。苏迪乌麦听到阿卜杜外力的叫声后，应答的同时因为农药味道难闻，便让他去一边玩，说干完活儿回家给他做好吃的，说完便转身继续干活儿。阿卜杜外力很顽皮，一双大眼睛忽闪着，充满对这个世界的好奇。他看见拖拉机后变得很兴奋，小小的身体一晃便跑到了拖拉机跟前，也离开了妈妈的视野。这一刻，拖拉机的轰鸣声，喷出的农药浓雾，犹如巨大的屏障，使苏迪乌麦看不见儿子，也使操控拖拉机的喀迪尔对即将发生的状况没有丝毫察觉。

正是因为离开了两位大人的视野，以及阿卜杜外力淘气的举动，让阿卜杜外力不知不觉陷入了危险。

阿卜杜外力在拖拉机旁边跳来跳去，对拖拉机飞转的皮带轮深感好奇。他不知道是什么让皮带轮飞速运转，便产生了伸手摸一摸的想法。7 岁的他不知道手一触到皮带轮，就会有致命的危险，而好奇又是强大的助推力，让他将右手伸了过去。一瞬间，皮带轮卷起一股强劲的风，把他的右胳膊吸了进去。他尚未产生后退或躲开的念头，那股风便像一张大嘴，把他的右胳膊吞了进去。一阵撕心裂肺的疼痛，似乎将他的意识撕扯成了碎片，他想喊妈妈，但嘴巴张不开，一片黑暗遮住了他的眼睛，继而天空也变成了巨大的深渊，他被甩飞了进去。

剧痛瞬间让他丧失了意识，所以他还不知道自己的右胳膊被吸进皮带轮，一下子被绞断了。他在被甩飞出去落地之前已经昏迷。

喀迪尔发现拖拉机传出异样的声响，车身也随之颤了一下。正在看核桃树的他低头一看，阿卜杜外力的右手已经伸进了皮带轮，那一刻的皮带轮旋转出了幻影。而阿卜杜外力被卷起，像一片树叶一样被甩了出去，然后重重地摔在地上。他惊叫一声，赶紧给拖拉机熄了火。苏迪乌麦听到动静后转身一看，只见阿卜杜外力浑身是血，躺在地上一动不动。她同时又看见，拖拉机的皮带上挂着一只鲜血淋漓的小胳膊。

苏迪乌麦扑过去，颤着声大叫："救命啊——快救我的小巴郎啊！"

拖拉机已息声，农药落到树上后也不见了雾影，核桃园由刚才的嘈杂，转瞬安静了下来。苏迪乌麦的哭声，喀迪尔的喊叫声，在核桃园里掀起了颤抖的喧嚷。

二

附近的人闻声赶来，村小组长图尔荪麦麦提·图尔荪托合提找来一块布，裹在阿卜杜外力的伤处，以防流血过多。另一位妇女看他这样做，赶紧从头上取下纱巾，包起阿卜杜外力断在皮带上的胳膊。两位妇女扶住苏迪乌麦，使劲拍她的后背，防止她悲伤过度昏厥过去。村委会副主任阿卜杜拉·伊敏立即打电话把情况报告给村支书柏处处。柏处处先打了120，接着又打110报警，说村里有人受了重伤，需要紧急救援，并详细说明托万拉依喀村的方位。

村民的事，就是村委会的事。这些年在基层，不论事情大小，村委会干部总是能够及时出面，悉心参与全过程。不远处有一辆摩托车，阿卜杜拉一声招呼：“赶紧往医院送！”图尔荪麦麦提把昏迷的阿卜杜外力抱上，小心拿着用纱巾包着的断臂，跨上摩托车奔驰而去。

苏迪乌麦的手颤抖得打不了电话，让旁边的人分别给她的弟弟阿卜杜麦吉提、大儿子阿卜杜杰力力打电话，叫他们赶紧来救阿卜杜外力。

求助和报警，这些理智举动迅速代替了惊愕和慌乱，场面有了秩序，事情有了条理。

阿卜杜外力的哥哥在下班途中接到弟弟出事的电话后，马上开车到了村口，与运送弟弟的摩托车会合，把仍然昏迷的弟弟抱上车，然后从图尔荪麦麦提手中接过弟弟的断臂，让妈妈、舅舅上车，向和田市急驰而去。

把阿卜杜外力运送至此的村民望着汽车奔驰而去，久久不忍转身返回。至此，由村民组成的救护接力队，交出了第一棒。

汽车运送可保证时间，能尽快把阿卜杜外力送到和田市的医院。虽然他们仍心有余悸，但从这一刻起有了希望，他们都期待一切顺利。

在车上，苏迪乌麦看着昏迷不醒的儿子，心想，掉了的胳膊还能接上吗？儿子还能不能活下来？此时的她不知道，儿子的伤情随着打出的求助电话已牵动了很多人的心，和田县120救护车已经出发，110指挥中心协调沿途交警疏导交通，绿色通道迅速开启。同时，指挥中心与120救护车以及运送孩子的车辆建立起“三方通话”，牢牢掌握实时情况。

新疆这些年发生了翻天覆地的变化。就拿交通来说，如果在以前发生这样的事，只能人抬或用毛驴车送医，而现在有了私家车和摩托车，而且交通导控灵活，即使是在乡村也可以发挥作用。

天色慢慢暗了下来，火红的晚霞渐渐退去，变成无边的夜色。大家的心情更加紧张了，只盼着赶紧把阿卜杜外力送到医院，请医生救治。

终于，在距离和田市区 14 公里的托萨拉镇迎宾路，120 救护车与送阿卜杜外力的车辆迎头相遇。大家迅速把阿卜杜外力移上救护车，救护车呼啸而去。至此，护送阿卜杜外力的接力队，又交出了第二棒。

从事情发生到现在，村委会组织有力，村民鼎力相助，这样的合力拼搏，犹如一只有力的大手，把阿卜杜外力从灾难中拽出，托举向希望。这样的一场断臂灾难，已让阿卜杜外力的家人，包括在场的所有人都深为惊悸，但是没有一个人放弃。他们合力抢救，从核桃园出发的那一刻，希望逐渐变得清晰，并把仍时不时让人颤抖的绝望压了下去。

天已经完全黑了，救护车拉着警笛，闪着两束灯光奔驰而去。很快，救护车驶进了在和田市以显微外科手术见长的华新团结医院。值班医生查看伤情后大吃一惊，阿卜杜外力的胳膊从肩部以下的大臂处，硬生生被扯断了，医院不具备做这种手术的条件。医生取下包裹断臂处的布条，换上了医用止血带，然后给和田地区人民医院骨二科主任艾尔肯·日介甫打通电话，简单说明情况，请他准备接诊。

这时，阿卜杜外力终于睁开了眼睛。他很快便明白，自己的一条胳膊断了。他很害怕，对妈妈说："我的手去了哪里？让医生给我接上……"

男孩子经常会做飞翔的梦，大人说那是因为在睡梦中长个子才会有那样的感觉。阿卜杜外力也爱做那样的梦，时常梦见自己在飞。于是，他在白天也喜欢展开双臂，飞一样地奔跑。妈妈看见后让他慢点跑，不要摔倒了。可大人越是这样说，他越是飞快地跑。这一次，他飞快地跑去找妈妈，看着拖拉机的“大脑袋”，就想伸手摸一下，但拖拉机的皮带像一张大嘴，把他吸住抛向天空。天空猛地黑下来，然后他就什么也不知道了。

大人们看阿卜杜外力睁开了眼睛，稍一惊喜，听他这样说，心又悬了起来。但时间不能耽误，众人扶着浑身软得站不住的苏迪乌麦，重新坐上了救护车。

救护车再次出发。

到了和田地区人民医院，骨二科主任艾尔肯和主治医师翟荣宽立即查看阿卜杜外力的伤情。呈现在他们面前的情景触目惊心：孩子的右手臂离断，肘关节也有骨折，右胸部大面积擦伤，残肩上绑着止血带，微微有些渗血。孩子面带恐惧，不停地哭泣。苏迪乌麦像溺水一般死死拽住艾尔肯的手哭着说：“请您一定救救我的孩子，他才 7 岁，如果失去胳膊，以后可怎么生活啊！”说着，身体一软瘫坐在了地上。为了不影响救治，艾尔肯把苏迪乌麦带到另一间办公室，倒了一杯热水让她喝下，然后安慰她说，到了医院请一切放心。

医院组织紧急会诊后得出结论：要保住阿卜杜外力的胳膊，必须在 6~8 小时的黄金时间内实施手术，否则将失去断臂再植的最佳时机。超过 8 小时，细胞坏死的概率会成倍地增加，断臂再植不仅无法保证成功，还可能导致肌体正常细胞坏死，甚至危及生命。

“8 小时”这三个字，从这一刻起，成为一个时限命令，牵动着大家的神经。在接下来的时间里，有许许多多的人将因为这三个字而争分夺秒，要让这三个字在 7 岁的阿卜杜外力身上，把希望变成现实，让伤残的阴影消失，让阿卜杜外力恢复健康。

然而，现实情况又一次超出了人们的期待，和田地区人民医院目前还不具备这样的条件。

艾尔肯没有慌张，患者如果因一家医院没有治疗条件，就会转向治疗条件更好的医院，这是常有的事。他想到了新疆医科大学附属中医医院的医生黎立，于是用微信给黎立发去伤情照片，随即拨通黎立的电话沟通研究治疗方案。黎立在电话那头说："这名患者还有再植条件。"

此时的时间是22时32分，"8小时"这三个字又犹如明灯，闪出了希望的光芒。

黎立挂断电话，立即查看航班情况，从和田到乌鲁木齐的最后一班飞机预计起飞时间是23时46分。黎立和艾尔肯再次通话："请尽快处理好伤口，保存好断肢，快快去赶最后一班飞机将孩子送过来，应该能接上。"

23时10分，救护车又一次出发。艾尔肯再三叮嘱护送的人，在路上一定要保护好孩子的伤口和断肢。苏迪乌麦心如刀绞，但是为了不让自己的情绪影响孩子的救治，忍痛看着救护车和警车拉着警笛呼啸而去。

交警引导，救护车急驰，路上的车辆纷纷避让。从和田地区人民医院到机场有30公里，拉着阿卜杜外力的救护车全速飞驰，20分钟便顺利赶到。

护送阿卜杜外力的接力队，再次传出接力棒。与上次一样，又是从一家医院传向另一家医院，乌鲁木齐的医生说能把断臂接上，希望由此变得更大。

艾尔肯送走了断臂的阿卜杜外力，心情并未放松，距离飞机起飞时间只有半个多小时，能不能赶上是个未知数。他安排自己的团队继续准备，一旦不能登机，返回后立即手术。就算保不住阿卜杜外力的手臂，也要确保他的生命安全。

三

此时的和田机场，南方航空 CZ6820 航班正从 1 号廊桥停机位推出，滑向跑道。

一下救护车，众人便推着急救车上的阿卜杜外力向机场大门口的执勤人员求救：“孩子的右臂被拖拉机绞断了，和田的医院无法救治，必须在 8 小时以内送到乌鲁木齐做手术，不然断掉的胳膊就保不住了……”“8 小时”这三个字，像压在他们心上的石头，所以此时此刻上了飞机便是向希望迈出一大步，而上不了飞机，所有的希望都会化为泡影。

面对突如其来的一切，工作人员愣住了。这是一个前所未有的要求，也是他们从未遇到过的事情。但眼前这个哭泣的男孩伤势这么重，如果不能在 8 小时内做手术，他的胳膊就保不住了。

没有什么比人的生命更重要。

工作人员立即向旅客部领导做了汇报，机场民警买买提江跑步过去向当日的总值班领导田炜报告了断臂男孩急需上飞机的紧急情况。经过协调，值机柜台、塔台、购票系统、营业处等立即将关注点都放在阿卜杜外力身上——这么小的孩子，胳膊保不住就残废了。“人民航空为人民”的宗旨不正对应了眼下的情形吗？田炜很清楚，自己当班守责，不但要坚守制度，也要坚守良心，要做到问心无愧。他们必须肩负起责任，全力保障断臂男孩上飞机。

按原定计划，飞机还有 4 分钟就要起飞了。田炜立即拿起电话，向运行指挥中心汇报这个特殊的情况，请求飞机滑回。

人命关天，特事特办，总经理同意飞机滑回，机场开辟地面绿色通道，为阿卜杜外力和亲属办理补票手续。机场旅客服务部重新计算更新增加人员后的飞机重量，指挥中心与乌鲁木齐机场联系，说明航班延后半小时的特殊情况，乌鲁木齐机场同意延迟关闭机场跑道，并且做好接机准备。

做完这些工作，前后仅用了几分钟时间。

23 时 46 分，原定的飞机起飞时间已到，客舱广播响起：“……有位旅客需紧急前往乌鲁木齐救治，飞机现在将滑回停机位，请您谅解……”机舱内顿时鸦雀无声，101 位旅客，没有一个人反对。飞机滑回期间，乘务长赵燕协调旅客在靠近舱门的位置留出一排空座，准备好冰块等物品。5 分钟后，飞机滑回停机位。赵燕打开舱门，阿卜杜外力和亲属顺利登机。

0 时，舱门重新关闭，飞机从停机位滑行推出。从孩子进机场到飞机起飞，仅仅用了 27 分钟，创造了和田机场最短登机时间纪录，这在中国民航史上也是极其罕见的。

“8 小时”这三个字的实际意义，再次经由救护生命的接力棒，传到了飞机上，飞向星斗满天的夜空。这是 7 岁男孩断臂再植的希望。

飞机起飞后，乘客董先杰对机组人员说：“我当过军医，在外科工作过，我可以帮忙看护孩子……”他毕业于新疆医科大学外科专业，是硕士研究生，在军队从医 15 年。作为一名经验丰富的外科医生，董先杰心里很清楚，阿卜杜外力这样的伤情，在飞机上没有医护人员陪护是非常危险的，一旦出现意外有可能导致断肢不保，甚至有生命危险。医者之心促使他主动上前，请求担任照顾阿卜杜外力的“航程医生”。

征得同意后，他让乘务员找来绳子，熟练地将绳子穿过客舱隔板的缝隙，再穿过两个输液瓶的挂环，将输液瓶稳稳地挂在空中。随后他俯身观察阿卜杜外力，发现阿卜杜外力眼睛有神，意识基本清醒，精神属于正常。他轻轻触摸阿卜杜外力的脚，温度正常，又仔细阅读诊断说明书，了解孩子伤情。经验告诉董先杰，进入手术室之前，不能让阿卜杜外力因伤后情绪烦躁而影响断肢伤口，不能让其昏睡，要根据孩子的精神状态随时调整输液速度。他的一只手控制着输液器，避免针头移位，另一只手感知阿卜杜外力的体温，测量脉搏，调整输液速度，保证阿卜杜外力能以相对清醒的状态安全抵达乌鲁木齐。他以一个姿势坚持了近 100 分钟的航程，一直全神贯注观察照顾着阿卜杜外力。

或许是镇静剂的作用，阿卜杜外力似乎感觉不到疼痛，不哭不闹，眨巴着大眼睛打量着周围。这是他第一次坐飞机，眼前的一切让他感到很新奇，也很陌生。许多旅客投来关注的目光和微笑，夸赞阿卜杜外力真勇敢。

赵燕看着这个跟自己女儿差不多大的男孩遭受了这么大的罪，眼泪止不住流了下来。她俯下身，在阿卜杜外力耳边一遍遍鼓励他别睡。但是不一会儿，阿卜杜外力因为困乏，还是打起了哈欠。这么大的孩子，受伤后流了那么多血，能不累吗？大家立即行动起来，用各种方式吸引他的注意力，让他保持清醒。赵燕用毛巾给阿卜杜外力擦脸，放手机中的动画片给他看。一名维吾尔族妇女过来安慰他，鼓励他。乘客李强不停地跟阿卜杜外力聊天，给他讲故事。

在大家的共同努力下，阿卜杜外力一直保持着平稳的状态。

1 时 36 分，CZ6820 航班稳稳落在乌鲁木齐地窝堡机场的跑道上，提前了 15 分钟。

这是救命的 15 分钟！

地面上，乌鲁木齐机场早已调整了航班机位，将原停机位改为较近的 103 号机位，又为阿卜杜外力顺利下飞机抢回了 5 分钟。120 救护车、医护人员半小时前已经就位，舱门打开，医护人员立即上机，火速将阿卜杜外力转移到120救护车上，然后向市区飞奔而去。

赵燕回到机舱，哽咽着向旅客广播道:“感谢大家同我们一起与时间赛跑，开展这场生命接力……”片刻安静之后，客舱里响起一片掌声。

四

当晚，黎立得知阿卜杜外力顺利上了飞机，立即打电话向医院党委书记韩荣汇报了情况。两分钟后，韩荣回电话:“立即启动应急救治预案，成立患者救治专班和医疗救治专家组、骨科修复重建组，手术室等相关科室即刻进入预手术状态，集中调配医院的优质资源，免收住院押金，由黎立担任主刀医生，准备全力救治。”

凌晨2时10分，救护车从黄河路路口一闪而过，开进了医院大门。20余名医护人员已提前集结到位，接过了这场救护行动中最关键的一棒。黎立协调各科室立即行动，两名医生将断臂带到手术室清创，标记血管和神经，两名医生做术前检查和处理。

整个过程紧张有序，顺畅无阻，每个人都在为断臂再植手术争取宝贵时间。

3时15分，阿卜杜外力被推进负压手术室，距离断臂时间已经过去6小时45分，手术正式开始。前面的接力护送，争分夺秒地完成了远距离转运的极限跨越，和田的医生们对伤口和断臂做了正确处置和保存，深夜航程中阿卜杜外力又得到了精心救护。现在，这一棒传到了黎立手上，他感到冥冥之中如有天助，这个孩子才会有如此好运。不，他立即否定了自己。这不完全是运气，更是这些年的新疆，特别是和田地区接受八方援助，软硬件设施建设完善，整个社会治理水平和文明程度极大提升的一次集中展示。

黎立戴上显微镜，大脑里所有的思绪立即停止，全神贯注于双手的每一个动作。

3 时 20 分，血红细胞和血浆送到，建立静脉通道，全麻插管。

4 时 15 分，手术进行到最关键的一个环节，接通肱动脉。此时，距离断臂再植“极限 8 小时”，只剩最后 15 分钟。他用一根比头发丝还细的线，缝合孩子细细的血管。第一针、第二针、第三针……孩子的血管又细又嫩，每一针都容不得半点闪失。只要一针缝错，就要将血管头剪掉重来。1 秒、2 秒、3 秒……此时的每一秒都显得无比珍贵。到了第十二针，肱动脉缝合一次性完成。黎立长舒一口气。他迅速打开肱动脉上的血管夹，让新鲜血液流入断臂，然后在扎死的静脉血管上剪开了一个小口，排出断肢血液中的毒素。血液能否顺利流通，重建身体与断肢的供血，成败在此一举。

等待回血仅需要几秒，黎立觉得每一秒都是煎熬。他转过头去，拿镊子收拾用过的纱布，以此挨过等待的时间。

一位护士最先看见阿卜杜外力的手上有了微红色，她兴奋地喊起来。黎立转身查看，成功了！他紧绷的神经放松下来，手术室凝重的氛围也变得缓和了。短短 30 分钟，建立离断肢体供血完成。黎立和团队创造了奇迹，在救治的极限时间内，为孩子留住了“双翅飞翔”的希望。孩子的胳膊一点点泛红，血液已经流通。

第一个环节，也是最关键的一步取得成功，黎立内心无比激动。但是此时还远远未到表露喜悦的时候，他知道手术不能有丝毫松懈，还必须继续与时间赛跑。两条静脉，三条神经……一环扣一环，黎立在显微镜下一步一步操作。

30 分钟后，骨骼修复完成，清创过程中，黎立发现孩子肘关节处也有骨折，便一并快速处置。又过了 30 分钟，连接肌肉，缝合皮肤。

断骨连接处打上卡子，外面再做支架固定连接……3 个多小时，一台难度系数达最高级四级的断肢再植手术顺利完成。

2021 年 5 月 1 日 6 时 26 分，这是一个特殊的时刻。黎立一身大汗走下手术台，悬了好久的心，畅快地放下了。他第一时间给艾尔肯发了手术成功的照片，让他把这一消息转告孩子的家人。然后他又发了一个朋友圈，9 张照片配了一段话："不一样的劳动节，生死时速，争分夺秒为 7 岁的维吾尔族男孩保住肢体，感谢手术室的兄弟姐妹们密切配合！感谢和田地区人民医院艾尔肯主任协调运筹！感谢和田机场和南方航空让滑出的飞机返回接孩子来乌鲁木齐救治！感谢所有参与生死接力的人！希望孩子顺利度过接下来的危险期，早日康复！"

黎立发完朋友圈，在值班室休息了 3 个多小时，上午 10 时醒来后，先到病房查看，孩子术后各项指标平稳，他脸上有了轻松的神情。

这是一个不一般的劳动节。

五

手术结束后，阿卜杜外力被人从手术室里推出来，他感觉自己睡了长长的一觉，终于醒来了。他看到自己的胳膊又长在身上了，但是被厚厚的白纱布包裹着，像一个棉花包。他恍惚中记得，昨天还在自家的地边，举着两条胳膊，像小鸟一样，今天怎么就躺在了这里？他聪明的小脑袋似乎明白，又似乎不明白。他身体虚弱，想起身却没有力气，白纱布包着的胳膊里面像火烧一样疼。

苏迪乌麦昨天晚上回到家里，一夜未眠，焦急地等待着远方的消息。得知儿子登上了飞机，得知他们到了乌鲁木齐，得知乌鲁木齐的医生一夜没有睡觉给儿子做手术，看到大儿子用手机发来小儿子手术后的照片，她心里又是感激，又是着急。儿子在远方的医院里哭着喊疼，她忍不住地哭个不停。她放心不下刚做完手术的儿子，一心想早点去乌鲁木齐。

阿卜杜外力一疼就叫妈妈，他只要一叫，就有一个阿姨像妈妈一样抱着他，在他耳边轻声说："小阿卜杜外力最勇敢，最听话，我来当你的临时妈妈，好吗？你的妈妈过几天就来了。"阿卜杜外力哭累了，依偎在她的怀里，真的把那位阿姨当成了妈妈。护士阿比达·阿里木负责专护阿卜杜外力，她给阿卜杜外力买来飞机和汽车玩具，给他讲故事，照顾他，给他翻身擦背、喂水喂饭。阿卜杜外力觉得这个阿姨讲话特别好听，就像妈妈一样。为了让阿卜杜外力尽快恢复体力，医院专门为他配制了营养粉。阿比达每次都会给他调稠一些，加上糖和酸奶，他几口就能吃完。阿比达有2个孩子，大的7岁，小的2岁，她像对自己的孩子一样尽心照顾着阿卜杜外力。手术后第四天，阿卜杜外力想吃烤肉，阿比达好高兴，想吃，说明胃口在恢复，她赶忙出去给他买。烤肉买来了，阿卜杜外力说有辣子就更有味儿了，阿比达听了这个话更高兴了，孩子敢提要求，说明不认生了。

黎立一家的"五一"假期活动全部取消，他整天都在医院值守，观察着阿卜杜外力术后的细微变化。5月2日，手术后第二天。这是关键期，各项生命指标都需要密切关注，儿科、呼吸科、重症医学科等十几位科室主任来为阿卜杜外力会诊。接下来就要防感染，保护重要脏器功能，加强营养和护理。

5月3日，阿卜杜外力缓缓举起左手，竖起大拇指，向医生叔叔和护士阿姨表示感谢。

5月4日，专家团队为阿卜杜外力制定出加强营养和护理的详细方案。营养科副主任薛梅专门给阿卜杜外力制定了食谱。阿卜杜外力爱吃的拉面、汤饭、抓饭、馄饨、烤肉、馕，搭配蔬菜和各种营养食品，每天由食堂做好后送到病房。小家伙食欲大增，精神很快见好。

5月5日，采用中医辩证施治方案，加碳光子治疗，对再植右臂活血化瘀。阿卜杜外力和妈妈通过手机视频聊天，还唱起了歌。第二天，活血化瘀效果明显，右臂出现了皮纹，胳膊慢慢消肿，阿卜杜外力躺在病床上，随着音乐扭动脖子，左手摇摆，做出跳舞的动作。

这天晚上10时许，苏迪乌麦从和田赶来了，一进病房就跑到床边抱住分别几天的阿卜杜外力。阿卜杜外力终于见到妈妈，嘴角向下一撇，睫毛忽闪了几下，“哇——”的一声放声大哭。母子额头相抵，妈妈泪如泉涌。孩子先收住了哭声，伸出左手，摸摸红润的右手对妈妈说：“妈妈不哭，你看，我的胳膊正在长好，这里的医生叔叔和护士阿姨对我可好了。”

5月9日，阿卜杜外力术后第一次下地行走。黎立高兴地宣布，阿卜杜外力已经过了危险期。

5月12日，阿卜杜外力病情基本稳定，黎立为他做了第二次手术，对坏死的肌肉和皮肤做了清理，对皮肤坏死区域做了生物材料的植皮。多学科专家评估，阿卜杜外力再植右臂愈合良好，手指颜色红润，血运正常。

当天下午，黎立又来病房查房。阿卜杜外力与他早已熟悉，知道他就是为自己接上胳膊的医生叔叔，每次见到他都特别亲切。黎立握了握阿卜杜外力的左手，摸了摸他的头说：“你是小男子汉，继续加油哟！”阿卜杜外力嘟着小嘴，眨巴着眼睛说：“叔叔放心吧，我会加油的！”

阿卜杜外力的舅舅阿卜杜麦吉提说：“好心人实在太多了，村干部、乡干部、医生、护士、机场和飞机上的工作人员……太多太多了，我们一辈子都不会忘记。”

苏迪乌麦在医院陪着孩子，现实明明看得见摸得着，但她依然觉得像在梦中。原本是一场噩梦，在许多好心人的帮助下变成了现在的样子。一切变化，真实而迅速，比昆仑山里的风都快，却又像是一个梦境，让她看得清楚，又得仔细想想才能明白。事发那天，她感觉自己掉入了一个黑洞，在惊恐中急速下坠，但突然间有那么多认识的、不认识的，甚至原本毫不相干的人，共同把她托举了起来。她的小巴郎胳膊断了，很快就被接好了，像一只小鸟被人们托举着飞了起来。一切来得这样快，为什么？她只有一个答案：好人太多了，这个社会太好了！

短短几天，“和田断臂男孩获救”的消息上了热搜，上亿网民每日关注着阿卜杜外力的伤情，为他加油打气。同时，人们也为参与此次救护的个人和单位在无缝对接过程中体现出的责任担当大加赞赏。这件事是“人民至上、生命至上”的真实体现，不仅表现出人性光辉和道德力量，而且让世人看到了社会治理体系的优势及治理水平的提升。

人间有大道，亦有大爱。

在这场挑战极限的救护和惊心动魄的生命接力中，无数正气充沛的能量，让7岁小男孩阿卜杜外力的生命获得了奇迹。正如这个小男孩的断臂能够得以重生，新疆各族人民也是手足相亲，从不分离。

几天后发生在和田的一件事，为这场生命接力增加了一个生动的感叹号。

那天下午，和田机场候机楼前驶来一辆出租车。车子停稳后，下来一位衣着朴素的维吾尔族大叔。他从车里搬下一盆龙血树、两盆鸭掌木，摆放在候机楼1号入口前。工作人员很诧异，赶紧劝说：“我们不能收礼，也不能收你的花。”大叔说出了他的意思：“我从电视上看到那个小巴郎子（断臂小男孩）的事情，你们做得亚克西（好），我来感谢你们。”工作人员问：“您是小巴郎的亲人，还是他家的亲戚？”大叔回答：“巴郎子我不认识，我是从电视上看到的。”说完转身要走。工作人员拉住他，叫来了机场值班领导。见到机场领导，大叔反复说：“你们为救小巴郎做得亚克西，和田机场亚克西，中国人亚克西。”机场领导请求与这位满怀爱心、朴实无华的维吾尔族大叔合影留念，并让他留下名字和联系方式。大叔不合影，也不说自己的名字。问他从哪里来，他说他从农村来的。为了弄清他的身份，工作人员说要用大叔的身份证登记一下，这才知道他叫如则麦提·热杰普，家住策勒县恰哈乡恰哈村。

策勒县到和田市有100公里。他从策勒县坐车来到和田市，去花市买了几盆漂亮的绿植，专程打车送了过来。

这看似意外的“感谢”，却是群众的一份珍贵礼物，一次高规格的褒奖，也是一次充满感情的教育，同时证明了一个道理：只要有责任与担当，只要真心真意急他人所急，做出实实在在的好事，人们就会记在心里，也会在社会上广泛传播，影响更多的人向善向美，共同谱写和谐友爱的生命篇章。

◎王族

守望阿尔泰

一个连队和一个村庄

边关在哪里?

从设在哈巴河县的某边防团出发，车子行驶了几分钟，突然往左一拐，开上一条土路。大小不一的石块和起伏不平的路面，颠得车子晃来晃去，恍若大风中的船只。边防团的驾驶员早已习惯走这样的路，所以，仍加大油门，把车子开得飞快。从后视镜中可以看见，车后有一条长长的尘雾，像是咬紧了车子似的，紧跟着不放。

这条路通向白哈巴边防连。

边防连也是白哈巴村的一部分。从远处看，哈萨克族牧民居住区、图瓦人牧民居住区和边防连住所是一个整体。村子坐落在一条沟谷之中，房子全是用木头做成的，有独特的尖顶，白桦树、绿杨树点缀在房屋四周，两条清澈的小河蜿蜒环村流过，黄昏牧归时的景色令人心旷神怡。

在村子里遇到的都是和善憨厚的笑脸，即使正忙碌着的人们，也都会给陌生人打招呼。村民多为哈萨克族人，有着白里透红的肤色和褐黄的头发，一个个身材魁梧。居民住的房屋全是用粗壮的原木搭建的，屋顶呈金字塔形，很有风韵。人与自然在这里达到一种完美的和谐。

时间长了，村民们与边防连战士的交往越来越密切，共同生活在离边界线最近的地方。

有一年 10 月，白哈巴下了一场大雪。很快，村子就被白雪裹住了，房子在雪中像孤岛。寒风夹杂着雪花吹过来，打在战士们的脸上，像刀割一样疼。

吃过晚饭，大家便早早地进入房子。房子里的暖气烧得很热，门一关就把寒冬隔在了外面。

雪仍在下着，只有哨兵彭海涛背着枪伫立在营房门口。

11 点多，他突然看见一个黑影跌跌撞撞地向边防连走来。他下意识地握紧了枪，双眼紧盯着那个黑影。黑影渐渐向边防连移动过来，慢慢地，他看清那团黑影是一个人。等那个人走到近处时，他大喝一声："谁？干什么的？"

那个人立即叫了起来："是我，有急事找解放军。"彭海涛听出来了，她是村子里的妇女米哈尔。

米哈尔走到彭海涛跟前，上气不接下气地说："王医生在吗？快……快……我老爸喝毒药了，快不行了，快让王医生去救救他。"

彭海涛立即把她带进了连队。

米哈尔前一段时间因为和丈夫吵架，赌气回了娘家。回到家后，因心情不好，她天天喝酒解闷。米哈尔昨天喝了 4 斤，醉得不省人事，乱叫乱骂。她父亲劝了好多次，她都听不进去，老人家想不开，气急之下服了磷化物……

军医王坤已经上床休息，听到这个消息后，立即翻身起床，提起急救箱就跟着米哈尔出了门。

雪下得更大了。他们一出门，大风裹挟着雪花劈头盖脸地砸过来。王坤下意识用手拉了拉衣领。米哈尔赶紧对他说:“王医生，你一定要去，我老爸确实不行了。”王坤爽快地说:“没问题，走！”两个人一头钻进了风雪中。

他们俩很快就被风雪淹没了。

到了米哈尔家，米哈尔的父亲已经快窒息了。王坤让米哈尔端来一盆热水，给她父亲洗洗脸。然后，他开始给老人催吐，几分钟后老人哇哇地吐了起来。吐完，他脸上的神情好了一些。王坤又开始给他洗胃、输液，老人已经明白了是怎么回事，他望望女儿，又望望王坤，流下了两行泪水。

半小时后，老人安稳地睡着了。

王坤一直坐在老人身边耐心守候。老人这一觉睡到凌晨 4 点多才醒来，他的面色已有好转，神智也完全清醒了。他拉住王坤的手，连声说谢谢。

王坤向米哈尔吩咐了一些注意事项，并告诉她雪停后送老人去医院，然后握了握老人的手，这才走出了房门。

出门没走几步，他发现，雪已经落得很厚了，脚踩下去，都快到大腿了。他抬头向连队的方向望了望，四周一片漆黑，除了可以肯定的方向外，路早已没有了痕迹。

米哈尔追出门，想挽留王坤在她家住一夜。王坤婉言谢绝了，他把药箱背好，艰难地向前走去。

米哈尔望着他的身影在风雪交加的夜色里消失，止不住流下了两行泪水。

执勤点恰巴图的那匹军马是突然得病的。战士们发现它的嘶叫声不对劲，赶到它跟前，看见它的肚子上已经起了一个大包。他们赶紧给连里报告了这一特殊情况。

连长赵勇派驾驶员廖志强和战士屈小虎去白哈巴村找老兽医玛德斯，请他去恰巴图医治军马。

廖志强和屈小虎找到玛德斯，向他说明来意，他爽快地答应了。第二天一早，廖志强开车载着他出发了。

走了没多远，天就变了。起先，天空自西边飘来一团乌云，谁也没在意。然而没过多久，那团乌云就像是变魔术似的，很快便把天空遮盖住了。玛德斯抬头看看天，对廖志强说："得开快一点了，这天看来要下雨。"廖志强听他这么一说，加大油门，快速向前冲去。

雨很快就下了起来。

玛德斯看着如注的雨水，眉头皱了起来。廖志强从反光镜里看见他的神情，以为他嫌车慢，就又加大了油门。其实，玛德斯此时在为那匹马担心，他怕这场雨一直下，就没办法给马动手术了。

路开始打滑，廖志强只好把车速减下来。不一会儿，电闪雷鸣。这一带经常有雷电击中大树的事发生，所以，廖志强只好慢慢往前开。没走多远，前面出现了一个斜坡，车子爬上去，立刻就倾斜了。廖志强紧紧抓住方向盘，稳踩油门，慢慢地往前开着。他知道，如果车子斜着滑向坡下，就没办法收拾了。十几分钟后，车子爬过了斜坡。廖志强和玛德斯这才松了一口气。

到了执勤点，放牧员王勇已经把马关进马圈。雨还在下着。廖志强本来想把车子倒进院子的右侧，但玛德斯却着急地说："快停，我下去。"车刚停下，他就提起手术包跳下车，大步流星向马圈走去。廖志强看见他在雨中行走的身姿，怎么也不敢相信，他已经是个60多岁的老人了。

玛德斯进了马圈，见马已经垂下了脑袋。他走上前去，伸出双手在它头上慢慢地抚摸着。他的神情很专注，双手就像在抚摸一件祖传宝贝。过了一会儿，奇迹发生了，那匹马慢慢抬起了已经垂了半天的脑袋，朝天嘶叫了一声。它的声音听起来很有力。玛德斯仍继续抚摸着它，它又叫了一声，接着便乖顺地卧倒了。玛德斯拿出手术刀，对准那个已经化脓的大包划了一刀，脓血马上流了出来。马开始颤抖，他用双手抚摸着马头，用低沉的嗓音哼起一首非常舒缓的歌曲，马像是听懂了他的歌声，慢慢地停止了颤抖。过了一会儿，它把头靠在玛德斯身上，像孩子依偎着母亲。

战士们在一旁看得目瞪口呆。

吃完晚饭，玛德斯发起了高烧。大家一问，才知道他已经病了两天了。

大家望着他，什么话也说不出来。

离开连队的第四天晚上，玛德斯到连队报告，有几个人喝醉了，打了他妻子布依，现在正向界河边走去。团政治处副主任张四相刚好在白哈巴边防连蹲点，他立即组织人员赶往出事地。在路上，他弄清了事情的缘由。晚上 9 点多的时候，玛德斯的妻子布依见几个人摇摇晃晃地向界河边走去，她立即赶过去，走到他们跟前，闻到了酒气。她意识到，这几个人喝醉了，已经无法控制自己，如果他们靠近边界，肯定会出事。想到这里，她伸手拦住了他们的去路，说：“前面是界河，你们不能过去。”那几个人见突然冒出一个女人，而且说话的口气十分强硬，顿时火冒三丈，其中的一个小伙子抬手一拳，打在了她的脸上。布依立刻感到脑袋嗡地响了一下，鼻子里火辣辣的。她伸手一摸，是血。玛德斯听到外面的吵闹声，出来一看自己的妻子挨了打，便上前准备与那几个人辩理。布依拦住他说：“我先在这儿拦着他们，你赶快去边防连报告情况。”

张四相听完，一股正气自胸中升起。白哈巴一带来往的人员比较复杂，经常有旅游和打猎的人一不小心就越界了，并且，这些人边界意识淡薄，不知道同样是土地，界内与界外却有着天壤之别。

张四相带人赶到界河边时，见布依仍在与那几个人争执不下。一个醉汉又给了她一拳。

张四相喝令那几个人站好，严厉指责他们的错误。那几个人见全副武装的军人出现了，顿时酒都醒了，看见布依脸上的血，才知道自己犯下了错。

张四相给他们讲解了边防政策，然后把他们送到了地方派出所。

返回时，张四相见玛德斯仍扶着老伴布依站在门口，一股热流涌上他的心头。他向他们招手示意说:“请回去吧，没什么事了。”两位老人这才转身回屋去。

想象的美餐

布尔根河自北向南缓缓流淌。这条从蒙古国流入中国的蓝色河流，流到塔克什肯时，便停滞不前，汇聚成一个安静的小河湾。岸边的土地经河水长时间浸润，长出一株株垂柳，形成一片密密匝匝的树林。

这片柳林是阿尔泰的一个缩影。当我们穿越额尔齐斯谷地，亲眼看见那些白桦林、灌木丛和草甸时，对新疆人常说的“中国的万宝山，东方的乌拉尔”已深信不疑。阿尔泰山自古就以盛产黄金著称于世，我国古时称此山为“金微山”或“金山”。这是一座典型的由古老褶皱断裂块梯状山体构成的山脉，动植物区处在欧亚过渡带，雄奇俊美，是我国独一无二的自然生态景观。

阿勒泰地区东起青河西至哈巴河的山区，有大量岩刻、岩画、洞窟彩绘、鹿石和雕刻石人等文化遗存，有“千里岩画长廊”之美称。

布尔根河边的那片树林把塔克什肯边防连拥在怀内。

我们把塔克什肯边防连作为进入阿尔泰山的第一站。来得不巧，连长齐览忠前天早上带人去界碑巡逻了，指导员去富蕴参加团党委扩大会议，连里剩下的几个人在国门轮流执勤。

柳林是野猪生存的乐园，时不时会有几头白得晃眼的野猪从林中慢悠悠地走出，也不怕人，在旁边那片草地里用嘴翻拱起来。过了一会儿，大概是没找到食物，便旁若无人地从我们面前走过，到另一片草地里去翻拱了。

我们和边防连几位战友沿布尔根河散步。中士张定成望着野猪的背影说：“野猪简直把我们连当自己家了，经常进院子哩！去年连里养了两头小猪，被它们勾引跑了，半年后回来，长得跟野猪一模一样。后来，我们都没办法把它们弄住，只好用枪打死。”

有一年 6 月，一黑一白两头野猪在河滩上打架，黑的将白的咬伤，得意扬扬地钻入柳林深处。那头白野猪可就惨了，雪白的腹部和后腿被撕开，肉皮血淋淋地垂落在地，最终踉踉跄跄走回了柳林。战士们看着心疼，几次欲上前给它包扎，但怯于林中野猪出没无常，袭人凶猛，只能忍痛目送它消失在柳林深处。回到连队，大家谈到了这件事，心细的军医听了，心里有了一个办法。他对大家说：“明天我把消炎药包在馒头内，送给它吃，可以给它消炎，让它尽快好起来。”战士们听了一下子欢呼起来。

第二天一大早，军医便带上准备好的馒头到河边等待。等了一天，那头受伤的白野猪也没有出来。

第三天，他们依然去等，仍落了空。

第四天，那头白野猪出现了，但只在林子边上晃了晃便返了回去，它没有发现放在石头上的馒头。

军医不死心，趴在一丛野草后面，被蚊子咬得抓耳挠腮，痛苦不已。

战友们也焦灼不安地等着他。

直到晚上 11 点，才见他满脸痛苦地回来，只对大家说了一句“我亲眼见它吃了馒头”，便去抹消肿的药。

一次，战士们在一处界碑处潜伏，刚趴下，就发现有野猪在前面 20 米左右处打架。大家立即紧张起来，野猪打得正欢，如果发现这边有人，会扑过来的，那后果就不堪设想了。大家抱紧枪，趴在地上一动不动。就算野猪真冲过来了，他们也不能开枪，因为在边境上开枪，有可能导致难以预料的后果。后来，野猪停止了打斗，跑到布尔根河上游去了。

自那以后，每次接近柳林，大家都要观察一番，看看有没有野猪出没。那天晚上的一幕给他们留下的印象太深了。

同在布尔根河畔生存，河狸却显得尤为可爱。河狸穴居森林地区的河边，洞口开于水上，上边以树枝、树干筑成“小屋”，另用树枝和泥土在附近筑成水坝，以防水位降低时洞口暴露。

我们沿着河岸向下游走去，不出百米，听见从前面的丛林里传出了“吱吱吱”的声响。张定成驻足片刻，高兴地说:“有河狸在啃树。”

我们拨开树枝，悄悄向前走去，看见前面的河流拐弯处，一只小河狸正在啃一棵小柳树。它很像老鼠，尖嘴细眼，皮毛呈暗棕色，油光发亮；它的腿极短，几乎看不见，走路时肚皮紧贴于地；它的尾巴扁而平，像仙人掌，几乎占全身的一半。据说，它正是凭借这条长尾的摆动，才得以在水里自由游弋。

国家在 1981 年于塔克什肯设立布尔根河狸自然保护区，战士们积极配合，保护河狸。一次，一位战士在一处坍塌了的洞穴里发现4只小河狸，特地为它们重修洞穴，每天数次送去杨柳树枝供它们食用。后来，见它们成活困难，便抱在怀里送到了河狸自然保护区管理站。

有边防连在此，没有人敢来捕杀河狸。哨兵把每天观察河狸的活动作为任务来完成。

晚上，去界碑巡逻的人回来了。仔细一询问，才知道他们这一趟吃尽了苦头。

前天早上出发时，塔克什肯的天晴朗无比，没料到一行人刚进入查干郭勒，天就变阴了。天空涌起如浪的乌云，不一会儿，那片树林就被遮掩得黝黑和阴森起来。

连长齐览忠调整出几匹胆大的马走在前面，其他人跟随在后，缓缓进入林子。

林子里凉气逼人，闷沉沉的空气压得他们喘不过气来。他们的脚步惊动了歇息在树丛里的几只鸟，它们乱叫着，匆忙飞向远处。

后来，天下起了雨。他们走出林子，见无法再前行，便躲入一户牧民家。

中午，雨停了，太阳出来了。他们立即上路。翻越达坂时，又下起了雨，他们急急下山，钻入山脚下一户牧民的帐篷内。第二天，雨仍在不停地下着。他们决定冒雨前行。走到界碑处，翻译巴特尔带着战士石绪排和苗润玉与连长一行分开，开始向另一界碑处巡逻。

因为大雨的缘故，三个人都不愿说话，低着头往前走着。按照计划，他们要在天黑前赶到，然后住在界碑附近的牧民家。

但是，直到天黑，三个人仍没有走到目的地。雨天自然而然地减慢了巡逻速度，更糟糕的是，他们走错路了。

他们走到一处石崖底下，见凹进去的石崖刚好可以避雨，于是决定当夜就在石崖下休息。三个人在地上铺开雨衣，在上面和衣而卧。

一躺下，巴特尔就觉得不对劲，为了让两个小兄弟不再害怕，他就把他们安排在一左一右，自己睡在了中间，结果这样就等于他们俩在保护自己。他忍不住笑出声来："不行不行，我睡最边上。闹了半天，是你们在保护我了。"

石绪排和苗润玉也反应过来了，不由得哈哈大笑。

推让一番后，巴特尔作为大哥和干部，依然坚持躺在边上。躺下后，三个人都觉得肚子饿了。

眼下没有任何可吃的东西。

夜，已经黑透了，细微的雨声听起来格外温柔。三个人相继睡去。半夜，他们被饿醒了。

第二天早上，三个人找到了通往界碑的路。当他们看到界碑的时候，泪水滚滚而下。他们抹着泪，走到界碑旁那家牧民的帐篷前，举起无力的手，轻轻揭开了帐篷的门帘……

同样，在另一个界碑处，连长齐览忠和另外两名战士也在遭受饥饿的侵袭。

边防连与这里的牧民关系甚好，所以，每次巡逻都有定点吃饭的地方。

当他们从界碑处撤下走进牧民家时才知道，牧民家这几天也断炊了，帐篷里唯一能吃的东西，就是两块准备留下来化油的肥羊肉。

怎么办？齐览忠望一望帐篷外，天已黑透，确实无法再走了。他把牙一咬，就在这儿住一夜吧！

三个人只好喝水止饿，一直挺到天亮。

第二天，他们与巴特尔三人会合后，急忙赶到下一个牧民家里，终于吃上了饭。

第二天早上 8 点多，罗燕飞和李建带我们前往瞭望塔。这个瞭望塔耸立在国门旁，可观察中蒙车辆的来往情况。

眼下正是中蒙物资交易的繁忙时期。

罗燕飞和李建上哨后要做的第一件事就是去布尔根河抬水。我们站在哨楼上，看见他们一前一后向布尔根河走去。那条沙漠中的简易道路，因这两位军人，有了活力。在不远处，有一个坍塌的烽火台，无言地沉睡在阳光里。在这么高的哨楼上，风居然很轻，很柔，像丝绸拂过，让站在哨楼上的我们更清醒专注。

罗燕飞和李建将水抬回来了，一问才知道，抬水是为了近距离观察贸易通道上的情况。

在罗燕飞和李建调整望远镜，填写观察日志之时，我们插空和罗燕飞聊天。在来时的路上，我们觉得这个小伙子比较深沉，像是经历了许多事。听他开口说话，这种感觉就更加明显了。

罗燕飞告诉我们，他准备当三年兵后回去。他家里的生活条件还行，父亲是村主任。他当兵之前，在外打工两年多，先后在北京、深圳和厦门等地干过搬运工。在深圳时，因为天热，蚊子多，他干了两个多月便回家了，不久后又到厦门干了半年，之后去了北京。后来，他觉得独自在外老是受人欺负，干脆当兵吧，就这样到了部队上。

李建显得比较单纯，看人时甚至有些不好意思。他和罗燕飞是同年入伍的。

李建不愿说家里的情况，几次提到家都绕了过去。后来罗燕飞告诉我们，他家里的情况不太好，父母离婚了，他父亲后来去福建打工了。他当兵是姑姑做主，到了部队以后他才写信告诉了父亲。

这两个战士可以说普通得不能再普通了。但是把他们放在这个哨楼上，由他们俩来守护一个国门，就特殊得不能再特殊了。因为他们都知道，自己是被祖国放置在最前沿的卫士，肩负着最神圣的使命。

11 点，国门开放。李建用望远镜观察，口述观察到的情况，罗燕飞在一旁记录：

对方 20 辆货车在边检站接受检查，检查完毕后全部进入中国境内。

中国 5 辆货车进入对方境内。

…………

国门方向的任何一件事都被记录下来。看着他们一丝不苟地值勤，我觉得这两个战士分明是祖国嵌在边境上的两双眼睛。

祖国的威严就这样被体现出来。体现的过程虽然是单一的，朴实的，而且是枯燥的，但基础却无比坚实，就像一把用钢铁铸造的大锁。

从阿勒泰到红山嘴

阿尔泰山是一座古老的金山。在岁月柔软的指缝间，这座金山从远古蜿蜒至今，任风雪漫来又漫去。听着缓缓流淌的西岔河那浑浊河水的响动，你会想到是满河的金子在一路撞碰。

我们在西岔河沿岸的道路上驱车前行。西岔河内泊着一艘艘淘金船，那上下翻卷正筛摇着沙石的皮带，像一只只不停翻动着的手臂。这些淘金船是较之于人工淘金先进了许多的工具。

我们要去寻找的，是那些长年累月守着金山，可从未想过要索取的人。他们和满河道的淘金客有着一样的肤色，用自己的肩膀，没白没黑地扛着边防的安宁。

“阿勒泰的雪和红山嘴的路，杀人哩！”在布尔津时，一位哈萨克族老人曾对我们这样说。他说这话的时候，神情极为可怕。现在，我们想证实一下老人所说的是否言过其实。

阿勒泰地区有时 8 月份便开始下雪，到 10 月份往往一场雪就可以堆积到四五十厘米。在阿勒泰市，我们碰到正在这里休假的红山嘴边防连指导员曹忠，问他："红山嘴一个冬天的雪下到最后有多厚？"曹忠咧了咧嘴说："那就厚得没办法测了，反正天底下全是雪。有这样一个说法，阿勒泰的天在冬天时特别低，原因是山上积的雪太厚，把天给衬低了。"

边防连在每年下雪之前，都要把冬天所需的粮油和"新疆四大菜"（土豆、莲花白、白菜和萝卜）备足，然后，等待着大雪降临。

等到一场大雪把所有的道路封死，把电话线压断，把山外的消息阻隔，他们便开始了漫长的冬防生活。

红山嘴的雪是一团团砸下来的，一天天堆起来的，而你只能任凭它们把道路封死，把电话线压断，把山外的消息阻隔。除此之外，别无选择。

那次，新兵训练完上站。他们由东风牌卡车载着从团里出发，颠簸了两天，还是被大雪阻挡住了。4 月上旬，别处已杨柳吐絮，春光明媚，而这里却寒凝大地，冰雪未消。连长张才国决定带队徒步行进，对新兵们说："此地离红山嘴有 34 公里，下午完全可以赶到。"

过去这段路只有一条单行于山坡河谷的便道，大家把它叫"鬼路"。1984 年又开出一条路，但在冬天，还是会被大雪阻塞，有些地方甚至会被雪堵死，人根本无法穿越。新兵们身背 30 多公斤的行李，踏雪朝前走着。慢慢地，一条绿龙般的队伍便在雪地上延伸开了。走到三道弯峡口，前面的战士把倒在路上的松树移开了一点，没想到一点小小的震动竟引起了一场雪崩。霎时，前方山体上的积雪轰然倒塌，如狂潮般顺山势倾泻而下。顷刻间，大家面前堆起另一座雪山。

一行人惊呆了。

踩上刚刚堆起的雪山，雪变得酥软，半天也拔不出脚。于是，他们便从上面爬了过去。不大的一座雪山，爬了一个多小时。

前行是很艰难的，大雪如同一只无形的手在慢慢地折磨着他们，把他们的体力一点点消耗光。

夜幕降临，雪花仍在纷飞，不远处，时时传出狼的嗥叫。阿勒泰的夜晚气温骤然下降，战士们开始打起哆嗦。

张才国招呼大家加快步伐。这已是唯一驱寒的办法了。后来，为了不让战士掉队，张才国让大家把背包绳连接起来，拉成一条线，集体前进。

夜更黑了。

雪密得如同从天上泼洒下来似的，劈头盖脸地砸在战士们身上。大头鞋早已成了冰坨，比原来重了好几倍，体内产生的热量越来越少，体力早已达到极限，唯有信念支撑着他们向前走。那天，他们晚上 12 点多才走到红山嘴。

新兵们都冻哭了。

我们的车子晃上红山嘴的时候，我们的骨架也差不多给晃散了。

这是一条什么路啊!

到了边防连，一下车，立刻感到一股凉意，也许是连队地处山洼中的缘故吧。可以想象，一到冬天，当大雪覆盖四野的时候，这里便会成为一座与世隔绝的孤岛。

不下雪的日子，红山嘴如诗如画。

吃完晚饭，我们在院子里散步，看见一只一米多长的黄鹿从松林里慢慢走出来。我们正感叹着它的美丽，只见它走到连队的后门，头一扬就进了院子。这只鹿长着毛茸茸的角，有着温柔的明眸，还有 4 个如锤的小黑蹄。它从我们跟前无比悠闲地走过，进入院中央那片草地，卧下，望着我们。

得知这只鹿早已是连队的一员，我们都惊异不已。

两年前，战士们早晨爬山训练时，见晨光中颤颤悠悠地伫立着一只小马鹿，身上有血，大概是刚生下来不久。它的母亲可能被开往金矿的车惊跑了。大家把它抱回连队，放在暖气旁烤，给它用温水洗身子，喂面糊糊。几天之后它就能跑了，在连队追着战士跑来跑去，逗得大家笑语不断。从此，连队成了它的家，它外出觅食，隔几日总要“回家”。战士们给它起名“阿依古丽”，意为“月亮花”。

2022 年 5 月 10 日，阿依古丽外出未归。大家集体出去寻找，找了 3 天，终于找到了。原来它不慎将左后腿摔断了。军医吴振荣根据人的骨骼结构原理给它接骨，两个星期后，它就可以走动了。

小鹿让我们目睹到一种宁静。从到红山嘴的第二天开始，随着与战士们的接触增多，我们看见了深藏在他们内心的孤独与酸楚。

军医周文随和大方，但他所承受的痛苦，可以说没有一个人能帮他医治。

2022 年，周文在山上过冬。开春时，一下收到 20 多封信，他按邮戳日期的前后顺序把信排好，一封一封地看。第一封信是女友火辣辣的热恋之语。当读到最后一封时，他已泣不成声，悲痛欲绝。把这 20 多封信连起来，不光讲述了一位姑娘从热恋到期待，到失望，到痛苦，再到诀别的过程，而且还讲述了他家里的两位亲人从得病到住院，到病危，直至去世的过程。

在这之前周文天天盼信，他给女友和家里的信已写了好几十封，因大雪封山无法发出，就编了号一直放着，想着等开春让上山的车带下去发。

哪知女友在发出一封封热恋的信后不见回音，以为他已变心，在长久的痛苦彷徨之后，毅然与他断绝了关系。两位老人更是期待着周文能在他们临终前回去看他们一眼，给他们最后的安慰。

这一切，周文一无所知。

路通了，春天来了。周文怀着忐忑不安的心情下了山。他要到呼图壁县去找女友，向她解释，请求她原谅。然而，却正赶上她的婚礼。两行酸涩的泪水从周文的脸颊上流了下来。

周文又返回了红山嘴。这条上山的路显得格外漫长，他走得格外沉重。

炊事班班长张怀康承受的是另一种重负。

张怀康的妻子赵琼1997年9月上山到了红山嘴，两口子恩恩爱爱相处了一段日子，就在她准备下山的前一天，一场大雪把山封住了。无奈，她便留了下来。她等啊等啊，一直等到1998年元月新疆军区派直升机往连队送年货时才将她带下山。一上飞机她就哭成了泪人。那泪水里，既有长时间被困的孤寂与委屈，也有对丈夫和战士们的心疼。

赵琼回到家才知道，在红山嘴被困的这一段日子，因她无法请假，导致长期旷工，被单位除名了。

妻子回去以后找没找到工作，在干什么，张怀康一无所知。自元月到现在，山下的信还没有送上来。

红山嘴的信在阿勒泰军分区放着，因没有顺路的车，带不上来。闻此言，我们有些后悔。要是知道战士们如此盼信，我们无论如何也要去一趟阿勒泰军分区。

无论雪积多厚，冬天的巡逻都是雷打不动的。尽管巡逻异常艰苦，但大家都争着去。每次出去巡逻，大家都轮换着在前方蹚路。新金沟和大沙滩是积雪最厚的地方，马无法通行，他们便步行前往界碑处。在雪中行走，危机四伏。看上去平坦的雪地下面常常深藏沟壑，人一旦踏入，会突然连影子都找不到。

原指导员周志东带队到新金沟巡逻，回来时雪厚，走不动，干脆脱掉毡筒，咬牙光着脚走回连队。

军医王辉外出巡诊，回来时在大草滩遇上大风雪，骑马无法前行，便下马步行。后来风刮得更大，走不动了，他就牵着马在雪中向前爬，爬了整整一夜。那天晚上，在寒冷和艰辛的压迫下，他往回爬的信念只有一个——为了儿子。

我们在阿勒泰市陆军第十六医院见到了王辉，他给我们讲了当时的情况：

“那天的雪大得让人几乎睁不开眼，我伏下身子开始爬，只觉得大雪像个恶魔似的在击打着我。一股酸楚涌上心头，我想哭，但这时我想到了儿子。

“我突然有了些力量，觉得儿子在什么地方正望着我，接着我又喃喃自语地说，儿子，你在看着我吗？你要相信，你爸是个男人，一定能活着回去的。你看，我现在正在用劲爬。

“雪下得更大了。我爬了一段，又开始说话，儿子，谢谢你在这时候看着你老爸。你看着我，我就有劲儿了；你看着我，实际上就是在拉我。我一定把这一段雪路爬过去。

“我边喃喃自语边往前爬。后来雪下得更大了，狂风裹着雪像一个个扇过来的巴掌，打在脸上生疼生疼的。我扬起头，用力往前爬，嘴里不停地说着话，儿子啊，以前你爸打过你，骂过你，但我觉得你是这世界上最好的孩子。你在这种时候给了你老爸力量，你真是老爸的命根子。以后，我一定要好好对待你，要是对你不好，你打我，好吗？

“我一边说着话，一边往前爬着。儿子啊，咱们不怕雪，咱也没有做什么亏心事，大雪不会冤枉咱们的。以后咱们好好做人，好好学习，天天向上。如果在马路边捡到钱，也一定要交到警察叔叔的手里边。咱们不占别人的便宜，不欺负别人，坐公交车要给妇女、儿童和老人让座。

“我不停地说着，不停地爬着。我的嘴唇已经有些发麻，发麻反而不觉得冷了。我说，儿子，你在阿勒泰市第四幼儿园当好孩子，你老爸在红山嘴边防连当好军医。你在幼儿园学唱歌声音要大一点儿，我在边防连，要为牧民服务，多做好事。今天，我就是去做好事了。

“这时，雪成团成团地向我砸来，我半低着头往前爬，嘴里仍喃喃自语着，儿子，人千万不能干坏事。现在，我把干过的坏事坦白交代，不然，大雪不会饶恕你老爸。我喝醉酒时骂过人，与战友打过架，偷过别人的香烟；在跟你妈谈恋爱之前，我曾打过前任女朋友一记耳光，把她打跑了，现在，我觉得我的心也被打疼了；我还借了战友 100 元钱，至今未还，因为他调走了，我一定要还上……儿子啊，我向大雪保证，以后多干好事。

“我一口气说了很多，只觉得把平日郁积在心中的郁闷全都吐了出来。当我爬到连队门口时已泪流满面，我甚至不知道那一段路我是怎么爬过来的，从头至尾只觉得儿子一直看着我，跟我说着话，让我浑身充满了力量。

“那一场大雪给我带来灾难的同时，似乎也给了我一次正视自己的机会。当我连滚带爬地从大雪里爬出来的时候，我感到自己好像变了个人。”

无论怎么说，能从大雪中熬出来和爬出来都是幸运的。不幸的是，许多战士被大雪永远埋葬在了红山嘴，让自己也化成了一片雪花。

1962 年，肖飞奉命带领 200 多人，携十几支枪，牵着骆驼和马，由西岔河前行到红山嘴，建立了边防站。那年冬天，战士余俊杰、刘先兴、王志斌从边防站去阿勒泰，走到阿祖拜达坂时突遇雪崩，他们3个人全都被大雪埋没。第二年，当大雪融化后，人们才找到他们的尸体。

阿拉克别克河

阿黑吐拜克边防连在一片白桦林的后面。这片白桦林可以说是阿尔泰山脉妩媚的眸子，湿润的土地和嫩绿的野草，像少女沉静的爱意。往林子的纵深处看，顿觉一颗心被少女那幽远的呼唤吸了过去。

每棵树上都有一些浑然睁开的眼睛，凝望着岁月无声地从它们面前流过。

穿过沙漠，爬过雪山，走到这一片林子，几乎每一个从远方来的客人都想静静坐下来，倾听大地的诉说。走出白桦林，就看见边防连了。连队背后一新一旧两座哨楼齐头并肩伫立在蓝天下，就像一老一少两个士兵，虽然老兵已退出现役，但依然恋恋不舍地镇守在原来的岗位上。到连队不久，与我们同行的团干部股股长马晓江说："过一会儿，连队要去阿拉克别克河清理越界的树，由团侦察参谋李东负责指挥。"

树也会越界？我们当即决定同连队战士一道去看个究竟。

出了边防连，经过兵团的一个连队，连长丛红庆去一户农工家借锯。

阿拉克别克河到了。

这条河横亘在我国与哈萨克斯坦两国之间，在河对岸一公里处，就是对方的一个镇，楼房、街道、飞机场以及行人清晰可见。而河这边，自河岸起，便是我方的大面积耕地。笔直的田埂和墨绿的油葵在阳光下格外引人注目，也格外迷人。

双方不计河的流程和走向，以河中心为界，各占一半。因此，任何一方稍高的树一旦倾倒，树身就有可能越界。

因我方的 5 棵树前些天被风刮倒了，上星期双方会晤时，对方要求我们把越界的树“领回”。

从红庆在左右两处布了两个观察哨。

李东指挥 7 名战士开始锯第一棵树。这棵树比较粗，而且横在河上。李东当机立断，指示分两次锯，先从树根部锯断，河中心的树干便能落下来，接着再锯一次，倒向对方的那一半便落回来了。望着空旷、宁静的河面，心头的重负被卸了下来，内心也像这河水一样变得清净。第二棵是小树，浮在水面上。战士王涛和刘刚跳入水中，三两下便将其锯断，拉回岸上。

这时候，从河对岸的草丛中传来一阵摩托车声。从红庆低喝一声:“接着干，不要看，注意千万别越界。哨兵注意观察，有异常情况立即报告。”

大家的神情立刻严峻起来，有一种如临大敌的感觉。在边界上，当两国的军人面对面相遇时，需要有高度的警觉性。

哗哗的河水和低缓而沉着的锯声，像一种沉闷的呼吸。对方军人始终没有露面。

按照惯例，如果没有特殊的情况，两国的军人是不会轻易碰面的。

第三棵树卧于水中。大家一齐下水，5 个人抬，两个人锯。锯了没几下，锯被卡住。几人欲再抬高一些，但树干纹丝不动。李东将携带的绳子甩过去，魏远涛固定好以后，将另一头甩上岸，岸上的人合力一拉，树终于被拉了起来，很快被锯断了。

第四棵、第五棵树均很顺利地被清除了。阿拉克别克河仍在无声无息地流淌。

这条河如果不是处在两国的交界处，充当着边界线的角色，无疑是一条平静得出奇的河流，河水静静地流向远处，不会有任何大波大浪。但是，它承载起了人们赋予它作为边界线的特殊意义，于是，它在人们的眼里变成了另一种河流，人们将沉重或轻松的情绪都注入它的流动中。

我们问丛红庆对方军人刚才是不是没有过来。

丛红庆摇了摇头说："肯定来了，可能就在附近潜伏着。"

果然不出他所料，不一会儿，就听到一阵摩托车声远去。不言自明，对方军人见我方欲撤离，便先撤回去了。

我们返回 26 号界标处时，丛红庆发现上次立的一根木头消失了。由于此争议地区双方尚未勘定，所以界线只能用物体简易地标示。李东找来一根树枝，深深地插入泥土中。一位战士从挎包里掏出一块红布，缠绑在上面。鲜艳的红布格外醒目，似乎向远处传递着一种力量。

阿拉克别克河也时常给生活在阿黑吐拜克的军人们，带来一些难堪和隐痛。

那一天，志愿兵郑富纯的对象在无意间说的一句玩笑话，却不幸言中了一匹马的悲惨命运。那次巡逻出发前，这个临时来连队的军嫂突然提出要和那匹黄马合影。指导员张新颖说："你等它回来吧。"她说："还不知道它能不能回来呢！"大家听了她的话，都愣了愣，但谁也没有在意，骑着马出发了。

一行人三天将全程巡逻完毕，第四天返回时，下最后一个达坂，达坂底下便是阿拉克别克河。下到半山腰，达坂坡度变陡，人和马走在上面极其艰难和危险。没走几步，黄马就滑倒了，它努力在陡坡上挣扎着，指导员赶紧用缰绳拽它。马越用力挣扎越往下滑。旁边的人对指导员说:“把绳子扔掉吧，不然，人也会被拉下去的。”马没能挣扎着爬起来，滚了下去。由于达坂路弯曲盘旋着，那匹马落下去后又被弹了起来，像皮球似的一起一落掉下了达坂，落入河内。

马在河水中漂浮，周围的河水渐渐变成了红色，又慢慢地流走了。

大家颤颤巍巍地从达坂上下来，绕到山后再逆水而上，终于找到了那匹黄马。

黄马仍被泡在水中，还在微微地喘息，眼中布满了痛苦和期待。

但战士们却不能下水去救它。因为它已越出边界，作为军人，故意越界的影响和后果是严重的。

两名战士飞奔回连队，向团里报告，请示与对方紧急会晤，救出黄马。

黄马没能坚持多久，头慢慢地沉入水中，再也没有抬起来。

眼睁睁地看着无言的战友死去，战士们悲伤地流下了泪水。

下士魏玉海曾经沿着冬季的阿拉克别克河，用 18 小时走了 18 公里路。他把记载那次经历的日记给我们看，只见上面写着:

> 晚上 8 点，连里接到团里的电话通知：有一个可疑人员从南疆逃窜到喀拉尕什，被通信维护站的两名战士扣住了。因雪大，团里的车无法上来，而维护站只有两名同志，无法将其送下山，故命阿黑吐拜克边防连派人前去将那名可疑人员带回。
>
> 连里派叶尔波力排长、我、张养鹏和从炊事班抽调的杨成军去完成这一任务。
>
> 我们一走出连队，便开始蹚雪。

很快，我们就遇到了麻烦。我和杨成军不会滑雪。排长和张养鹏沿河道向前滑去，约好在前面等我们。我和杨成军咬咬牙，笨拙地穿上滑雪板，跌跌撞撞地向前挪动。

我们沿着阿拉克别克河道前进。

平时让人感到不可接近的阿拉克别克河，现在被大雪覆盖着，显得格外平静。稍远处，河面已结冰，冰上落着厚厚的积雪，河流基本上没有了形状。

但这种平静并不能使人放松，因为雪太厚，天冷，以往在这样的天气里发生的悲剧是很多的。我对杨成军说："注意河道，千万不要越界。"滑行了大概有3公里，我们热得开始冒汗。杨成军说："咱们把大衣放在这里，等回来时再拿。"这时候，大衣确实是一件多余的东西。

排长立即制止："不能放！前面的路怎么样谁也不知道，很有可能要用来防寒呢！"说完，又带着大家往前滑。前方是上坡路，我们只好将滑雪板解下，徒步前进。衣服已经被雪浸湿，裤子也已经湿透了。这时，我感到饿，也感到困。尽管今夜有月亮，再加上雪的反光，地上非常明亮，但困乏和饥饿使我依然感到黑夜的恐惧，我吃力地一步一步往前走着。

晚上10点多的样子，排长和张养鹏穿上滑雪板又滑出很远。杨成军落在了最后，他着急了，朝我大声喊："等我一下！"我坐下来等他，心想，既然要等，倒不如先躺下休息一会儿，但一躺下，恍恍惚惚就睡着了。后来我才知道，杨成军赶上来后，没有发现我，一直赶到了等我们的排长跟前。排长一看我没来，便转身滑了回来，找到我，把我叫醒，然后拉着我的手，向大家等待的地方走去。排长有着维吾尔族人壮实的体魄，他拉着我的手，力量很大。

与大家会合后，排长决定，由他执勤，我们睡5分钟。

那5分钟里，我睡得很香。

5分钟后，大家感觉有劲儿多了，于是又上路。我看了一下表，刚好12点。我们出来4个小时了，才走了4公里多的路。

凌晨4点多，我们开始爬一座高山。排长先爬了上去，他回头向我大叫："快一点儿！"刚喊完话，人便从山顶上栽了下来，滚到我们跟前，头插入雪中，只有两只脚露在外面。大家扑过去边用手挖雪，边把他往外拉，拉出来时，他的脸已经变青了。

像这样的事我们刚经历过一次。在爬一座小山时，张养鹏爬到半山腰时想直一下腰。他刚把腰伸直，滑雪板便开始倒滑，倒滑的速度很快，他一个跟头便栽到了沟底。大家赶快返回，把他拉了起来。

走到凌晨5点多的时候，饥饿和寒冷已把大家折磨得无比疲惫。到这时，我们才走了大概8公里路。雪，越来越厚，我们真担心被雪困在河畔。

杨成军说："排长，别再往前走了，说不定我们走错方向了，等着救援吧。"

大家凝神静听，河水哗哗流淌的声音不绝于耳。此时，大家都松了口气，路没有走错。

排长说："我们只能往前走，不走，一坐下就睡着了。再说，现在又没有吃的东西，停下只有等死了。"

张养鹏无可奈何地请求："那咱们再休息5分钟吧。"

排长只好再次执勤，让我们又睡了5分钟。5分钟后，我们继续挣扎着往前走。饥饿和寒冷已使人头脑发晕，脸部发麻。大家除了努力往前走，已没有力气说一句互相安慰的话了。

天，慢慢亮了。我们看见雪山蜿蜒起伏，阿拉克别克河在缓缓流淌。这一带气温稍高一点，故而雪也薄了。张养鹏和杨成军看到一块干地，加了把劲儿走上去，坐下，向排长叫道："排长，打死我也不走了。我们晚一天去，那个嫌疑人员也跑不了，所以，还是让咱们在这儿好好睡一觉吧。"

我们确实太累了！由于雪厚，双脚踩下去和拔出时，都颇费力气。这样走了一夜，大腿已变得酸痛不已。但在这种时候和这种环境下，往往一觉睡过去，就再也醒不过来了。排长见我们实在没有走下去的力气，只好找来一些红柳枝条，点起一堆火，让大家把鞋脱下来烤烤脚。

我这时才发现，大头鞋脱不下来了。雪进入大头鞋内，化成水又结成冰，把脚冻住了。前面由于忙于奔走，居然没有丝毫察觉。我想把脚用力抽出，刚一用劲儿，便疼得钻心。没办法，大家只好把脚伸到火堆旁，让火慢慢地烤。

等大家把袜子、手套都烤干后，排长说："赶快走，可能前面就到了。"大家一听这话，似乎有劲儿了。翻过一座山，果然看见一座哈萨克族牧民居住的村庄。大家加快了步子，走到离村庄还有四五百米的地方，再也走不动了。排长先进入村子去打探消息。我走了 200 多米，回头一看，张养鹏不见了。返回寻找时发现他在刚才的山坡下睡着了，我便大声喊他。喊叫声并没有惊醒他，我只好下山把张养鹏推醒，拉着他的手往前走。爬上那座山，见杨成军靠在一个土台上，早已睡着了。经过一夜的奔波，我们确实太累了。

排长从村中返回，带我们进入村中一户牧民家。一进门，看见盒子里放着馕，大家抓起来就往嘴里塞。本来，我们还为自己的失态有些难为情，但那个牧民非常怜爱地说了一句:“解放军巴郎子受罪了，好好吃。”我们便马上狼吞虎咽起来。吃完之后，顿感浑身力量倍增。

休息了一会儿，我们又赶紧上路。下午4点，终于到达喀拉尕什。维护站的战士说:“你们连长从昨天晚上开始每隔两小时打一次电话，已经等得非常着急了。”排长赶紧打电话向连里报告了情况。那个嫌疑人员是巴基斯坦一所大学的学生，26岁，持有护照，准备到少林寺学中国武术。我们被他搞得啼笑皆非，想想这18个小时吃的苦，真是惊心动魄，但作为军人，我们什么都没说。维护站的战士给我们做了一锅揪面片，大家吃了几碗倒头便睡。醒来后准备洗脚，发现脚上的肉已发黑。维护站的战士懂得如何防止冻伤，劝我们先别走，不然有危险。于是我们便向连里报告了情况，在喀拉尕什休整两天。

第三天，雪停了，团里派了4辆摩托雪橇将我们5人接回。

那次回来后，我的脚还是被冻伤了，后经住院治疗，虽然止住了腐烂，但从此落下了病根，每遇到天阴或下雨，便隐隐作痛。

我们看完这段日记，魏玉海告诉我们，估计他的脚难以过冬了。我们久久握住魏玉海的手说:“兄弟，你最好在入冬前去医院看一下。”

蚊虫王国

在克孜乌雍克，就听说了北湾的蚊子。碰到阿勒泰军分区军务科长李得鸿时，他听说我们要去北湾，哈哈一笑说:“今天下午我就去北湾。我和那里的蚊子联系了一下，它们在那儿等着呢！”

听他这口气，我们心里有些紧张。时下正值 8 月，是蚊子猖獗的季节。

据专家们说，北湾是世界“四大蚊虫王国”之一，每立方米空间有 1700 多只蚊子。

第二天，我们怀着一种既惶恐又迫切的心情，驱车前往北湾。尽管大家都“谈蚊色变”，但我们还是想亲自去“蚊虫王国”走一遭。

额尔齐斯河流到北湾，因地势平坦，渐渐变得沉缓宁静起来。这样就使北湾三面环水，出现了多处沼泽和死水洼。随着夏季的来临，这些地方就成了蚊子最理想的繁殖地。

快到连队了，见一个战士军装上套着雨衣，脸上裹着纱巾，头上戴着防蚊帽，手上戴着手套，蹲在一堆火跟前，努力把身子往那缕蓝烟中凑。远处，有几匹军马一边吃草，一边用尾巴甩打着身子，它们啃草和甩尾巴的动作都显得有些急躁。仔细看马背上，有一层黑乎乎的东西在蠕动，再认真一看，就十分清楚了，是一层蚊子。

蚊子对人的侵袭是格外厉害的。我们刚把车窗玻璃打开，倏然间便觉得眼前一暗，赶快关窗，无奈脸和手已被叮得一片生疼。这是北湾蚊子给我们的见面礼。

团干部股股长马晓江忙说:“这里的蚊子密度大，往往会形成蚊网、蚊阵、蚊墙，有人伸手抓一把，竟有 70 多只蚊子。一般的蚊子是在黑夜行动，而北湾的蚊子是全天候出击，任何杀虫药剂对它们都形不成杀伤力。蚊子对人的轰炸，可谓是迅速而准确，残酷而贪婪。”

到了北湾，前一天到达的李得鸿科长和连队干部躲在连部朝我们傻笑。他们用双手不停地在脸部周围挥动，一看就知道是在打蚊子。我们也挥舞着双手在脸的周围扇着，急急进入连部。

大家谈论的话题自然还是蚊子。

北湾的蚊子大致有3种：小咬、小黑点和小硬壳。小咬身体透明，防不胜防；小黑点奇小，近乎针尖大；小硬壳躯体坚硬，俘获它时你以为它被按死了，放开手它却能在顷刻间飞走。

蚊子在每年的6、7、8月最为猖狂，人们白天不开门，晚上不开灯，人吃饭，蚊子吃人，绝无躲避之法。生活中皆是戏剧性的情节。战士们很少有静静站着的，好像经常处于动态之中。上厕所时，手抓一张旧报纸，一边解决问题，一边用力扇，以防蚊子下口。有时用这种方法仍不顶用，便在身后点燃一堆废纸，就着烟火，草草了事。

我们来时在路上遇到放牧员孙建荣，他现在把夏天当冬天过，每天早早把马和牛赶出去，趁蚊子尚未出来之时，点起一堆火。这一天，无论太阳多么酷热，他都凑在火堆旁。为了防止被蚊子叮咬，他在大热天穿着线衣线裤，一天下来，浑身如同被水泡过。自他放牧以来，已有一头牛被蚊子叮瞎双眼，另有一头牛被蚊子叮到发疯，到处乱跑，撞上一块石头落下残疾。每天牧归是最痛苦的时候，待把马和牛赶回连队，人已被咬得浑身发麻。

最无可奈何的是打马草的时候。战士们用背包带背马草，时间长了，因背包带窄，勒得肩疼，他们就用双手垫在前肩，以减轻疼痛。但这样一来就不能打蚊子了，蚊子可以随意咬他们身上的任何部位。部队上老兵关怀新兵的光荣传统是永恒的，因此，每次老兵们都主动背远处的，让新兵背近处的，少受些罪。有一年夏天，连队修车库，请了十几个外地民工，出双倍的工钱。然而他们干了没几天，便背起行李不辞而别。他们受不了北湾的蚊子，死活不干了。

民工可以到别的地方去挣钱，但连队官兵却别无选择，在蚊虫大军的攻击下，他们也必须努力维护边防线的安宁。

我们前脚刚进来，李得鸿就笑着说："我已经给蚊子团长传话过去了，今年我又来了，咱们彼此再体验体验。它还算够义气，今天派了几只蚊子来。你们刚才下车时和你们见面的，就是被派来的几只。不过还是少啊，中午说不定就没有了。"

听他的话，似乎他正准备和蚊子战斗几个回合，又好像是要与其交流一番。正说话间，一只蚊子落在他胳膊上，他却笑着端起茶杯喝起水来。那只蚊子叮了很长时间，眼见它肚子胀了起来他这才用两根指头轻轻捏住蚊子，拔出，捏死，扔掉。也怪，他胳膊上刚被叮过的地方不肿也不见发红。

他告诉我们，蚊子刚叮入皮肤时不要去打它，一则它防人的警惕性很高，轻易不能得手；二则它把唇刺刺入皮肤，刺上的毒刚散开，你一赶它，就将毒汁留到皮肤下面了。待它吸得时间长了，对你失去了戒备，便可一把捏住。同时，因被叮的皮肤处血液尚未循环过来，趁机把毒汁挤出，便不会肿胀。

没过一会儿，他唤大家："快看，又有一只找我来了。"只见一只蚊子叮在他右脚脚指头上，它向四周转了几下身子，似是在观察情况。也许它的视力范围很小，没有看到我们几个人正拭目以待。李得鸿轻声说："嗯，开始叮了。"又过了一会儿，他说："嗯，嗯，开始吸了。"他把脚指头来回扭动，蚊子趴在上面纹丝不动。他笑着说："行，咱们交流交流感情。我现在想通了，人类要吃饭，蚊子也要吃饭，共同在地球上生存，难道只许人类向别的物种索取吗？通常是强者布道，弱者屈从，现在是在‘蚊虫王国’，蚊子比人强，人还有什么办法呢？好在被蚊子咬是咬了，其他事没耽误。”

李得鸿对待蚊子的态度不乏幽默，但冷静一想，其中包含了一种苦涩的哲理。这种哲理在一个边防军人身上显现出来的是一种对生活的乐观。

吃完中午饭，由副指导员潘存文带队，我们跟着到南湾去巡逻。来北湾已经半天了，或许是因为天气颇好，或许蚊子真的已经很少了，我们居然没有领略到蚊子的厉害。连长说，那就到南湾去看看。

我们 6 人装备齐全，穿戴好防蚊子的衣帽，在手上擦上防蚊油，心急火燎地要去领教一番。

我们出了连队，排成一列，以巡逻的队形缓缓向额尔齐斯河走去。额尔齐斯河两岸长满了杨柳，河流被夹裹在中间，显得格外安静。河很宽，但流量不大，河水好像想从拥挤中脱身，上下打着滚，一团一团的，从河底缓缓翻卷起一片乌黑的沙子。

艇长杨发斌先我们到达，已做好准备等待出发。他是老兵了，在连里时，我们让他谈谈这里蚊子的特点，他说：“没特点。咱们这儿的蚊子比人多，比人叫得响，比人名气大。”后来他又说：“蚊子也认人呢，在连队待的时间长了，它们好像觉得你是朋友了，就不轻易咬你。而刚来连队的人，总是免不了让它们品尝一番，没有四五年下不来。许多战士都是被蚊子咬习惯了，也就到了退伍回家的时候了。”

乘艇到了南湾，爬上岸，进入一片树林。没走几步，觉得脚下有异，一看，林中全是沼泽地，黑色的淤泥，显得平静而又恐怖。副指导员潘存文腰一猫，便踩着淤泥向林子深处钻去。我们跟随其后走着，翻译杰克突然问：“怎么下雨了？”大家一愣，还没有回过神来，就见雨点般的蚊子密密匝匝地扑了过来。一名战士高叫一声：“是蚊网！”我们看见一大群蚊子正在向潘存文的脸部飞去。它们先落在他的衣服上，然后向上爬，爬到衣领，很快就将领花盖住了。潘存文用戴着手套的手去打，手套立刻变成了黑色。这时候，我们感到自己的脖子一阵阵痛痒，心想，可能是我们不会戴防蚊帽，蚊子从后面钻进去了，便用手把拉带扯了几下。没想到这样反而给蚊子提供了机会，它们瞅准这个机会，大批量地钻了进来，接着只觉得脖子和脸上有许多东西在爬动，再接着便是一阵麻酥酥的疼痛。在我们慌乱扑打蚊子之时，只见几个战士正从容不迫地在界碑旁查看，蚊子虽然也在猛烈攻击他们，但他们丝毫没有反应。

界碑上蚊子落了满满一层，潘存文正用手把中国这边的蚊子抹去。他的手抹到一半的时候，我们的眼泪流了出来。此时此刻，在我们的眼里，界碑、蚊子、军人，三者合为一体，构成了一幅意义深远的图画。

在界碑左前方，有一串脚印清晰可见，说明邻国军人近期来过。大家仔细观察，没发现什么异常迹象。

下午 3 点钟，我们从南湾返回。蚊子还是那么多，但大家显得非常平静。我们想，如果不是在边界上，就不会出现这种情况了。当蚊子越来越密地在北湾汇聚时，驻守在这里的人，其意志一定是坚不可摧的。

同一种忠诚

到吉木乃的当天晚上，我们和吉木乃边防连连长韩阁等 5 人同住一室。奇怪的是，这一夜，我们居然全部失眠。实在无法入睡，大家便各自搬一个小凳，到院子里坐着聊天。韩阁的妻子也带着孩子来到了连队。她早上从哈巴河县坐汽车出发，到布尔津县转车，由于所乘的两辆车先后在路上各抛锚一次，耽误了 3 个多小时。

母女俩赶到连队时，韩阁正在给我们介绍中哈边界的情况。女儿一走进院子立刻挣脱母亲的手，冲到门口，连声喊："爸爸！爸爸！"韩阁的脸上露出一丝急切的神情，但他还是没有中断介绍。女儿跑过来，抓住他的手，他把手转了一下，紧紧握住了女儿的小手。我们有些于心不忍，劝他去照看妻子和女儿，但他还是非常细致地把整个防区的情况讲了一遍。

韩阁的妻子带来两个不好的消息：一是家里的电话被别人盗用了；二是这次团里安排干部家属就业，可能没有她。

团干部股股长马晓江就坐在韩阁旁边，于是，大家让他就韩阁家属就业这件事表个态。

马晓江一脸的为难之色。他向大家透露，韩阁家属就业的申请在他来吉木乃之前已经正式报上去了，但还没有批下来。这次需要就业的干部家属很多，竞争很激烈，结果他无法估计。

韩阁苦笑了一下说："算了，这事先不提了。"

说是不提，其实大家知道这件事在韩阁心中的分量。他本来想利用这次就业的机会报答一下妻子。妻子为了他，从天府之国四川来到了新疆，多少年了，都是一个人操持家务，一个人带孩子。韩阁渴望能给妻子找个工作，减轻她的心理负担。但现在，他却无可奈何。

边防军人只要已成家，谁都欠着妻子一笔重重的感情债，而且谁也没有把握能在什么时候把这笔债还上。因为这些女人嫁给边防军人的时候，风华正茂，而她们在这个时候做出的牺牲，实际上是永远也不可能弥补的。你将来也许能偿还给她们金钱，但你能偿还给她们逝去的青春时光吗?

韩阁不敢想象，当妻子知道自己再一次就业无望时，她将会有多么失望和悲伤。

说起电话被盗用，韩阁终于可以发泄发泄胸中的郁闷了。他之所以在家里安装电话，就是因为边防连有部程控电话，这样他便能经常与妻子和女儿通话。女儿已经 5 岁多，知道思念爸爸了，她每天晚上都要给韩阁打个电话，听他说说话，才能安然入睡。妻子的思念也只能通过电话向韩阁倾诉。自从有了电话，韩阁和妻子、女儿彼此之间都觉得离得近了。电话中相互的安慰和关心，使孤寂的生活变得充实快乐起来。

一次，韩阁外出巡逻，正值深冬，而且下着大雪。他想，如果把这情况告诉妻子，她一定会为自己担忧，于是便决定回来后再和她通话。韩阁走后的第二天，妻子便有一种不祥的预感。她立即打电话到吉木乃，得知韩阁带队冒着大雪去巡逻了，她的心一下就悬了起来。她的预感后来得到了验证。韩阁在第二天的巡逻中，迷失了方向。他带着战士们到处找路，有好多次在雪崖上遇到险情，经过一天一夜的苦苦跋涉，终于艰难地返回了吉木乃。

回到连队后，听说妻子已打过无数次电话，韩阁顾不上脱下已经结冰的衣服，冲到电话机前，拨通了家中的电话。妻子听到他的声音后，泣不成声。

电话成了韩阁与妻子和女儿之间相互支撑的情感寄托。

这次电话被盗用，电话费累计 500 多元。这种事情落到承受了太多磨难的韩阁头上，确实让他难以忍受。大家请求马晓江回团里之后，向保卫股通报一声，争取尽快查出盗打电话的人。

李得鸿兵龄最长，算是老兵。

老兵自然有老兵的苦衷。说起在部队的经历，善开玩笑的李得鸿感叹了一声，语气变得沉缓且伤感起来。

李得鸿的父亲第一次报病危时，他作为团党委常委在红山嘴边防连蹲点。当时阿勒泰刚落过一场大雪，所有的道路都被封死了，根本无法下山。他打电话与团里联系，团里派了一名战士送他的妻子和孩子从富蕴赶到乌苏去看望父亲。作为儿媳，照顾大小便失禁的公公有诸多不便，但她很孝顺，考虑到李得鸿被大雪阻隔在红山嘴，不能亲自来照顾，便把照顾公公的事情都揽在了自己身上。

李得鸿下山后，妻子扑到他的怀里大哭了一场。作为一个女人，她替丈夫承担了太多的沉重与艰辛。李得鸿陪着她哭。妻子的眼泪，是经历了苦痛之后的一种发泄；李得鸿的眼泪，有愧疚，有伤痛，也有无奈。

父亲从那次病倒后再也没有站起来。李得鸿每次回去，只能照看十几天。每次他从父亲的病床前转身离去时，眼里都盈满泪水。他多么想留下来好好照顾父亲。他知道，对于一个病人，如果能经常看到亲人在身边，心里会好受一些，这样对他身体的恢复也能起到一定的作用。但李得鸿不能不回部队。

女儿参加完期末考试，用自己平时积攒的零花钱给父亲买了一双鞋、一双白袜子，利用探亲的机会送到了边防部队。当女儿把鞋和袜子塞到他手里时，父女俩不由得抱头痛哭起来。女儿说："爸爸，你老是穿黑色袜子。"他回答："爸爸没时间，白袜子容易脏，穿黑袜子看不出来。"

李得鸿现在和大多数与他同年龄、同职务的人一样，在考虑去留的问题。如果转业，回什么地方，他至今心里没数。他 11 岁从桂林来到了新疆乌苏，如果离开部队，桂林是回不去的，也不可能回乌苏，父母已去世，妻子所在的单位也不可能接收。

马晓江提起自己的前妻，泪水马上就涌了出来。

马晓江在白哈巴边防连任连长时，妻子宋晖前来探望他。说是探望，实际上是想让他带自己去看病。她从 4 月份就感到身体不适，但马晓江一直忙于连队的事务，几次团里批了假，都因连队干部少、工作忙没有脱身。这次，马晓江把工作安排好了，准备打完马草就带妻子去阿勒泰看病。宋晖等了一个星期，马晓江带着她和 3 岁的儿子下了山，到了阿勒泰。因为是星期六，无法入院，他们打算找地方先住下来，到星期一再说。在街上转了一圈，宋晖觉得克兰河边的一家小旅馆不错，光线好，而且离医院近。于是，一家三口住进了那家小旅馆。

下午，天下起了雨。开始是小雨，后来变成了暴雨。雨过之后洪水暴发，马晓江一家住的小旅馆被河水淹没了。马晓江跑出去找堵水的工具，刚出大门，突然被一股大浪冲倒了。他在水中挣扎了几次，想靠近妻子和儿子的房间，均未成功。那天的水流大得出奇，几近与人同高，马晓江不但没能游回去，反而被冲入河道，向下游漂去。在河中，他数次抓住木头和树根，企图爬上岸，但都没有使上力气。没过多久，他被冲到一个桥洞跟前，眼看着就要撞在水泥桥墩上了，他在心里叫了一声苦:“完了！”也许老天在那一刻睁开了眼，洪水把他卷入一个漩涡，三转两转卷着他从桥洞里穿了过去。后来，他被冲到一个浅水滩，终于挣扎着爬上了岸。当他没命地跑回那家旅馆所处的位置时，旅馆早被洪水冲垮了！他忙问周围的人，见没见一个妇女抱着孩子出来。

众人都说没看见。

他心怀侥幸地在人群里寻找母子二人，然而哪里还有他们的影子啊！他又沿河岸往下游跑，跑了 2 公里，仍一无所获。

马晓江向阿勒泰军分区报告了自己妻儿的不幸遭遇，军分区立刻出动人员帮忙寻找，最终在下游 50 公里处找到了宋晖和儿子的尸体。

马晓江一个人孤零零地回到了白哈巴。他将宋晖母子二人合葬在连队后面的小山上。他只希望在内心能长久地保存昔日妻子和儿子给他留下的欢乐，只希望今后能时时与他们倾诉心语……

已经过去好几年了，马晓江把那份伤痛深深地埋藏在内心。

宋晖母子遭遇不幸后，马晓江怀着极其愧疚的心情回到陕西老家，向妻子的家人赔罪。宋晖一家人都很淳朴，他们不但没有责怪马晓江，反而说服宋晖的妹妹嫁给了他。现在，两人已有一子，日子过得和谐美满。

第二天一早，我们劝韩阁给自己放一天假，陪陪妻子和女儿。然而不到中午，韩阁突然接到新任务：前几天邻国界碑上的国徽被风刮掉了，很有可能被刮到吉木乃防区内，上级命令吉木乃边防连和武警、公安联合起来紧急寻找。

韩阁的神情一下子就变得凝重起来。他一边和指导员商量，一边让通信员去告诉妻子一声，自己马上要出发了。我们在一旁静静地看着韩阁，不用说，他早已把昨晚谈到的那些忧伤置之脑后了。边防军人就是这样，一旦边防上有情况，他们会立刻把一切事情放下，全身心地履行自己的职责。

过了一会儿，韩阁带着几个人急匆匆地走出了连队。马匹已在院外备好，他们翻身上马，疾驰而去。

吉木乃一带本来就潮湿，加上刚下过一场雨，道路变得更加难走。在这种情况下，韩阁他们出去寻找邻国被风刮掉的国徽，其难度可想而知。

中午，韩阁他们回来了。从他们的神情上看，东西没找到。从他努力保持着的平静的神情中，依然可以看出几许沉重与焦虑。女儿喊了几声爸爸，向他扑了过去。

吃完午饭，他们又急急忙忙地走了。

整个下午的等待变得非常漫长。中午吃饭时，韩阁说：“下午寻找的难度可能要加大了，要到山谷和河水中去找。”

晚上，韩阁他们仍空手而归。韩阁决定明天请老护边员斯兰木出山，带领大家去寻找。征得他同意，第二天我们也加入了这支队伍。

第二天一大早，韩阁带着我们先赶到斯兰木家。斯兰木躺在炕上，瘦小的身子上盖着一条绿毯子。虽然他已经是 69 岁的老人了，但从脸上看，也就 50 来岁的样子。韩阁给他点上一支烟，他挣扎着欠了欠身子，用双手接住。

斯兰木的女儿知道我们的来意，在一旁说：“我爸爸一辈子没离开过马背，天天都是出门上马，下马进门，69 岁的人了，硬是让马给摔了，你看现在落下个半身不遂……但他把巡边的事看得很重呢！每天大哥回来之后都得给他汇报一下，如果有什么情况，他分析一下，就让大哥去连里报告。农闲的时候，他就让我们骑马去补补铁丝网，埋一埋界碑，去有争议的地区看看有没有快越界的牛羊，如果有，就把它们赶回来。”

韩阁面带笑容对斯兰木说：“大叔，有件事得请您出去给我们帮忙。前几天邻国界碑上的国徽被风刮掉了，估计刮到我们这边来了。我们已经找了一天，但没有找到，现在只好请您老出山了。”

韩阁刚把话说完，斯兰木朝大儿子一挥手，意思是——走！大儿子爬上炕，给斯兰木穿好衣服，然后把他背了起来。一出门，趴在大儿子背上的老人就详细询问起边界上的事情。韩阁像个学生一一作答。看见第一个界碑时，他让儿子停下，盯着那个界碑看了足足有 5 分钟。这时候，我们从他的眼睛里看到一种眷恋之情。他伸出手，慢慢地摸着界碑。气氛一下子变得庄严起来。大家默默地看着他，从心里对这个老护边员肃然起敬。过了一会儿，老人用手示意我们向无名山头前进。

无名山头爬起来颇为吃力，我们有好几次提出要和斯兰木的大儿子换着背斯兰木老人，都被他们父子俩拒绝了。爬到半山腰时，我们发现他的大儿子像一头牦牛一样一言不发地往上攀登，似乎这座山在他眼里根本不算啥。

爬到山顶，邻国的铁丝网霍然出现在眼前，那个被风吹掉国徽的界碑就立在那儿。斯兰木示意大儿子将他放下。他坐在地上，向前看了看，问："前几天的风是什么方向？"

大家一下被问住了，因为前几天谁也没有注意这个问题。斯兰木凝神辨别着风向，过了一会儿说："今天的风是由南向北吹，昨天下过雨，风向和今天比较，应该是相反的，那么前天的风向应该是由北向南。那个国徽有可能被吹到那边山脚下去了，你们现在下去找找。"他用手指了指右侧的小山。

我们顺着山脊向下走，一直找到山脚，找遍了所有的角落仍一无所获。韩阁对着山头大声向斯兰木喊道："下面没有，大叔。"

斯兰木端坐在山顶上，凝望着山谷。他的样子，让我们想起《三国演义》中的诸葛亮。我们觉得斯兰木大叔也是个令人敬仰的智者。斯兰木观察了一阵后，又指挥我们去左边的一个草滩上寻找，原因是，那个国徽是圆形的，滚下山后可能会再往前滚一段。我们把草滩上的每一丛草都翻遍了，仍没有看到它的影子。斯兰木又招呼我们从山脚往上找，他断定国徽必定在山坡上。大家开始慢慢地往上寻觅，每个人的呼吸都变得急促起来。

斯兰木仍坐在山顶上一动不动，好像一切都在他的预料之中。

突然，韩阁叫道："看，国徽在这儿！"

大家一拥而上。果然，邻国那个用黄铜铸成的国徽正躺在草丛里，一半埋在土中，另一半沾着不少泥巴。

从草丛里拾起国徽，我们准备返回，但一抬头，山顶上早已没有了斯兰木父子的影子。再转眼一看，他们已经到了山脚下。大家欢呼着向他们跑去。

这时候，一件意外的事情发生了。

从斯兰木家借来的那匹马正在奔走时，突然失了前蹄，栽倒在地。骑在马上的战士摔落在一丛骆驼刺上，被扎得乱叫起来。大家赶过去一看，发现马腹已被刺破，鲜红的血喷涌而出。马嘶叫一声，想挣扎着站起来，却再一次跌倒，整个身子倒在了乱石中。

斯兰木惋惜地说："马的前腿断了！"

大家立即围上来，想把马拉起来，但怎么也拉不起来。马的眼珠子向上翻着，鼻孔里发出粗重的喘息。我们仔细一看，大吃一惊：马的两条前腿全部断了！小腿从折断的地方反折过来，让人触目惊心。

斯兰木让大儿子把他背到马跟前，伸手摸了摸马腿，发出一声叹息："是粉碎性骨折。可惜了，一匹好马啊！"

马望着斯兰木老人，发出几声哀鸣。

"把它杀了吧。"斯兰木向大家摆摆手，难过地转过身去。大家都有些于心不忍，迟迟不肯动手。今天请斯兰木老人出山本来就够难为他了，现在又让他赔上一匹马，谁都下不了手。

有人建议，把马送到阿勒泰去，请最好的兽医给它治疗。斯兰木摇摇头说："不用了，它的腿是粉碎性骨折，治不好的。还是让它少受些罪，赶快把它杀了吧！"

马是通人性的，当它几次挣扎着想站起来却终未能站起来时，它的眼睛里溢出一股酸楚。

斯兰木又催了一次。

韩阁拿着刀慢慢走到马跟前，站住不动。他的眼里盈满泪水，用嘶哑的声音说："马啊，我们只能这样做了……今天寻找国徽的功劳，也有你的一半。"说完，他把刀刺进了马的喉部。大家伤心地转过了身子。

斯兰木静静地看着这一切，他的眼睛深邃得像天空，但他的心一定在颤抖。

大家把马埋在山脚下。看着荒芜的山野里突然出现的这座坟茔，我知道，今天在场的人，肯定会永远记住这匹马。

第二天，在吉木乃会晤站，韩阁亲手将那枚国徽郑重地交还给邻国的代表。

界碑与墓碑

到了白哈巴，才真正体会到阿勒泰地区是中国草原丝绸之路的一个重要组成部分，而阿尔泰山和额尔齐斯河也不愧为“金山银水”。

踏着金山银水，我们看到了位于喀纳斯湖南岸的图瓦村。图瓦人保存着自己独特的生活习惯和语言。在生活习惯方面，图瓦人除了欢度蒙古族传统的敖包节外，还过他们特有的邹鲁节和中华民族的传统节日。我们细细端详图瓦村人的住房。他们的房屋皆用原木筑砌而成，下为方体，上为尖顶结构。那些木头房子在阳光中黄灿灿的，散发着一股木屑味。

村后就是白桦林，繁茂的白桦树从山坡一直长到了河谷。陪同我们的干部股股长马晓江说，河谷再往前一点，就不光有桦树了，还有苦杨，阴坡的一面还长着云杉。这里夏季凉爽，河水清凉，草地葱绿，山花烂漫；秋季桦树和杨树尽染秋色，整个河谷绿、白、红、黄交织。

白哈巴村在图瓦村的东边，分为图瓦人居住区、哈萨克族居住区和边防连住所三部分。

图瓦村和白哈巴村在大山深处安然静卧。这里让人觉得即使是块石头，也会长大的。

到了阿勒泰，喀纳斯湖自然是要去的。

看罢喀纳斯的自然风景，大家心里最惦记的还是界碑，于是向森林深处走去，想看看在绿林中伫立的界碑到底是什么样子。然而，在扎玛纳什，我们刚看到界碑，马上又看到了伫立在界碑旁的两个墓碑。

走近墓碑，只见碑上的字迹已变得模糊。

一打听才知道，埋在这里的是一个叫陈克俭的战士，他是在下河捕鱼时淹死的。巧的是，旁边就是马晓江的前妻宋晖和儿子的合墓。

陈克俭死的那一年才 19 岁，当时任班长。

那年春天，树枝早已泛青，但白哈巴突然下了一场罕见的大雪，而且一连下了几天几夜。按计划，那几天团里应该给扎玛纳什送给养，可就因为这场大雪把路都堵死了，送给养的车无法起程。

扎玛纳什驻军断炊了。

断炊的第一天，炊事班班长走到连长姚世端面前说：“连长，咱们现在已经没粮也没有菜了，只剩下一点咸盐，你看怎么办……”

姚世端半天也没有想出个办法，只好让炊事班班长烧一锅开水，放点盐进去，先维持一下。

所有的人都明白发生了什么事。开饭时，他们都默默地端着碗，默默地往肚子里灌热盐水。

第二天，也这样维持了过去。

第三天，有几个人身子开始发软，嘴唇裂开一道道鲜红的口子。姚世端忧心如焚。但无论他怎样着急，都想不出一点办法来解决眼下的困难。真正是“巧妇难为无米之炊”。

第四天，大家见雪片仍无休无止地飘落，一种濒临绝境的沮丧迅速在战士们中间蔓延开来。这时，陈克俭走到姚世端面前说：“连长，我有个办法，我们可以到河里抓鱼。”

姚世端一下子兴奋起来：“对呀，抓鱼，这办法好。你带你们班去，早去早回。”

陈克俭带着几个人摇摇晃晃地朝哈巴河走去。他们走到河边，见河上结了一层冰。陈克俭和战友们用石头在冰面上敲开一个窟窿，等待鱼跳出来。哈巴河中的鱼很多，也很大，冬天用这种办法很容易捕到鱼。

太阳慢慢升起，冰面上泛起一层明亮的光芒。这时候，冰窟窿底下发出一阵声响，有水花从窟窿里溅出。陈克俭赶快靠近那个窟窿，眼见着一条一尺多长的鱼窜了出来，落在冰面上。陈克俭伸手去抓，那条鱼乱蹦着，几次都没有抓住。陈克俭一急，干脆扑下身子，准备把它抱在怀里。就在这时，冰面断裂了，战士们还没反应过来，陈克俭和他趴着的那块碎冰一起沉到了河里。陈克俭用力挣扎，但由于河水冰冷刺骨，加上几天没吃东西，身体非常虚弱，他很快就被河水吞没了。

姚世端听到这个消息，如五雷轰顶，一下跌倒在地上。

作为连长，姚世端要对陈克俭的死负责任。尽管他是为了战友们能吃上东西而遇难的，但是，条令上有战士不得随便下河游泳、捕捞的明文规定。上级派工作组来处理此事。调查完毕之后，工作组准备带姚世端一同下山。临走时，姚世端请求道：“让我给全连讲一次话吧。”他站在凛冽的寒风中，望着战士们，失声痛哭：“同志们，我有罪，是我害了陈克俭。那天，我真是被饿糊涂了……再饿两天连队也死不了人，可现在……我对不起小陈，对不起连队，对不起小陈的父母啊！这些全都是我的错……”

工作组的人和全连的士兵都哭了。

第二年，姚世端转业了。离开部队前，他专门到扎玛纳什去给陈克俭上坟，在他的坟前摆了许多东西，中间是一条大鱼。

马晓江用手轻轻地抚摸着墓碑上面的几个字，像是要把它们擦得更清晰一些。接着，他掏出一支笔，顺着碑上的字迹慢慢地描了起来。

我们采来几束野花，分成两把，分别放在陈克俭和宋晖母子的坟前。然后，我们和马晓江默默地走下山……

◎赵盛蕊

如果可以巡到月球

走进南疆大地，总会收获不一样的感受。在这片环绕着塔里木盆地的土地上，随处可见倔强的生命——含着沙土盛开的野花、被风拧上劲儿的胡杨、盐碱地里扎根的红柳、绿洲之上倔强生活的人们……

走进南疆大地，即便是荒凉寂静的塔克拉玛干之下，也有倔强的脉动、“福气”的暖流，沿着河流与荒漠、冰川与古树、秘境与丝路，一路奔波，走过城镇，翻越山岭，抵达最远的村庄，热烈奔放地扑入万物怀中，温暖千家万户。

在这片生生不息的土地上，谁的人生会荒凉呢?

一

2019 年初春，新疆图木舒克市经历了一场沙尘暴的侵袭。这是南疆地区春耕之后的惯例，当地人给这样的天气起了一个专有词，叫作“下沙天”。住在和兴润园小区的高杰，已经将行李整理完毕。他来到厨房，妻子看到他盯着燃气灶上的蓝焰出神，开玩笑说：“是不是感觉特别亲切？”

高杰之前是教师，如今将要进入一个全新的工作环境。他换上了塔里木油田的红色工作服，衣服上别着刻有“图木舒克管理站高杰”字样的胸卡。他在行李箱里装了防风防晒的用品，这是老巡线工传授的经验。在接下来的日子里，他将作为南疆天然气利民工程的一名巡线工、“蓝焰”的守护者，与山野为伍，与风雨为伴，与时间相守，翻山越岭将成为日常，这听起来充满诗意。

然而，一切和他想象中的完全不同。

第一天上岗，高杰的任务是巡护利民工程天然气管网 13 阀室至图木舒克段管线，长度约 20 公里。这条线路蜿蜒穿梭在天山山脉终点与昆仑山起点的交会处，山峰陡峭如刀削，形状奇异，山下地形复杂，河流沼泽众多，利民管网如一条条血管匍匐在大地上，左环右绕，执着穿行，无言脉动。

这段 20 公里的巡线任务由两人分工完成。鉴于高杰是新手，同组的阿卜杜海外尔 · 阿卜杜热西提决定陪他同行。荒郊野岭的，可别走丢了！第一天巡线，肯定完不成任务，能走多远算多远。

面对这即将体验到的“自由”，高杰拒绝了同事的好意。他举起手里的 GPS 定位机说，丢不了。班长艾力 · 买买提明若有所思地看着他。他身后墙壁上那句标语凸显出来——只有荒凉的沙漠，没有荒凉的人生。

南疆利民油气运行中心下辖阿克苏管理站、图木舒克管理站、喀麦管理站、泽普管理站、和田管理站 5 个基层站队，主要负责利民管道、站场阀室及附属设施的运行管理和维护抢修。南疆天然气利民工程的安全运行，支撑着 450 万南疆群众的人间烟火。

高杰巡线的“首秀”带着仪式感。他在起始点位置掏出耳机，压低帽檐，并用手摸了摸利民管道一旁的指示桩，这相当于天然气管道的导航仪，他将沿着这些水泥制的桩体进行巡护。埋于地下的管道，受土壤腐蚀、环境潮湿等因素影响，防腐层较容易被破坏。高杰的初始任务除日常对管道进行安全检查和杂物清理外，还要定期对管道进行保护，进行电位测试，检查埋地管道状况。

从教师身份退出并不容易。因为工作地与家相隔太远，父母逐渐老去，他不得已做出了这个选择。只是孩子们会打电话问他："老师，你现在的工作是要走很远很远的路吗？会不会走到月球上去？我们也想去……"

高杰知道，孩子们对外太空充满向往。

仅仅走了一公里路，高杰便用了近一个小时的时间。他突然明白了临行前班长投向他的若有所思的目光。视线一侧就是车辆呼啸而过的 S218 省道，十分平坦。而他此刻却有点狼狈，黄土毫不客气地爬满了裤管，鞋子里被沙子占据，蓝牙耳机也不知道何时被树枝带走了一只，那份渴望自由的诗意已经荡然无存。

这分明就是一份放着好路不走，并且专门和山野作对的工作。不远处沙尘的气势正在壮大，黄沙像幕布一样将天空和大地同时遮蔽，眼见着天气骤变，一条河横亘在高杰面前。他拿出巡线定位系统查看，得知下一个天然气管道指示桩在河的对岸。他又向左右望去，河流蜿蜒，看不到尽头。系统显示，必须左转沿着河流绕行 3 公里才能到达对岸。

河面宽约 50 米，覆盖在山头的积雪还未完全消融，所以水并不深。这一刻，为了节省时间，高杰萌发了游过去的想法。沙土的颗粒感越来越明显地拍打在脸上，他刚脱了一半衣服，就已经冻得发抖。高杰苦笑，不明原因的人看到他的行为，定会以为他是个疯子。

这时班长打电话进来："你停在原地干什么？是不是想过河？绝

对不行！”

“你怎么知道？”高杰诧异地反问。

“定位系统上显示你站着不动，我还不知道你怎么想的？”

高杰又将衣服穿起来。他边穿边想：这就是原以为会轻松点、自由点的工作？巡线通常两人一组，一个人在巡线路上，另一个人就将车开到约定的中途地点，之后轮换。

他想起朋友对他的劝阻：巡线工是那么好当的吗？20天才能回一次家。天天荒郊野外的，肯定有野兽。

高杰终于绕过了河流。对岸的指示桩有些倾斜，他将桩体扶正又用土重新加固，拿出手机拍照。匍匐在一旁的管道被泥土覆盖，并没有异常。但为了防止有看不到的隐患，下次要着重检查。

黄沙慢慢退去，世界又清晰起来。这片土地随处可见倔强的生命。不知名的野花披着沙土盛开，有一些不够粗壮的树枝被风逐渐拧上了劲儿，如若不够顽强，很可能失去生存的机会。

大地之上，有生活得热情洋溢的人们，即便是在漫漫黄沙淹埋之下，也涌动着一股倔强而又执着的暖流。2013年，南疆天然气利民工程投入使用，3040公里输气管道沿着塔里木盆地逐渐形成闭环，从大漠深处出发，源源不断地温暖着南疆人民。

高杰当老师时，假期会去偏远的山村看望孩子们。那时候家里都没有天然气，煤炭、柴草为主要生火材料，家家院子里堆着胡杨、红柳等荒漠林木，牛粪也是选择之一。在假期，孩子们会跟着父母在荒野中捡拾牛粪。这是一项费时费力的工作，且让原本就脆弱的生态环境日益恶化。

如今，南疆天然气利民工程让温暖直抵人心。艾尼瓦尔家的人感触最深。从前羊要是冬天产崽，他们就紧张得不行，害怕小羊羔被冻死，现在采暖很方便，冬天家里暖和多了。

从“柴薪时代”走进“蓝焰时代”，生活的脚步从未停止。高杰的脚步也坚持下来了。

第一天，高杰的巡线工作在疲惫中结束。

第一周，高杰与身体上的不适应做着对抗。始料未及的是，走过村庄时，遭遇了一条狗的穷追不舍。

第一个月，高杰开始对抗枯燥与乏味。班长曾说，这份工作看似简单，但却不能掉以轻心。高杰已经不再惧怕被狗追，且因此找到了与村民们接触的机会。

说起村民，他们就像利民工程的“福气”一样，是巡线工作中的一股暖流。村民和他逐渐熟络，到了夏季会端来西瓜给他吃，天然气管道保护逐渐成为大家共同的责任。到了红枣收获的季节，村民会爽快地跟他说:“饿了就摘着吃！”把他当成自家的孩子一般。当然，高杰也会注意保护农田，在他心里，“福气”就像一根线，牵起他与这片土地更多的缘分和情谊。

第一年，高杰尝试着与孤独对话。对于很多游客来说，大漠是彩色的，令人向往。可时间久了，高杰发现，颜色是凝固的，甚至带给他一种错觉，四周是静态的，只有他在大地上跟随着输气管道，行走着、流动着。

当然，他也有特别受“欢迎”的时候。比如成群结队的蚊子，密密麻麻、争先恐后拥上来，黑压压的一片，用帽子挥舞一下，帽子里真的就有二三十只那么多。走的时间久了，河水的涨落，过河时该踩哪块石头，甚至农户家的狗今天会不会跑出来，村民们几点农耕，他都了然于心。只是鞋子会坏得很快，基本上每个月都要更换一双。

时间真的会慢下来，在行走的脚步中，在关切的目光里。

“大漠孤烟直”，他突然觉得路就是孤烟，气体也是孤烟，他自己也是孤烟。他学会了和前方的空气对话，用这样的方式来对抗孤独。

有一天回到家中，他的母亲突然对他说："你怎么不爱说话，也不爱给我们讲单位的事了？"

当老师的时候，他的嘴就没停过。可如今，他习惯了沉默。

他的同事也有这样的困惑。有时候，大家兴冲冲地回家，再回到单位时却倒起了苦水。媳妇积攒了一个月的怨气，等他们一回到家就全倒了出来。自己一肚子的话不知道该怎样说，和一个月不见的家人在一起，不知道该问什么，该做什么。他们感觉和家里脱节了。

在图木舒克管理站，只有高杰离家最近，可工作期间依然回不去，即便如此，同事们还是禁不住羡慕他。有一天，阿依古力·买买提的女儿给她打电话："妈妈，我想你了，你什么时候回来？"阿依古力在电话里巧妙地说："妈妈其实一直在陪着你呀，你看每天奶奶给你做饭用的燃气，就是妈妈在守护着……"电话另一端，孩子不以为然，开始哭闹。

图木舒克管理站的职工们大多离家很远，回家的话题，常常让气氛变得尴尬。高杰换话题说："我以前教过的学生还认为我能走到月球上去。"

曾经，他给孩子们讲，月球是地球的卫星，不分昼夜地守护着地球。他突然想：图木舒克管理站一共有多少人？每天巡护的长度累计有多少公里？

南疆天然气利民工程已经投入运行 10 年了，3040 公里的管道沿线，回响着 300 多名在岗巡线工的脚步声，他们执着地守护着每天点燃老百姓生活的"福气"。巡线工，每天跟随着管线行走，他们的前方，就是老百姓家里的那一缕炊烟。

地球与月球之间的平均距离是 38.4 万公里，也就是巡线工们巡护南疆利民管线 100 多次的距离。

是的，如果有一条路可以通往月球，他们巡护的脚步，早已抵达。

是的，他们就是这条线路的安全卫士。

二

南疆天然气利民工程，有一个智能“安全卫士”，堪称工程系统的“大脑”。这个“大脑”，是为了保证输气管道安全、可靠、平稳、高效、经济地运行而诞生的科技力量。

科技力量对这片土地尤为重要。南疆天然气利民工程肩负着南疆人民的基础民生，38 座站场、60 座阀室，穿越河流 38 处、省（国）道 40 处、高速公路 18 处、铁路 15 处……可以说地形地貌复杂、点多线长面广，管道全线的控制管理难度很大。而天然气运行中心的智能化，使管理难度降低了。

身为南疆利民油气运行中心喀麦管理站站长的饶彬，曾这样描述：“天然气运行中心让距离感消失了。即使不用眼睛，我们也能捕捉到‘微小动作’；不用奔跑，也能最快看到事故管线。”

“至少可以第一时间发现危险，争取时间。”说这句话的时候，饶彬若有所思。时间意味着机会。

2021 年 6 月 30 日，控制中心响起了警报声，南疆利民管道伽岳麦支线 B1 阀室发生天然气泄漏。尖锐刺耳的声音从控制室的远端传来，气氛变得异常紧张。

大家都知道天然气泄漏意味着什么。如果泄漏发生在室内，仅仅一个打开开关的动作就可以引发爆炸。

接到电话的饶彬正在出发巡查乌恰末站的途中，他带领两个年轻人立刻掉转车头奔向事发地点，距离有 100 多公里，三个人心急如焚。饶彬脑海中出现了一个场景：荒原上，一个天然气站在打开门的一瞬间轰然爆炸……这难道是一种暗示？

恐惧第一时间涌上来，车里的小张是个 90 后，小心翼翼地问饶彬怎么办。在刚上班时便亲身经历过一次险情处理，所以，小张了解其危险系数。

很显然，恐惧已经开始蔓延。饶彬来不及想太多，塔里木油田的领导们同时赶往现场，离事发点较近的职工已经到达，在距离阀室约 200 米的地方进行防控，避免牧民及羊群进入。若天然气持续泄漏，一阵微风甚至是一只扇动翅膀的昆虫都有可能将那块区域引爆。

饶彬突然想到妻子。两天前，妻子还在电话里同他生闷气。由于疫情原因，饶彬已经几个月没有回家，儿子过生日当天，说好的礼物和电话也因为忙工作而错过。他成了一个于家里而言无关紧要的存在，甚至有时候，他好不容易盼到回家休假，竟不知怎样与家人沟通。

有一次儿子问他："爸，如果有一天我们搬家了，你还能找到家吗？"

饶彬故作轻松地回答："当然能了，难道你不告诉老爸吗？"

儿子说："单位才是你的家吧。"

饶彬无言以对。妻子和孩子生活在乌鲁木齐，而他常年在喀什工作，用妻子的话来说，当了领导家里更没资格提要求了。话语间充满了埋怨。

然而，在塔里木油田，这并不是个例。婚姻危机、家庭问题困扰着很多职工。饶彬的父母是塔里木油田的老员工，印象里，小时候他做得最多的一件事就是同他们告别，一次又一次。那些父母回家时带来的喜悦似乎无法抵销告别时的悲伤，最终就是无奈地妥协。如同现在他的家庭一样，只有一方妥协，家庭才可以维持下去。每一个家庭都是从无奈、妥协到最终习惯这样走过来的。几天前小张还在车里发表自己的观点，不结婚，不拖累别人。

饶彬的电话响起，正是妻子打来的。事发地近在眼前，他犹豫了一下，妻子挂断了电话。

气氛再次紧张起来。现场情况是，泄漏已经持续了一个小时，附近 50 米距离内都可以听见天然气泄漏时发出的独有的巨大嘶鸣声。这个声音拨动着每一个人的神经，阀室内的天然气浓度已经达到天然气爆炸极限范围。目前最好的办法就是关掉阀室的开关，而这个开关，必须人工关闭。

“我去吧。”饶彬很快做出决定。他是喀麦管理站的负责人，这个时候必须他去。在塔里木油田工作十几年，他拥有比年轻人更丰富的经验，这也是一个最合理的决定。

伽岳麦支线 B1 阀室坐落在戈壁之上，平日里少有人烟。这也是塔里木油田选择阀室建设地点时考虑的因素之一。安全，永远是首要条件，能源所肩负的责任太重，这是每一位石油人都有的意识。

饶彬将防火防静电的衣服整理完毕，把一切有可能的隐患排除。其实他内心清楚，一旦引发爆炸，这一切都是徒劳，他将被炸成碎片，甚至会因为高温而汽化。

现场的人员将矿泉水聚在一起，把饶彬全身的衣服浇湿。为了确保他全身湿透，大家上来将他的上衣掀起，又在容易产生静电的部位反复浇上水，水浇得太多了，从裤管流到劳保鞋，流到地上。

时值 6 月底，戈壁滩上炽烈的阳光照在人身上火辣辣的，水分会快速蒸发，行动要快。大家纷纷走上前拍了拍他的肩膀，安慰的话不知道如何说出口。突发事件应急预案的每一条都经过了仔细确认，时间不等人，大家纷纷撤退到 200 米之外。

小张悄声问饶彬：“不给家里打个电话吗？”饶彬想了想，拿起手机给妻子发了个信息：我要去执行任务了，刚才没接到你的电话，抱歉。其实饶彬想做一个简单的告别，再说两句“孩子你来照顾”之类的话，可他怎样也说不出口。

周边从未如此安静过，世界仿佛就剩下饶彬自己。他目送小张拿着自己的手机渐渐走远，小张离开时的眼神像是诀别。来不及想太多，他渐渐朝阀室走去，耳边传来的声响越来越大，待他走到跟前，那声音带来了令人无法逃避的恐惧。

饶彬看到阀室外的门并没有关闭，这令他短暂地松了一口气。门是开着的，这就意味着不会在开门的一瞬间有爆炸的危险。饶彬在走向阀室的过程中想过，如果阀室门是紧闭的，他一开门可能会直接触发爆炸；如果天然气浓度过高，又刚巧来一阵狂风，他也可能会瞬间粉身碎骨。总之，生死就这样突兀地摆在了眼前，由不得他决定。

巨大的漏气声让他无法安静下来，他缓慢地掏出专用耳机，缓慢地抬起手，缓慢地塞进耳朵。世界安静下来的同时，他的理智也被拉了回来。

饶彬冷静下来，突然觉得胜券在握。后来他总是跟朋友表达，是那副耳机救了自己。那副耳机属于石油人专属作业用具之一，平日里大家从未想过它如此重要。饶彬短暂停留了几秒，做了一个深呼吸，继续缓慢地打开门。像是时间被放慢速度了似的，他将手伸向阀门，慢慢地、轻轻地关上。

衣服还未干，而饶彬感到每一个毛孔里都细密地钻出汗珠，即使衣服是干的，此时他也会浑身湿透。

随着阀门的关闭，漏气声消失，戈壁上只剩下他依旧没有平复的心跳。1 米、10 米、20 米……风跟随在饶彬身后，将刚才发生的一切吹散。

已经化险为夷，但这个爆炸似乎在饶彬身体里发生了，肢解了他所有的力量。饶彬突然想起儿子喜欢的那首《孤勇者》，里面有一句："爱你对峙过绝望，不肯哭一场……"为了讨好儿子，他特地背熟了这首歌的歌词。走着走着，他的眼前已模糊不清。

待他走回远处的人群中，立时响起了热烈的掌声。有人问他："再发生这样的事，你还会这么做吗？"饶彬说："还是不要再发生了。"

在南疆利民油气运行中心，有很多饶彬这样的人。

2020 年 7 月 19 日，南疆利民管道喀泽干线遭遇洪水袭击，造成两处管道变形，还有两个月就要退休的泽普管理站党支部书记张建新，带领 42 名员工，头顶烈日，在过膝深的泥泞中疏通排水沟槽、堆积沙袋。经过十天十夜的连续奋战，抢险队伍安全高效地完成了抢险任务。

2007 年毕业就来到喀什工作的刘宗胜，一来就爱上了喀什，从此便扎根新疆。2010 年，28 岁的他在利民工程项目启动时与其结缘，加入南疆天然气利民工程建设队伍。十几年来，他将全部精力都倾注在工艺技术创新上，编制管道工艺流程图、操作规程、管道完整性规划等，为中心建立了一套完整的技术资料，如今已成为业务骨干。

2020 年 1 月 16 日，正在巡线的和田管理站员工西尔艾力·玉素甫突然发现路边有一座房屋浓烟滚滚，他与其他两名员工奋不顾身，一次又一次冲进去抢救出屋内的财物和易燃物，在大火蔓延之前迅速高效地控制住了火势，保障了群众生命财产安全，得到了地方政府和广大群众的交口称赞。

"珍惜当下"成为饶彬最大的收获。即使没有直面危险，塔里木石油公司的职工们也明白"珍惜当下"这四个字的分量。

当饶彬成为英雄时，儿子是第一个知道的，并转发了他的新闻。儿子问他："啥时候回来？英雄好不好当？"并悄悄地告诉他："妈妈很生气。”

饶彬回到家，只有儿子肯和他说话，而妻子在几天没有理他之后，有一天愤愤地质问他：“你去当英雄的时候，将这个家置于何地？”妻子一反常态地没有与他争吵，眼泪默默地从眼眶里涌出来。饶彬心疼不已。

这一串眼泪聚在饶彬心头，时不时地出来扎他一下。对家庭的歉疚已经没办法说出口，这是一个无解的问题。干好工作，或许还是一种安慰。

在南疆利民油气运行中心工作的几年间，饶彬越发感受到科技对能源企业的重要性。科技价值，不止所想，不止所见。科技力量为塔里木油田注入了更多的创造力。

饶彬审视自己，尽管每个人所经历的故事不尽相同，但平凡的人生底色之上，是相同的笃定和热爱。

是的，他热爱这个岗位，更愿意用自己的方式向这片土地深情表白。

三

2022 年岁末，南疆地区经历了 30 年一遇的极寒天气，气温骤降至零下 22 摄氏度以下。塔里木油田博大油气开发部的采气工陈怀勇、艾合买提·吐尔逊和赵卓宇全副武装，为了保供主力井，他们要把责任区内的 33 口井全部巡护一遍。身为班长的陈怀勇深夜便出发，先去勘查最远的一口井。

南疆天然气利民工程，不仅有护佑管线的巡线工，还有护佑气井的巡井工。

清冷的月光映照着大地，白雪覆盖下，一个黑点在群山之间缓慢地行进着。车里，时间显示凌晨 4 点 50 分。陈怀勇已经开了 1 个多小时的车，虽然冷，但不敢将手离开方向盘。午夜里的风雪安静下来，雪地映照下的山岭隐匿了身段，视线前方茫茫一片，稍有不慎，就有可能从半山腰翻下去。

在关键的冬季保供时期，陈怀勇作为组长，必须保障 33 口单井、3 条集输干线、1 座集气站正常运行。巡井，是利民工程保供的关键环节，尤其遇到极寒天气，老百姓对燃气的需求量急剧增加，这就需要调动起南疆天然气利民工程的每一根“神经”。

临近博孜 1202 井，山路更陡了。虽然这条路谙熟于心，陈怀勇依旧小心翼翼。车道窄又滑，这口气井在广袤连绵的山体中间被托起，孤零零地置身于一个人工制造的平台上。据建设者介绍，这口井与山体之间的垂直落差为 1000 米，为了给它一个平台，克服了诸多困难和技术难题。如果要徒步走向井站，要走过一个陡峭的下坡，犹如延伸到天际一般，尤其在冬季，这段路充满梦幻色彩。

初见陈怀勇的人，一定会有别样的感受。他讲话语气有些慢，像是每一句话都经过了认真思索，一双好看的眼睛里写满了真诚。因为长年从事户外工作而晒成古铜色的脸庞，给人带来一种踏实的感觉。

来到塔里木油田之前，陈怀勇是一名军人。坚守，似乎已经融入他的血液。

行车难，在山上巡检更难。陈怀勇工作 26 年，巡过 60 多口井，这是最难走的一条路。路窄，弯道又多又陡，有多年驾驶经验的老司机都害怕走这条路，陈怀勇每三天要巡检一次。尤其是在保供期，这样深夜起身的临时巡视必不可少。

自从来到博大油气开发部，陈怀勇每天驾车里程都在 100 公里以上，有时候要走 400 公里的路。他不能按时吃饭，中午更没有休息时间，看似简单而又重复的巡视其实并不简单。

置身于群山怀中的博孜 1202 井是塔里木盆地库车克拉苏构造带的一口评价井，是距离博孜公寓最远的单井，管网长、压力高，尤其在冬季。

“3 道弯、4 道弯、5 道弯，120 度、90 度、180 度……26 道弯、27 道弯，再过两道弯就到了。”在副驾驶一声声提心吊胆的报数中，陈怀勇小心地驾车开过一道又一道弯。其中有 3 道弯是连续 120 度的陡弯，视线被山崖遮挡住，尤其在冬夜，要凭着经验及超强的专注力仔细分辨。午夜的寒气毫不客气地从车底一层层地钻出来，陈怀勇心知，这又是一个难熬的夜晚。

博孜试采作业区横跨乌什县、温宿县及拜城县，东西跨度 300 公里，绝大多数为山区。山里早晚温差大，冬季长、夏季短，暴雨、暴雪、冰雹、洪涝等灾害多。这里人烟稀少，最活跃的人群就是塔里木油田的巡井工们，特别是在冬季保供期间。为了抵抗群山冰雪凝结的严寒，陈怀勇需要将塑料袋缠在双腿上，行走在没过膝盖的积雪中。如果遇到冰雪路面，难度将加倍。

置身山谷中，覆盖的白雪让四周熠熠生辉，恍然如梦中一般。陈怀勇打开车窗，博孜 1202 井发出低沉的响声，就像一个老朋友一般迎接他的到来。他与它开始对话：“压力表数值在正常范围……”

这口井看似不起眼，实则异常强大，仅仅这口井的产气量，就可以满足南疆各地州老百姓 40% 的用气量。这意味着，陈怀勇所在片区的压力也非常大。这里巡井、巡线路途最远，生产井位最多，管网系统压力高，紫外线强，温差大，暴雨、暴雪等灾害天气频发，用陈怀勇的话说，每一次巡井的情况都不同，每一次出发都是全新的行程。

做好巡护之后，陈怀勇回到车内松了一口气。打开手机看到小女儿前一晚发来的信息，说学校里特别暖和，爸爸的工作很厉害！陈怀勇对着屏幕一笑，这是对他最大的安慰。

家人是他最坚实的后盾。陈怀勇的父母皆是塔里木油田的退休职工，他是标准的“油二代”。父亲曾说过当初开发塔里木油田时的经历，为了找到一个合适的钻井点，他们常常要在荒野里作战半年之久，练就了一身的野外生存技能。孩童时期，陈怀勇就对成为一名石油工人充满幻想。

陈怀勇反复看着女儿说的那句“爸爸的工作很厉害”，其实，他从来不觉得自己的工作有多厉害。相反，工作平凡普通，默默无闻，这是他喜欢的。每到夏季，这片巡护区域美得令人惊艳。山岭的葱绿铺展在视线前方，一层叠着一层，让人完全分辨不出这已经是大漠深处。这片绿毯上，常常有羊群点缀。行至落日之下，大自然宛若一位慈母，正为回家的孩子展开一个醉人的怀抱。

高山峭壁间测听“地脉”，尘土泥沙里雕刻“三维”，一处处险境成为“坦途”……作为上产主力区块，博孜 3 区块投产了一口又一口单井，铺设了一条又一条管线，投运了一座又一座集气站。陈怀勇摸清了每口单井的“脾气”，积累了应急抢险的经验。

“风沙莽戈壁，冰雪暗天山。”时空穿梭，就在陈怀勇奔赴在巡井路上时，石油人王盼和他一样，风雪无阻。

2023 年 2 月 11 日凌晨 3 点，气温逼近零下 20 摄氏度，王盼正身着防寒装备，踩着一尺厚的积雪，全副武装地巡检脱水站运行状况。

一个月后，在新疆库尔勒，100 名塔里木油田“最美员工”走上领奖台，展示着塔里木石油人心中最美的样子。陈怀勇上台领奖，羞涩又郑重地接过奖杯。

谁能想象，在南疆天然气利民工程的事业中，这样的脚步，从未停止。每一天，每一刻，每一秒，温暖的“脉动”旁，永远伴随着行走的“护佑者”。他们享受着烈日、狂风、暴雨的洗礼，享受着荒漠的考验，享受着戈壁荒滩的煎熬，享受着崇山峻岭的拥抱，享受着一路的执着与平凡……

34 年风霜雨雪，将历史凝练成歌。塔里木石油人把青春熔铸在激情燃烧的岁月里。油气“花开遍野”，塔里木石油人把豪情写入祖国石油工业波澜壮阔的史册。

◎高天龙

塔河边的百年守护

一条河流就是一部历史。奔腾不息的塔里木河述说着一个动人的故事……

2023 年 3 月 1 日下午，南疆的天透着融融暖意。在和煦的阳光下，我们走进尉犁县喀尔曲尕乡阿克亚斯克村司尹提的家。

一个很大的院落连接着一幢砖混结构的房子。出生于 1923 年 3 月 21 日的百岁老人司尹提在内屋门口迎接我们。

精神矍铄的司尹提老人给我们讲述了百年来，他们一家守护塔里木河的不凡经历。

一

清晨，鸟儿在枝头鸣叫，鸽子带着哨音在空中飞翔……司尹提赶着一大群羊向塔里木河边走去。羊是牧主艾力 · 尼亚孜的，司尹提受雇给他放羊。

司尹提的家距离塔里木河只有 200 米左右，夜深人静时，滔滔的塔里木河的水声能传进他的耳朵里。他生在塔里木河边，长在塔里木河边，喝着塔里木河的水长大，对塔里木河有着特殊的感情。

司尹提赶着羊群来到了河边，牧羊犬忙着跑前跑后。滔滔河水在阳光的映照下漾着粼粼波光，白鹭在一丛一丛的芦苇中自由游弋，金色的胡杨在晨风中舞动，羊群在河边吃草、饮水。

这是 1941 年一个平常的清晨。

树木因河流而成林，塔里木河成就了这里一眼望不到头的胡杨林。生生不息的胡杨林和白浪滔滔的塔里木河养育了两岸的百姓，让人们祖祖辈辈在这里繁衍、壮大。这里的人们一代又一代守护着胡杨林和塔里木河，他们是唇齿般相互依存的关系。

远处忽然传来砍伐树木的声音。司尹提循着声音向胡杨林深处走去……

司尹提远远看到 3 个人在茂密的胡杨林中挥舞长柄斧头，一人甩开膀子将斧头抡出弧线，正要砍向一棵胡杨树。

“不能砍！”司尹提大喊一声。

在寂静的清晨，在远离人群的地方，突然传来这一声呵喝，那人一下子定在了原地。

看到走近的是一个牧民，那人便不屑地说：“少管闲事，快滚开！”

司尹提说：“活的胡杨树你们也敢砍？要砍就砍死树！”

对方一人回应说：“死树活树和你有啥关系，我们想砍哪棵就砍哪棵。”

手拿斧头的人说：“老子是给探险队的人砍树，这你也敢管？”

司尹提冷笑道：“不管给谁砍，我都要管！你们知道一棵胡杨树长到这么大要多少年吗！”

手拿斧头的人恶狠狠地说："你最好滚开，否则我的斧头可不认人。"说完，把斧头伸到司尹提的眼前晃了晃。

"你敢砍一个试试，我要你的命！"司尹提说着肩头一抖，把猎枪端在了手里。

司尹提拿着枪，对方一个人拿着斧头，另外两个人拿着砍下的胡杨木棒。

牧羊犬冲着那三人吼叫着。

手拿斧头的人下了最后通牒："小子，不要找不痛快，你最好当什么都没有看见，乖乖离开这里。要不给你些钱，你走人？"说着，拿出了一沓花花绿绿的钱。

司尹提迎着对方的目光："我不是瞎子，我已经看见你们砍树了，应该离开这里的是你们。我不要你们的钱，请赶紧离开，否则我的猎枪会让你们离开这里的。"

"真是给脸不要脸，"手拿斧头的人说，"可以告诉你，我是探险队的向导，你对我咋样无所谓，但如果惹了探险队的人，你死都不知道咋死的。"

"少拿探险队的人吓唬我，不就是来偷挖宝藏的人嘛，你们这些败类，还有脸给他们当向导！"

"李翻译，把这个不知好歹的家伙捆起来。"

牧羊犬一阵狂叫。

一根胡杨木棒砸向牧羊犬，牧羊犬左冲右躲地扑倒其中一人，用嘴去撕咬那人的衣服。

手拿斧头的人用手中的斧头砍向牧羊犬。牧羊犬来不及躲闪，倒在了血泊中。

司尹提手中的枪响了，但枪管是朝着天空放的。枪声让隐藏的野兽在林中狂奔，许多鸟儿飞向天空。

砍树的人先是一愣，等缓过神来，便扔下斧头跑得无影无踪了。

司尹提双手抱起牧羊犬，流着泪把它葬在了胡杨林中。

傍晚，司尹提在暮色里，将羊群赶进了牧主家的羊圈，朝着2公里之外的家走去。

他们家的屋子以胡杨木为柱子，用红柳枝条编织成墙体，房顶上铺着比较厚的芦苇和草泥，屋内盘着火炕，火炕和火墙连成一体。

这个房子到司尹提已经传了5代了。它犹如一条船，乘载了5代人。

司尹提走进房子，先去看望躺在炕上的爷爷。他的爷爷艾合买提·阿布拉出生于1874年，现在已经被病魔缠身。

“爷爷，我回来了。”司尹提走到炕前问候，“今天感觉好些没有？”

“还是……还是……这样。”爷爷说，“你……你……今天……回来……咋这么晚？”

“碰上了几个砍树的。”司尹提如实告诉了爷爷发生的事。

“做得对！”爷爷一阵咳嗽，平静下来后接着说，“胡杨……树……不能砍，砍……砍……光了……我们……我们就……没有……家了。”

“是。”司尹提回答，“这些人太坏了，把我的牧羊犬打死了。”

“孩子，别太……太……难过了，你……保……住了……胡杨树……就好。”爷爷说。

“嗯。”

“记住……胡杨……树……就是……我们……的命根子，一定……一定要……保护好，拼……了……命……也要……保护好。”爷爷嘱咐道。

“放心吧，爷爷，保护胡杨林是我一辈子的事。”司尹提说。

他知道，爷爷曾经为了保护胡杨林，让外国人围攻殴打过，那是一群来盗宝藏的“探险者”。

1923 年的初夏，爷爷艾合买提在胡杨林砍枯树枝，突然来了一支由 6 个人、6 峰骆驼、2 条狗和 2 匹马组成的“探险队”。

艾合买提通过翻译了解到，他们是从吐鲁番穿过库鲁克塔格山去了楼兰、米兰、尉犁一带，准备返回吐鲁番，但向导和他们走散了，迷路的这支队伍走到了这里。

阿列克塞是这支队伍的领头人，他通过翻译说想让艾合买提带他们走出这片胡杨林，最好能一直带他们走到吐鲁番。

从小在塔里木河边长大的艾合买提根本不知道吐鲁番在哪个方向，他最远去过 130 多公里之外的尉犁县，40 多岁了也只去过一次。他答应可以带他们走出胡杨林，然后告诉他们去尉犁的方向，别的他做不了。

午后的塔里木河像一匹脱缰的野马，汹涌地奔流着，阳光透过胡杨树的缝隙洒向密密的树林。

不一会儿工夫，阿列克塞这支队伍居然在树林里支起了做饭的锅，准备做饭，有两个人拿起锯子开始锯树。

艾合买提急了，开始大喊大叫，但这一行人没有听懂。他便跑到锅前一脚踢翻了锅，又制止了锯树的人并夺下他们手中的锯子。

“这是胡杨林，不能架火做饭，不能锯活树，听到没有？”他大声说着。

几个人面面相觑，不知道艾合买提在说什么。只有翻译听明白了，他向其他人转达了艾合买提的意思。

听懂了之后，他们却不理睬，依旧支了锅，锯树的声音再次响起。艾合买提急眼了，操起猎枪一枪打穿了锅，接着他又端着枪顶着其中一个锯树人的脑袋，被枪顶着的人吓得乱叫。

艾合买提没有料到，有人从后面用木棒狠狠打了他的肩膀，使他倒地不起。

不一会儿，艾合买提醒了。醒来后的他发现这群人马背上的布袋里装着弓、箭、铜镜、毛织品等物品，才知道原来这是一群盗贼，所谓的探险就是盗取古墓里的物品。

他想起在牧主家里听牧主的猎人朋友马来克阿浑说过的一件事。说一个外国人让他的哥哥阿不都热依木和他当向导，带他们去了阿提米西布拉克，也就是六十个泉，这个地方是罗布荒原为数不多的几个泉眼之一。

去干什么马来克阿浑也不清楚。

马来克阿浑不会想到，他和哥哥的名字后来被写进了很多本书里。更让他想不到的是，他们所遇到的外国人竟然是赫赫有名的瑞典探险家斯文·赫定。

关于阿不都热依木，斯文·赫定在《我的探险生涯》中这样写道："在都拉里村北边的一个树林中，我们凑巧遇见一个从北面辛格尔地方来的猎驼者阿不都热依木。他和他的兄弟马来克阿浑带着他们的妹子和她的妆奁到都拉里一个伯克那里去。现在他们正在回到对着戈壁沙漠的天山最前面的库鲁克塔格山家中的路上。他是整个沙漠中两三个知道阿提米西布拉克的猎人之一。几年前他曾陪伴俄国旅行家科兹洛夫去过那里。我下一个计划便是经过罗布沙漠顺便解决那个移动的罗布淖尔的问题。要经过沙漠没有一个起点比阿提米西布拉克还要稳妥。阿不都热依木和他的兄弟没有异议，和我一同去。我们商定了这次旅行我仍雇用他们的骆驼。"

这是发生在1900年3月的事。

阿不都热依木带着斯文·赫定来到阿提米西布拉克。随后，斯文·赫定发现了楼兰。

随后，日本人、美国人、俄罗斯人，还有后来大名鼎鼎的斯坦因等都来到塔里木。他们发现了楼兰、米兰的古城里有大量的文物宝藏，并大肆盗取了这些文物宝藏。

艾合买提没有文化，但他明白眼前的这群人盗取的就是文物。

翻译让他带他们离开这片胡杨林，越快越好。

艾合买提忍着被打后的疼痛，决定带他们走，他们多待一天，胡杨林就会被他们砍伐不少。他听马来克阿浑说过，胡杨树砍完了，沙尘暴就会淹埋村庄，村庄就会像古代楼兰一样消失。

因此，保护胡杨林就要像保护自己的生命一样，这是他一生认定的事。

艾合买提将这支队伍带出了这片原始胡杨林。

屋外的天彻底黑了，司尹提的妈妈端着做好的罗布麻根饭走过来。看到这个饭，司尹提的胃直泛酸水。他知道，家里没有钱买粮食，只能吃这个。

“妈妈，爸爸捕鱼该回来了吧？”司尹提问。

“你听，你爸爸的脚步声。”妈妈兴奋地迎出门外。

爸爸阿布拉·吐尔地提着几条鱼走进屋子。

“今天我要吃烤鱼。”司尹提说。

“我来烤鱼。”阿布拉说。

二

晨雾缭绕，太阳跃出地平线冉冉升起，将塔里木河映照，河水泛起了金色的波纹……

阿布拉坐在卡盆（小船）上，划着卡盆，往河中央驶去。

生活在塔里木河边的罗布人，他们祖辈以捕鱼为生。他们把胡杨木掏空，做成捕鱼时所乘的卡盆。卡盆都很小，一般长约 3.5 米，宽约 0.5 米，虽然小巧，划起来速度却很快，掉转灵活。

这天清晨，阿布拉带着木制的鱼叉和用芦苇根编制的渔网，开始了捕捞工作。

水鸟掠水飞起，水面不时有鱼跃出，河岸边的胡杨林犹如列阵的队伍，排得整整齐齐。阿布拉突然看到几个人影在胡杨林里穿行，鬼鬼祟祟的，他决定去探个究竟。

他划着卡盆驶向河边，看到几个人从随身带的袋子里拿出了锯子和斧头。

阿布拉一步跨上岸，冲着几个人大喊："不能砍胡杨树！"

几个人一愣，仔细一看，就一个人，胆子立刻大了起来。

"我们砍几棵树不行？"

"一棵也不能砍。"

"你算啥？还管我们！"

"砍树就是不行，谁都来砍树，砍光了咋办？"

"这不是你操心的事，你少管闲事。"

"我说不能砍就是不能砍，你们赶紧走。"

"把他绑起来！"

几个人围上前来。阿布拉端着木制鱼叉对着他们："看谁敢绑我？"

"冲上去，绑起来！"其中一人大喊。

阿布拉拿鱼叉本是吓唬他们的，没有想到他们真要绑他。

阿布拉拿鱼叉左一下右一下作势威慑，包围他的人却拿着斧子直直向他砍来。他拿起鱼叉自保，鱼叉捅在一人肚子上。

"哎哟！"那人一下子躺倒了。

只见斧头一闪，阿布拉左臂一阵疼痛，血立刻流了出来。

“不好！快跑！”一伙人便背上躺在地上的同伴跑了。

阿布拉倒在了地上。

太阳已经升上了半空，儿子阿布拉还没有回家吃早饭，艾合买提让孙子司尹提去河边找。

司尹提站在河边，朝河里望去，没有看到自己家的卡盆，心里一阵纳闷。阳光照耀下的河水泛着金光，岚烟浮在遥远的地平线上。

他的视线又转向岸边茂密的胡杨林，咋会见不到人呢?

突然看到不远处一只卡盆在河面起伏漂荡。他沿河向卡盆走去。

在胡杨林里，他看到爸爸躺在地上。他大声呼唤，爸爸慢慢睁开了眼睛，却说不出话，左胳膊上都是血。司尹提背起爸爸往家走。

艾合买提让儿媳妇把儿子受伤处用布包上，又给儿子喝了一碗甘草水。阿布拉沉沉睡去。

翌日，阿布拉醒过来，讲述了受伤的经过。司尹提听完怒火中烧，他转身出门后很快就回来了，对爷爷说：“我从牧主家借了驴车，拉爸爸去县上告状。”

“没有用，告也是白告。”艾合买提劝道，“来回多少里路呢，要走多少天才能到啊。”

“不行！不能让爸爸白白受伤。”司尹提咽不下这口气，“县上不是有管河的老爷吗，我去找他们。”

“孩子，你不要去了，来回一趟就要20多天呢。”艾合买提想阻止。

司尹提听不进爷爷的劝阻，往驴车上铺了块破羊皮毡子，带了床用羊毛缝制的被子，把爸爸抱上了车。

为了路上有个照应，他把最好的朋友叫上一起去。两个18岁的小伙子在晨曦中，赶着毛驴车，向130多公里外的尉犁县出发。

十几天后，他们到达尉犁县城，找到了管水利的官。

1762 年，清政府设立总统伊犁等处将军（简称“伊犁将军”），总揽各项军政事务。清朝在伊犁地区和天山南部各地维吾尔族中实行伯克制进行管理，管开渠浇水事务的伯克称为密喇布伯克。

1884 年，清政府在新疆地区建省，命刘锦棠为首任巡抚，魏光焘为首任布政使，是为设省之始。新疆共设 4 个道，下辖 6 个府、10 个厅，水利工作附在农事之内。

新疆建省后，废除了之前的伯克制，以乡约取代伯克专管水利，大中型渠道设渠长经管，小型水利工程则多由苏木或村镇自建、自管、自用。

1915 年 2 月，新疆都督杨增新在新疆成立了第一个专业水利委员会。盛世才时期，新疆的水利由农矿厅管理，下设农矿局。

可以说，虽说是有专管水利的官员，但大都不负这种责任，对于管水，都认为管与不管就那么回事，一年都不到河道巡查一次，只管拿俸禄不管事。

司尹提和朋友两个人赶着载着阿布拉的毛驴车要进衙门，却被挡在了门外。司尹提大声哭喊，衙内传出话：人可以进，驴车不能进。他们背着阿布拉进到院内。

他们走到主事潘良面前陈述了整件事，希望潘良能派人前往喀尔曲尕乡阿克亚斯克村胡杨林调查，捉拿几个伤人的凶手归案。

潘良笑了：“让我派人捉拿凶手，我派谁？我管不了军队，手下也没有几个人！再说，事情都过去一个月了，这些凶手还能在你们那个地方吗？”

司尹提很失望，潘良的态度让他一时不知道说什么好，他气呼呼地指着躺在地上的爸爸说：“就这样白白被砍了？一条胳膊受了重伤，咋办？你们就不管了？”

潘良走到阿布拉面前查看了伤情后说："先让医生治疗治疗，然后回去慢慢养伤。"他看了看司尹提，说："小伙子，咋样？只能这样了，你爸爸为保护胡杨林受伤令人钦佩！按说我完全可以不管，我管的是水，不是树，对吧？"

司尹提说不出话来，想想也对，水和树是不一样的。他一时无语。

"当然，有了树就有水，你们保护树也就保护了水，希望以后你们继续保护。"潘良说完，命人送阿布拉去了县医院。

几天之后，司尹提他们赶着毛驴车返回家乡。

回家养伤的阿布拉后来落下残疾，不能下河捕鱼了，但他依然每天挎着猎枪去胡杨林里转悠。后来，他练就了单手举枪的本领，且枪法很准。

三

火苗在炉膛里吐着红红的舌头，炉子上的水开了，司尹提的妈妈提下水壶放上铁锅准备做饭。

这时，司尹提回来了，手里提了几条鱼。自从爸爸残疾后，下河捕鱼的事就交给他了。

他放下手中的鱼问妈妈："今天做啥好吃的？"

"今天做了你打的野鸭。"

"太好了。"他高兴地说，"我先去看看爷爷。"说着走向爷爷炕前。

吃饭的时候，妈妈说："儿子，你今年都 19 岁了，早该结婚了，你不能一直让我给你做饭吧？"

爸爸阿布拉说："拖到现在还不结婚，你要等到啥时候？"

司尹提有些不好意思了:“我狐狸皮还没有准备好呢,咋结婚?”

“这个简单,已经有一张狐狸皮了,两张狐狸皮只差一张,明天我去打狐狸。”爸爸阿布拉说。

“你……你……早就应该准备了。”躺在炕上的爷爷埋怨儿子。

“这一年我的胳膊出了问题,打狐狸的事就放下了。”阿布拉说,“儿子,今年你一定要结婚,结了婚多生几个儿子,不要像我只有你一个儿子。”

“今年咋结婚?”妈妈说,“结婚前 5 年就要去姑娘家干活儿,他都没有去。”

司尹提妈妈的担忧是有道理的,按照这里的传统习俗,在婚礼前 5 年,也就是少年时代,新郎要到新娘家去,跟着新娘的父亲一起干活儿。去新娘家时要带上小船、渔网、干鱼、鱼油、罗布麻线等聘礼。在举行婚礼前夕,新郎要把两张狐狸皮、几个馕或者一些面粉、一束苍鹭羽毛作为见面礼送给新娘。

阿布拉说:“不能再等 5 年了,再等年龄大了,我去和我兄弟依明江·哈斯木商量。最好是今年结婚。”

阿布拉 10 年前救过依明江的命。

那是个夏天的傍晚,依明江在胡杨林被两只狼缠上了,一前一后地围攻他。正当一只狼前身跃起,两只狼爪扑向他的一瞬间,一声枪响,子弹射进张开的狼嘴。狼在倒地的那一刻,两只爪子撕烂了依明江的衣服,他胸前被狼的利爪撕扯下一块肉。另一只狼看到同伴被打死,便逃之夭夭了。

阿布拉送依明江回到了家,当天他们就给两家的娃娃定下了亲事。

阿布拉去了 5 公里之外的依明江家,依明江愉快地同意了让两个娃娃结婚。

半年后的一天，天气晴朗，风和日丽，婚礼在新娘家举行。新娘帕日古丽身着盛装，和新郎司尹提在进门的大厅里靠墙而坐。男宾们坐在新郎的右侧，女宾们坐在新娘的左侧。新娘的父亲依明江端上鱼和野鸭招待客人。

婚礼在萨它尔悠扬的乐声中进行着。

人们如潮水般涌向塔里木河，这是婚礼中不能缺少的项目——划船比赛。

众人都上了自己的卡盆，新郎、新娘也不例外。在主持人的一声号令下，大家都奋力划动着手中的胡杨木棍，站在岸边的人大声喊着:“加油！加油！”

河水翻起白浪，鱼翔浅底，飞鸟从远处的水面上掠过。夕阳西下，一轮红日染红天边，阳光下的塔里木河犹如人间仙境，金黄色的胡杨、紫红色的红柳在河岸线上起伏，美不胜收……

划船比赛接近尾声时，岸边的呼喊声一浪高过一浪，新郎、新娘在欢呼声中夺得了第一名。

饭后，新娘的父亲依明江把两张头巾盖在一对新人头上，这时候众人纷纷送上祝福。

婚礼一结束，客人们把一对新人送到塔里木河对岸一顶用罗布麻做成的帐篷里。

翌日，新婚夫妇回到村里向亲戚朋友们表示谢意，各家主人则分别向年轻夫妇送鱼、罗布麻、布料、木器等物品。

婚后，司尹提和帕日古丽有了第一个孩子，取名叫吐尔地·艾克帕。

春天，冰雪消融，万物吐绿，从远处飞来的大雁排成一队从空中掠过，又飞向远方……

这是 4 月下旬的一个下午，晴朗的天空中铅灰色的云层聚积，大风把地上的树叶卷起，不一会儿，天昏地暗，雷声滚滚，闪电把黑暗撕裂，发出噼噼啪啪的声响，雨水落下来，变成暴雨。

在河里捕鱼的司尹提看河水迅速上涨，他不敢停留，放弃了渔网，划着卡盆向河岸驶去。原来的河岸已经被暴涨的水淹没，他不顾一切使出浑身力气冲向岸边。一到岸边，他飞快地跨出卡盆，往家里跑去。

一进家门，他着急地大声喊:“快跑吧，洪水马上到了。”

爷爷捶打着炕边说:“这是我们祖祖辈辈的家，我不走，我就守在这里。”

司尹提急了:“爷爷，不走会被水冲走的，走吧！”说完他一边背起爷爷往门外跑，一边喊爸爸、妈妈、妻子、儿子赶紧往高处跑，让他们不要拿任何东西，保命要紧。

爸爸拉着妈妈，妻子背着 3 岁的儿子。就这样，他们跑到了一座土丘上，只见洪水汹涌而来，屋子、田地，一切的一切，顷刻间化为乌有。

洪水裹挟着鸡、羊、牛和胡杨木、红柳向东滚滚而去，水围住他们所在的土丘，一直在上涨，他们有些绝望了。

司尹提对家人说:“如果洪水上来了，就抱着树和能浮的东西，一定要紧紧抱住！”

帕日古丽吓得哭了起来。

司尹提不停地安慰着她。

幸运的是，洪水逐渐小了，没有漫到土丘上。

夜深了，凉风一吹，一家人冻得瑟瑟发抖，只能相互抱着取暖。

天渐渐亮了，洪水退去，地面一片狼藉。

一家人慢慢走下土丘，商量着是在原址上盖房，还是去 5 公里以外的帕日古丽父母家所在的那个村盖房。

说是村子，都是两三公里才有一家人，房子四处散落着。他们商量再三，还是决定去帕日古丽父母家周边盖房，这样互相还能有个照应。

他们狼狈不堪地到了帕日古丽父母家，结果这里也让洪水席卷一空了。众人从远处的泥地上找到了铁锹、铲子，男人们开始在一处隆起的土丘上盖房子，这个土丘靠近一处小海子。土丘上有两棵胡杨树，他们先用胡杨树干做成柱子，柱子上扎上红柳枝，用 2 米高的芦苇秆横穿起来做墙壁，房顶上铺的也是芦苇。房子盖成了长方形，南北宽，有十一二米，东西窄，有七八米。天花板中央开出一个 50 厘米见方的天窗，用来采光和排烟。屋门朝南，门扇用芦苇做成，门框用胡杨树枝干做成，门用胡杨树小枝和红柳枝编成。房屋的内外墙糊了一层草泥，屋内用芦苇隔成 4 间，进门正面第一个房间是最大的，小房间分别是卧室、厨房和库房，土灶砌在了胡杨树下。

房子盖了 20 多天。

在距帕日古丽父母家约 1 公里的地方，司尹提一家盖的这幢新房比他们以前的房子大多了。

女人们用灵巧的手将芦苇絮和野鸭毛包起来当床铺，用罗布麻纺成线做衣服，用芦苇秆编成饭桌，用胡杨木做成案板、面盆、桌子。

司尹提和妻子的弟弟去胡杨林砍了两棵枯死的胡杨，做了两只卡盆。

他们用勤劳的双手，重建起家园。

而最高兴的是司尹提 3 岁的儿子吐尔地 · 艾克帕。调皮的娃娃可以今天在爷爷家住，明天去姥爷家住。

一年后，爷爷艾合买提强烈要求孙子司尹提拉他去曾经的家看看。

“爷爷，这里住得好好的，还去干啥？”司尹提不解地问。

“那里离塔里木河近，又是我们的祖先们一直住的地方，我应该去看看。”爷爷说。

“拉爷爷去吧，这一年来他一直想去看看。”父亲阿布拉劝道。

“难道爷爷还想回那里住？”司尹提问。

爷爷眼睛一瞪：“你拉不拉，你不拉我爬着也要去。”

“去去去。”司尹提赶紧说，“我去借一辆驴车。”

“不用借，就用你岳父家的那头驴拉我去。”急性子的爷爷说。

“那咋坐？”司尹提问。

“扶我上去就行。”爷爷说。

“不行，不行，摔下来咋办？”司尹提说。

“摔不下来！”爷爷坚持着。

拗不过爷爷的司尹提便把爷爷扶到驴背上，手牵着缰绳，一步一步地朝老宅走去。

老宅已被夷为平地，所有的物品都被冲走了，只剩下两根胡杨木歪在那里。

艾合买提哭了。老人的哭声是那么无助和悲凉。不一会儿，他口气坚定地说：“盖房子，重新盖房子，我还是要搬回来住。”

“爷爷，再盖房子太费事了，这里离塔里木河太近了，再发洪水咋办？”司尹提劝道。

“你难道要忘了祖宗吗？发洪水再继续盖房，就这么决定了。”容不得商量，艾合买提告诉孙子司尹提，“我们的根就在这里，子子孙孙要在这里生活，你要记住，这里永远是我们的家园。”

司尹提点了点头。

“点点头不行，你要给我发誓，让你的子孙永远在这里生活，永远守护这里，听到没有？”

“我发誓，子子孙孙永远生活在这里，永远守护这里。”司尹提说。

艾合买提满意地点点头，高兴地笑了。

艾合买提老了，身体一天不如一天，人也日渐消瘦，饭量大减。不知道从什么时候开始，他喜欢坐在塔里木河边，望那烟波浩渺的河水，望河面上的卡盆，望岸边的胡杨林和林中的羊群，望空中飞翔的小鸟和晚霞中壮丽的落日。他的思绪穿越时光，回忆起童年、少年、青年、中年和现在的他，他深感自己时日不多了，已经没有什么留恋的了。重孙吐尔地已经 4 岁，健康活泼，孙媳妇帕日古丽的肚子日渐大了，很快又会生下一个重孙，他们家族会兴旺的，会永远在这里生活下去，生活也会好起来的。

他每天面对塔里木河，静静地望着，望着……

1948 年 9 月的一天，艾合买提病逝。那天，他抚摸着一棵胡杨树，喃喃地说：“你也老了，和我一样老了！你老了不会倒下，会一直站在这里，站在塔里木河边，而我不一样，我会倒下！人和你不能比，人都会倒下，而你永远不会，你多好啊！”他满眼羡慕地看着一棵棵金黄的胡杨树，看着在微风吹拂下婆娑起舞的金黄树叶……

艾合买提突然倒在了地上，司尹提大声呼喊，也没有把爷爷喊醒，80 岁的艾合买提安详地离开了人世。

与此同时，帕日古丽在 500 米外的家中，忍受着巨大的痛苦，生下了一个女婴，取名叫古丽巴哈尔。

四

岁月如梭，转眼多年过去了。吐尔地、古丽巴哈尔都长大了。在古丽巴哈尔之后出生的阿不来提和艾则孜也都长成了大小伙子。

吐尔地已经娶妻生子。妻子帕丽旦一连给他生了两儿一女，儿子多力坤出生于 1965 年，女儿阿瓦古丽出生于 1967 年，小儿子阿不力孜出生于 1968 年。古丽巴哈尔嫁到了 5 公里之外的解放渠村，也生了两儿一女。

可以说，司尹提一家在塔里木河边生活得很是满足。家里种了高粱、棉花、小麦等农作物，有 6 只羊、1 头牛、1 辆毛驴车，房子是用土块垒起来的。

家门前的塔里木河依然在不停息地奔流着……

不知道从什么时候开始，司尹提忽然发现周边的村庄人口突然多了起来，去往县城的路上，到处都飘着红旗，人山人海地在开荒造田，挖渠筑坝，引塔里木河的河水灌溉农田。

塔里木河的水资源有限，在历史上就曾经出现过局部流域河水枯竭的现象。

历史上流入塔里木河的河流很多，据记载，主要有阿克苏河、叶尔羌河、和田河、喀什噶尔河、渭干河、克里雅河、尼雅河等。但由于上游的绿洲面积不断扩大，引水量逐年增加，又加上风沙干旱作用和流沙地貌，造成水资源大量蒸发、渗漏，流入塔里木河的水越来越少。

一天，司尹提走进胡杨林，却听不到鸟在天空中此起彼伏的叫声，看不到野生动物在林中飞奔的身影了。塔里木河的水明显减少了，水退下去的地方，露出了潮湿的痕迹，地上不时可以见到各种干鱼和裸露的石头。不顾家人们的极力劝阻，年近 50 岁的他，站在了多年没上的卡盆上，划动着驶向湖心。撒下捕鱼的渔网，捞起来的却是小鱼。他一连撒了几网，收获却很少。

他望着河水，一脸的凄楚，无奈地叹息一声。

时间就这样一天天、一年年地过去，河水也越来越少，眼看着地里的高粱蔫了，棉花的花苞不绽放，麦子不抽穗。司尹提急得吃不下饭，睡不着觉，只好带领儿子去河边挖出个口子引水浇地，但水流太小，只能勉强把地浇了，这一年总算有点收获。

一天，司尹提的父亲阿布拉抬头凝望，在河岸与天边交织的地方，夕阳正在西沉，一抹晚霞映照在光秃秃的胡杨林上空，舒展地流动着，像一条天上的河。突然他的胸口疼痛起来，对塔里木河、对胡杨林的深深牵挂让他胸中犹如一团火在燃烧，86 岁的他靠着一棵枯树，仰望天空，大哭着结束了一生。

这是 1980 年夏季的一天。

举行葬礼时，方圆 20 公里内的 4 户人家的男人都来了——都来给阿布拉送行。

阿布拉的墓地在塔里木河边，紧挨着他父亲艾合买提的墓地。一对父子背对一片原始胡杨林，面对塔里木河，静静地守护在这里。

不久，周围的 4 户人家都陆续搬离。

在秋风萧萧中，司尹提一家开始搬家。

走之前，全家人来到墓地前，向祖辈艾合买提和父辈阿布拉告别。

司尹提跪在坟墓前，向故去的爷爷忏悔：“我对不起你们，没有保护好胡杨林，保护好家园，现在走到了背井离乡的地步。但我发誓，用不了几年我们一定会回来的，回到祖祖辈辈居住的故乡。”说完，他已泪流满面。

一家大大小小十几口人，赶着羊群，牵着毛驴和马，抱着鸡，在太阳升起的时候，向塔里木河上游慢慢走去……

塔里木河蜿蜒曲折，它是流向东方的，河道的每一个转弯都很大，少则二三公里，多则六七公里。

罗布人是逐水而居的，找到水草丰茂的地方，他们就会安居下来。

司尹提一家都不记得走了多少天了。他们白天沿河堤走，一直走到夜晚，夜晚便席地而卧。

一天，他们终于看到了流动的河水，看到了炊烟，是早他们几天搬走的同村人住在了这里。

几家人又相聚了，聚在一起有说不完的话。司尹提一家在同村人的帮助下，盖起了房子。

后来他们才知道，这里是尉犁县墩阔坦乡塔提里克村，地处塔里木河与塔克拉玛干沙漠交会处，在塔里木河中下游冲积平原上。全村40多户人家，大部分都是从下游迁徙过来的。

在村委会的安排下，他们得到了几十亩土地，种上了小麦、高粱等农作物，过起了平静安逸的生活。

静静流淌的塔里木河却一直不平静。

星星还在天幕上一闪一闪的时候，吐尔地就睡不着了。这段时间，塔里木河经常被扒口子，水四处漫延，而胡杨和红柳却喝不上水。他决定一大早去河堤上查看。

吐尔地蹑手蹑脚下床，不敢惊动家人，掰了块馕，喝了碗凉水，悄悄拉开门走出去。

“干啥去？”爸爸司尹提的声音从身后传来，吓着他了。

“噢，爸爸，我去看看塔里木河，看看胡杨。”吐尔地说。

“我也去。”说完，司尹提开始穿衣服。

“你年龄大了，不能太累，还是我一个人去吧。”吐尔地劝道。

“我才60多岁，嫌我老了？”司尹提有些不高兴。

“没有，没有。我的意思是这会儿太凉，你就别去了。”吐尔地说。

“我要去！”司尹提很坚决。

“好吧，那就先吃点儿东西，吃完就走。”吐尔地说。

司尹提一家对胡杨有着一种特殊的情怀，自从迁徙到这个村子，他们一家又开始主动守护胡杨林。十几年来，发生过多次私自砍伐胡杨树的事件，都被他们制止了。

走出家门时，多力坤也跟在了爷爷和爸爸的后面，当走在前面的爷俩发现他时，已经快到河边了。

他们家离河边有一公里多。这时，天渐渐亮了，东方露出朝霞，朝霞映在河中，河水被朝霞唤醒，似乎在欢唱……

他们先是穿行在红柳林里，又穿过一大片甘草地，过了甘草地才是原始胡杨林。由于河水水位逐年下降，胡杨林中有些树木已经干枯了。他们一路往前走去。

“爸，你看，这里咋开了地呢？”多力坤小声说，他怕惊动了开荒地的人。

吐尔地顺着儿子的手所指的方向望过去，发现在胡杨林深处有人影在晃动。“走，过去看看。”他说。

三人悄悄往有人的地方走去。清晨胡杨林里十分宁静，他们的脚步声还是惊动了干活儿的人。

三个人突然出现在眼前，把正忙活的人吓住了。他们从慌乱中回过神儿来，问道：“你们是干什么的？”

“你们为啥在这里开荒种地？”吐尔地问。

这是一对夫妻，荒地开在比较浓密的胡杨树下，此刻他们正将塔里木河里的水引过来浇地。

“这里用水方便，就把地开在了这里。”男人说。

这时从更远处传来嘈杂的人声，听着应该有很多人。

“你们不知道这里不能开荒地引水吗？”司尹提问。

“我们不知道。”依然是男的回答。

“赶紧离开这里，你们这样引水浇地，胡杨喝不到水咋办？”吐尔地说。

“哼！你说什么呢？我们辛辛苦苦开出几亩地，让我们走有这么容易吗？”男人说完又补充道，“你们是干什么的？有什么权力管我们？”

“我们是村民，我叫司尹提 · 斯地克，这是我的儿子和孙子，我们是这里的护林员。”

“告诉你，这片胡杨林也没有划给村里管，我们开荒种地，你们管不了。”男人说完，依然把黑色胶皮管子放进地里。

“告诉你们，这里就是不能开荒种地，更不能随便引塔里木河的水。”吐尔地说。

“请你们离开这里，别影响我们浇地。”男人大声说。

“在这里开荒种地就是不行！”吐尔地的声音更大。

“你们到底是干什么的？”女人问。

“不是告诉你们了吗，是护林员。”多力坤说。

“别理他们，什么护林员，拿出证件来。”男人说。

“不要吵了，不要吵了。”司尹提挡在两人中间，“告诉你，塔里木河的水是宝贵的！谁都浇地，水用完了咋办？”

“这么一条大河，水还能用完？笑话！”男人说。

“咋用不完？用完了，我们就不能在这里生活了。”司尹提说。

“我不相信。”

“告诉你，我们就是因为以前住的地方没有水了才搬到这里的。”吐尔地说。

“别逗了，水还能用完？再说我这些地才能用多少水。”男人不相信吐尔地说的话。

“再不听劝，就断了你的水。”吐尔地不想和眼前这个男人啰唆了，说什么他都不听。

“你敢断个看看！”男人拿起了铁锨。

吐尔地跑到河边，拔掉了水泵机的连接管。

“你干啥呀！为啥不让浇地？”女人大声哭喊着。

男人拿着铁锨冲到吐尔地跟前，高高举起铁锨，多力坤见状伸手抢下铁锨。男人手里没有了家伙，开始扑向吐尔地。

多力坤扔掉铁锨，双手抱住男人，男人又反身抱住多力坤。多力坤的头完全暴露在外，男人抡起拳头打上来，多力坤一闪，脸被拳头砸中。

吐尔地使劲拉着男人，大声喊：“别打了，别打了！”

女人向远处大声喊：“你们快来呀，打人啦，打人啦！”

司尹提大声说：“你喊人干啥？打架？还不赶紧去把他们拉开。”

“你们欺负人，你们欺负人！”女人哭着。

司尹提跑到三人面前，也开始劝架。

场面一片混乱。

不一会儿，冲过来一群人，每个人手里都拿着农具，一个个瞪着他们：“怎么着，要打架啊？”

司尹提赶紧拦着说：“谁也不能打了，因为我们不让在这里开荒种地浇水，这个人不听劝，就这么打起来了。”

人群里有人说：“李远亮，你说说是怎么回事。”

男人嘴里不时地吐出带血的痰，说：“是这样的，他们不让我们开荒种地浇水，我能愿意吗？”

众人问为啥不让种地浇水。

“我们是团场的。”

“我们从外地大老远地来开荒种地，就是为了养家糊口。”

“我们有手续。”

吵架，劝说，劝说，吵架，双方各说各的理由。最后，司尹提他们直接把这件事告到了乡里，对方则告到了团场。

多力坤住进了医院，他被打后，老是头晕。

在多力坤住院期间，乡里和团场开了个协调会，达成了一致意见，胡杨林里不能开荒种地，胡杨林外由团场划出几千亩地，每家200亩，按分配用水。一场风波就这么平息了。

塔里木河干流河道从大西海子水库以下断流，塔里木河的长度缩短了300多公里。据了解，1972—1990年，塔里木河下游大西海子以下363公里的河道长期断流，地下水位不断下降，地下水矿化度不断上升，尾闾台特马湖干涸，干流两岸胡杨林大片死亡，物种锐减。上中游的胡杨林面积由1950年的600万亩减少到360万亩，下游的胡杨林面积由1950年的81万亩减少到11万亩。下游若羌境内被绿色走廊分隔的两大沙漠——库姆塔格沙漠和塔克拉玛干沙漠，在二三十年里分别从南、北两个方向向前推进了360公里，218国道上多处路段被流沙淹埋，下游的绿色走廊濒临毁灭。恶化的环境致使灾害天气急剧增多，大风、霜冻和冰雹灾害接连不断。仅1998年一年，下游的塔里木垦区就有2万多亩香梨绝收，13万亩棉花重播了4次，经济损失逾亿元。

这样的状况还会继续下去吗？治理塔里木河已经到了刻不容缓的地步。

五

1985年春，一位名叫梁铎的政协委员向自治区递交了一份提案，题目为《加速进行塔里木河综合治理》。这份提案正式提出治理塔里木河的主张，立即引起广泛关注。

1990—1992年，塔里木河流域管理局和塔里木河流域水利委员会的相继成立，拉开了整治塔里木河的序幕。

塔里木河——这条顽强地流淌在大漠戈壁中饱经沧桑的河，终于迎来新的生命。

从中央和国家机关有关部门领导，到自治区、兵团及各地、州、市（县）领导，对此事都十分重视，水利系统的专家、学者一次次地踏勘、考察，提出一系列整治方案。大家认为，应以塔里木河中下游生态环境改善为综合治理的切入点，从提高河水利用率入手，通过归并引水口来加强河岸和河道的建筑与管理，合理配置生态用水，收取水费。把控制上游用水、整治中游河段、保护下游绿色走廊、实现全流域的生态效益，作为塔里木河流域综合治理的方针。

让塔里木河重现活力，让塔里木河两岸充满生机，成为关注塔里木河的所有人的梦想。

塔里木河要输水的消息传遍了塔里木河两岸，传遍了南疆大地。而司尹提最为高兴，他决定举家搬回阿克亚斯克村。

20 年了，20 年前搬离时他想最多一两年就可以回去，没有想到这一走就是 20 年。

20 年来，他天天梦想着回到故地，他从没有忘记故园。

20 年来，他由壮年步入老年，满头黑发变成了两鬓斑白。

当他把这一想法告诉家庭所有成员时，一些子孙不愿意搬走。他们在这里出生、长大，熟悉了这里的一切，和这里的人交了朋友。司尹提以最高长者的威严厉声说道:“女子可以留下，男子必须走，否则从家族中除名。”

“那艾山江咋办? 他在县里上高中，家搬走了，节假日他去哪里? ”重孙艾山江的妈妈努尔古丽问。

“他不是住校了嘛，继续住校，节假日可以回阿克亚斯克村，不就 130 公里路，现在有长途汽车，方便多了。”司尹提说。

秋天到了，从地里收获了高粱、小麦、棉花之后，司尹提让儿子吐尔地向村委会退回了几百亩地。村主任知道他们一家要搬走的消息后极力挽留，却留不住司尹提那颗激烈跳动的心。

在一个秋日的清晨，一家几十口人踏上了返乡之路……

20 年前的迁徙之路充满了凄楚和心酸，而 20 年后的今天，却充满了喜悦和兴奋！

回到阿克亚斯克村后不久，塔里木河输水了。来水的那天，沿河百姓像过节一样欢呼。他们载歌载舞，弹奏着乐器，激动不已。司尹提却流下了泪水，他蹒跚地走到爷爷和爸爸的坟茔前，将这一消息告诉了他们。

2007 年，也就是 4 年之后，司尹提的重孙、多力坤的儿子艾山江从新疆农业大学森林保护专业毕业。他回到家乡，考入了塔里木河流域管理局，成为机关的工作人员。机关工作让他很不适应，在他多次强烈要求下，他被调入大西海子水库的水库管理站工作。

下基层之前，艾山江做好了吃苦的思想准备，他从小就是在塔里木河边、胡杨林里长大的，什么样的苦不能克服？但真正到这里工作和生活，却是另外一番景象了。

荒凉、寂寞，站上只有几个人，每天面对面，时间一长，连话都懒得说了，用他的话说，是已经无话可说了。

他们的任务是从上游向下游的尾闾台特马湖生态输水，还负责从上游的新其满管理站到台特马湖这 100 多公里的沿线巡查工作。

巡查时一般骑着摩托车，但有些地段进不了车，只能把车停在路边，查看一段之后再返回去骑。

冬季，寒风吹在脸上，犹如刀割般疼痛。夜晚的温度降到了零下二三十摄氏度，扎在水库沙滩上的帐篷里没有一丝热度，钻进被窝像是进了冰窟窿。冻得睡不着时，只有坐在火炉前烤火，真正感受到了火烤胸前暖，风吹背后寒。硬是熬到天亮，随便喝碗稀饭、吃个馍馍就又出发了。有时他也问自己，从机关下来吃这样的苦，值得吗?

比他早来的阿力木江·买买提给他讲了发生在8年前的一件事：

2001年7月19日，刘选新、木塔力甫·托乎提、阿力木江·买买提三人接到通知，要前往塔里木河下游老河道库尔干道班河段进行河道疏通工程验收。7月20日早晨，三人准备好行囊，乘坐单位的一辆皮卡车前往工地现场。当时218国道正在翻修，前往若羌县方向的车辆必须沿着库尔勒北山便道经过三十四团，再通过老218国道前往库尔干道班河段的工地现场。北山便道为石子路，由于常年缺少维修，已形成搓板路面，三十四团离库尔勒市200多公里，但是他们走了一天。当晚他们住在三十六团的接待站，第二天早上也就是7月21日，一行人前往离阿拉干约80公里的库尔干道班。

路上，刘选新告诉他们，他女儿即将要过周岁生日，他计划完成工作后赶回去给女儿过生日。

因为天气炎热的缘故，那天他们出来得很早，早上7点多就赶到了现场。原计划施工单位的人要和他们一起完成测量验收工作，但他们在施工单位的驻地没有看见其他人。由于工作任务重，时间又紧，他们在刘选新的指挥下，直接进入工地一线，开始了测量工作。当年，由于塔里木河向下游输水的工作才刚刚开始，大西海子以下的河道基本上被沙漠掩盖。库尔干道班河段更严重，基本上找不到河道的影子，只是偶尔能看到河道，他们也是根据老地图对河道开展清淤工作。由于多年没有水的滋润，下游的胡杨及红柳等野生植被大多已枯死，偶尔能看到一两棵顽强生长的胡杨。

库尔干道班河段，河道走势很奇怪，从道班后面进入河道只有100米的距离，但是越往后走，河道离218国道就越远。12点左右，他们走到塔里木河下游最后一棵胡杨树前，决定在这棵树下休息片刻，待调整好后再继续工作。除了带来的方便面和水以外，他们没有带其他的干粮，而且方便面只能干吃。饭后，他们直接躺在树荫下休息。大概休息了 1 个小时左右，他们开始继续工作。没走两步，阿力木江流鼻血了，刘选新告诉他，这是中暑了。他立刻掏出口袋中的卫生纸堵住鼻血，然后狠狠地喝了一口水，军旅壶中的水已经被晒热了。

大概在下午 2 点，他们商量着准备放下手中的工作，找个地方避暑。可是附近已经没有胡杨树了，只有干枯的红柳，由于找不到树荫，阿力木江只能将头塞进干枯的红柳丛中。当时应该是一天中最热的时段，刘选新提议，先回到库尔干道班，明天早上继续测量。

他们开始从老河道向老 218 国道方向徒步前行。由于天气炎热，再加上大家都有点中暑，感觉回去的路很遥远。阿力木江站在高高的沙包上，根本就看不到国道。他当时肩上扛着水准仪的三脚架，刘选新拿着测绳，木塔力甫背着水准仪。就这样，他们走一会儿，休息一会儿。由于阿力木江比较年轻，再加上前一天喝了一壶马奶酒，他恢复得很快，因此，他走在最前面，偶尔也会回头看看其他两人。突然，刘选新摔了一跤，阿力木江和木塔力甫赶紧过去扶刘选新。他说他要坐一会儿，休息一下，他们就扶他坐下，帮他拧开军旅壶的盖子，让他喝水。但是他说，不到最后一刻，一定不能把水喝完，就喝了一小口。喝完水，刘选新想躺一会儿，刚躺下，就说有点反胃，想吐。他们又把他扶起来，但是他没有吐出来多少东西。

阿力木江让木塔力甫走到 218 国道去找他们的车，他在这里陪刘选新，木塔力甫同意了。刚走出去 10 米，刘选新说要起来，阿力木江又将木塔力甫叫回来一起扶他，可怎么也扶不起来。阿力木江对木塔力甫说自己去找车，让木塔力甫在这里照顾刘选新，木塔力甫也同意了。阿力木江走了大概 800 米的时候看见了国道上的黑色木头电线杆，他仿佛看到了希望。但是当他走到国道上的时候，国道上没有一辆车。他在国道边的土堆上躺着，躺了很久也没有等来车，等来的却是木塔力甫，他说刘选新好多了，在原地休息，他们俩一起去找车，再返回去接刘选新。最终，他们站在路中间拦下了一辆若羌县和库尔勒市之间的班线车，通过跟驾驶员沟通，驾驶员同意带他们去库尔干道班。他们在路边做好标记后，坐上车去找他们单位的驾驶员。

到了库尔干道班后，阿力木江让木塔力甫在道班休息，自己带上驾驶员和几名道班职工去接刘选新。车开到了路基下，面向老河道方向前行，可没走多远，车陷住了，他们只能下车徒步前往刘选新所在的地方。找到刘选新后，只见他仰面看着天空，脸上有泪痕，已经离开了人世。在场的人都哭了。

就这样，刘选新倒在了戈壁上，带着没有给女儿过上生日的遗憾走了。

听完这个故事后，艾山江哭了，他什么也没说，骑上摩托车又去巡查河道了。

1300 公里之外的上游输水时水急浪高，一泻千里，而到了他们这里水流却几乎没有了，巡查时有的地方结了冰，只好用十字镐刨、铁锨凿。

一到夏天，他们要给老河道清淤疏通，修建生态引水渠、简易拦洪坝，确保每一滴“救命水”流向饥渴的胡杨。

艾山江再没有觉得这样的日子苦了，他觉得这是一种奉献和成就！

不久，他又被调往英巴扎站，站点在塔里木河左岸，离岸边 500 米，真正到了家门口。他们家在塔里木河右岸，从站点穿过 2 公里左右的沙漠公路就到家了。

报到的那天，他回了一趟家，年近 70 岁的太爷司尹提高兴得合不拢嘴:“跟我去墓地告诉先人，又有子孙来守护胡杨林了。”

虽然家近在咫尺，他却不能常常回家，每天要深入原始胡杨林巡查。塔里木河输水 10 年了，有些枯死的胡杨发出了新芽。有人不管胡杨是不是活的，还是偷偷来砍。因此，塔里木河管理局设了许多卡点，艾山江就这样被放在了一个卡点上。卡点都在胡杨林深处，一个卡点放一个人，每天守护着这片胡杨林，生活物资由站上定时送。

这里是一个人的世界，与外界完全隔绝，没电、没水、没信号，伙伴就是胡杨树、白天的太阳、晚上的月亮和身边的一条河。

艾山江自己有小家了，他的家在库尔勒。妻子是大学同学，在库尔勒一所学校任教。他们有一个 10 岁的女儿，正是需要父爱的时候，而艾山江的工作又很难与妻女相聚，一两个月才见一次面。每次回家，在仅有的几天时间里，他哪都不去，就抢着干家务，接送女儿上下学。每次分别，大人娃娃都是眼泪汪汪的。

一天夜里，艾山江发高烧了，他吃了感冒药，直到天亮烧也没有退。

中午，送给养的车来了，站长也来了。他本想请假去输液，但站长和他聊天时，无意中说最近人手太紧张了，他话到嘴边又忍住了。后来站长发现他的脸通红，伸手摸了他的额头才知道艾山江发着高烧，说啥也要把他带出卡点去治病，但被他拒绝了。

有一天，天蒙蒙亮时，有两个人偷偷在锯树，锯树的地方离卡点至少有 2 公里。他们怎么也想不到，艾山江会突然出现在他们面前，他们只好弃树而逃。

一年后，艾山江被调回英巴扎站。英巴扎站管辖着 190 多公里河道，主要负责管辖区内的枢纽、生态闸、输水堤等水利工程的运行管理和河道管理，还负责河段内农业供水、引洪补水、节约用水、水量调度、灌溉管理等工作。工作虽然繁重，但现在都配上了无人机、卫星地图、GPS 等高科技产品，管辖区内出现任何问题，立刻就能从手机里捕捉到。

“你们现在为啥不给胡杨树浇水了？”一天，太爷司尹提站在胡杨林里问艾山江。

“胡杨树属于耐旱的树种，浇透一次，3 年内可以不用再浇。”艾山江解释道。

“咋能 3 年浇一次呢？它不干死了？”司尹提不理解。

“我是学森林保护的，知道多长时间浇一次水。”艾山江说。

“我只知道，胡杨喝足了水，腰杆子就挺直了。”司尹提说，“芦苇、红柳也会跟着挺直腰杆子。”

“让它们挺直腰杆子也不能让它们喝水太多，那样会淹死的。这是科学道理。”

“好，好，只要不让它们干死就行。”司尹提知道说不过艾山江，只能这样嘱咐道。

阴了几天的天终于露出了笑脸，天空中没有一丝云彩，艾山江和太爷司尹提站在墓地前。司尹提默默地说：“爷爷、爸爸，你们还好吧？我今年也 98 岁了，随时都会来陪你们的。你们放心吧，我们的后人艾山江已经是护林员了，我们一代一代的后人都会守护着胡杨林，守护着塔里木河的。”说完，泪水涌出眼眶。

初夏，天山、昆仑山、喀喇昆仑山的冰雪逐渐消融，涓涓细流沿着山谷，绕过沙漠，投入塔里木河的怀抱，流进农田果园，流进胡杨林、红柳丛……

涅槃重生的塔里木河绽放着笑容，两岸水鸟栖息，茂密的芦苇丛摇曳生姿，胡杨复活，生态修复，野生动物重返家园，人与自然和谐相处的情景再次出现。

金色的胡杨林倒映在湛蓝的河水里，将河水染成一片金黄。

几只白鹭飞向天空，它们洁白的羽翼在空中划出美丽的弧线……

塔里木河变了，变得妖娆妩媚了，变得婀娜多姿了。

水鸟紧贴水面飞翔，奔腾的波涛欢唱，欢乐的浪花翻飞，胡杨生机勃勃，红柳迎风舞蹈。望着眼前的美景，艾山江心潮澎湃。守护好塔里木河、守护好胡杨林是他一生的责任，他要像祖辈们一样，把根深深地扎在这里。

◎阿拉提·阿斯木

库尔班·尼亚孜的梦想

春华秋实，岁月灿烂，中华儿女九州方圆。2003 年，库尔班·尼亚孜在他的家乡乌什县依麻木镇开办了全疆第一所民办国通语学校。这个坚强的汉子十六年如一日，朝着心中的方向，走在实现梦想的大路上。他依靠当地政府的有力支持，在边疆边远乡村推广国通语，取得了辉煌的成就。

库尔班·尼亚孜先后获得“全国民族团结进步模范”“第六届全国道德模范提名奖”“第七届全国道德模范”“中国好人”“自治区道德模范”“新疆特色四好老师”“自治区文明家庭”“最美新疆人”“首届感动阿克苏十大人物”“新时代的库尔班”等荣誉称号。2018 年 12 月，他被党中央、国务院授予“改革先锋”称号，被誉为“民族团结进步的践行者”。

在阿克苏乌什县依麻木镇国通语学校，我见到了优秀的民办教育工作者库尔班·尼亚孜。

那是一个细雨蒙蒙的日子，风送来田地里的瓜果馨香。立在操场中央的巨大孔子像，厚实凝重，光彩照人。我向千古圣人施礼，心中诵念：“有朋自远方来，不亦乐乎？”

库尔班睿智、开放、善谈，善于思考和发现问题，概括能力强，是一个乐意向你打开心扉的人。他不隐瞒自己的观点，旗帜鲜明，是生活的强者。

“在我55年的人生经历中，最重要的感受是有幸考上了大学。这是我的人生最重要的一个开始。在大学生活和后来的社会实践，以及开办民办国通语学校的整个过程中，我深切地感受到，孩子们要特别重视扣好人生的第一粒纽扣。我们要自觉树立这种意识，重视这个问题，践行这个问题，回答这个问题，不断地提升我们知行合一的自觉性和能力。人生的第一步，主要是学习知识。我们要用正确的东西武装孩子们的头脑，向孩子们提供学习国通语的机会，克服困难，千方百计地做好这个事情。在我们这个新时代，少数民族孩子们一定要学好国家通用语言文字，打好基础，时刻准备报效祖国。”

库尔班的父亲尼亚孜·玉苏甫是一个有想法的农民。当年，他在语言不通的情况下，克服困难，带着好奇和热情，走进新疆生产建设兵团农一师四团，和农工们交朋友，学习国通语。他对兵团的农业生产和机械化农具产生了浓厚的兴趣，于是把家搬到农一师四团托什干河对面，请来更多的农民朋友，建立了阿瓦提村，当上了村主任。那年，他们家在四团朋友们的帮助下，种了10亩大豆，收成极好，全家欢喜。小库尔班第一次随爸爸去四团，毛驴车过托什干河的时候，他十分惊奇，认为这是天下最大的河流了。父亲说：“不是的，孩子，等你长大了，走出家乡，会看到比托什干河还要大的河流。”在四团，小库尔班看到了许多新奇的东西，发现了许多新鲜事物，也有了自己的团场朋友，开始向往外面的世界。当他从这位团场朋友身上感觉到一种醇香气息的时候，内心产生了一种朦胧的美。后来，国家出台了一项政策，支边青年可以送一个孩子回老家发展，于是他的那个朋友就回上海了。那时候，她给他用过上海的香皂。他后来才知道，原来她身上的那种香气就来自这种香皂。于是，他开始喜欢上海了，突然向父亲提出要继续上学，彻底打消了早先初中毕业后学木工手艺的念头。那时，他的内心已经有了一个新的目标——读书学习，探索人生的奥妙，为未来的梦想打基础。

“在送孩子学习知识的问题上，我们家长的第一要务是解放思想，要看到知识的力量，这是我们的责任。家长没有文化是当时家庭等各方面原因造成的，第一原因是父母没有重视孩子的读书问题，失去了最佳时机。在机会无限的新时代，我们不能再犯糊涂，脑子要清楚，要给孩子们规划一个美好的未来，要走出狭隘，走出我们固有的思路。我们要清楚地认识到知识在孩子们的未来生活中的作用，做好孩子们的第一位老师，要深刻地明白养而不教父母之过的道理。”库尔班说。

当年，四团那个热爱音乐的女孩子，在库尔班的心里种下了对上海的向往。这也促使他心中产生了走出家乡的想法。每当他使用朋友留给他的香皂，打开朋友留给他的收音机，收听中央人民广播电台的节目，学习国通语发音，了解外面的世界时，就忍不住怀念当年父亲带他去四团找朋友、在团部吃饭的那些情景。一幕幕，都是他心灵深处的美好回忆。在那里，他第一次吃到了馍馍和菜，极为新鲜，内心有一种崭新的感觉，开始向往新奇别样的生活。像“洗手”“吃饭”这些词他都是在那个时候学会的。朋友甜甜的声音，渗透进了他的心海。“后来，我回忆起这些生活场景时逐渐认识到，文化的力量是潜移默化的，是可以沟通人心的，也是巨大的。从那时起，我就像变了一个人，在学校主动要求坐前排听课。因为爸爸说过，只要我好好学习，就能去上海见我的朋友。我把全部心思都放在了学习上。1982

年，我考上了新疆大学中语系，开始了我的国通语学习之路。如果没有这些经历，如果当年父母没有搬到托什干河对面安家，就不会有我今天的生活。兵团文化对我的影响，中华文化对我的熏陶，开启了我16年前开办国通语学校的梦想。”

库尔班认为，办好国通语学校，首先要紧紧依靠当地党组织把握方向。同时，要提高自身的政治素养，做一个明白人，走用知识改变命运、靠努力实现人生价值的康庄大道。

“我的大学生活是难忘的、丰富多彩的，考上大学是我实现梦想的第一步。我走进了浩瀚的国学海洋，如饥似渴地学习，打基础，严格要求自己。现在回想起来，我在大学期间最大的收获就是在图书馆读了大量的书，不懂的字词查字典，向老师、同学请教，养成了抓紧一切时间学习的习惯。前后算起来，在30多年的时间里，我一直没有放弃读书、读报学习，再忙也要研读《参考消息》《环球时报》等报刊，了解国情，用知识武装头脑，充实自己。不然，这16年我是坚持不下来的。大学期间积累的知识是我的力量之源。1985年，新疆大学安排我们到北京实习，大家高兴得不得了，整天沉浸在幸福之中。想到就要去祖国的首都北京实习，我兴奋得整夜整夜不能入睡，满脑子都是北京的壮丽和美好。以前在课本里学过《我爱北京天安门》，想到就要去北京看天安门，我便会陷入极度的兴奋之中。我在学校学过的《谁是最可爱的人》《为人民服务》等课文，至今都在鼓舞我要做一个对人民、对社会有用的人。这些文章对我成长、做人起到了决定性的作用。那年，我们坐了83个小时的火车，到了渴望已久的首都北京。那天细雨蒙蒙，在往卡车上装行李的时候，我请求老师说，我想坐在车上看护行李。其实我心里的真实想法是，如果行李车从天安门前经过，我就能看到宏伟的、我敬仰已久的天安门城楼。果然，行李车驶进了长安街，我激动万分地叫了起来。第二天，我们又专门去看了天安门。我还大步丈量过天安门广场的宽度，至今仍记忆犹新。”

库尔班是一个有心人。在北京的实习任务主要是学习普通话发音。他很自豪，自己从新疆一个边远的小村子来到了祖国首都北京。当年作为家乡第一个考上大学的人，他似乎看到了自己的价值，最重要的是内心有了崇高的信仰。

1986 年，大学毕业后，库尔班被分配到阿克苏财贸学校当老师。为人师表，他努力工作，决心做一名优秀的国通语教师。在之后 10 年的教学工作中，他经常问自己：“我现在的国通语水平、教学方法，能胜任一个高等学校的国通语教师吗？”他开始有压力了，不愿误人子弟。他向学校领导提交辞职报告，领导说：“你先停薪留职几年，干得好了，你就干下去，干不下去了，你就回来，你的编制我们给你留着。”这个心怀梦想的汉子，迈出了第一步。

时间飞快流逝，他的足迹留在了浙江、安徽等地，也挣到了自己的第一桶金，开始了别样的生活。他开始学习经商知识。他掌握的国通语知识起到了作用，加上他天资聪颖，很快掌握了生意上的许多门道，发现了许多商机。这时候，一个新的思路开始在他的脑海里慢慢形成。他回到家乡，开始发展批发和零售业务，又根据当地群众需要开办药店，新一轮的创业实践。这段时间里，库尔班边学边做，学到了先进的经商理念，加上他勤奋，逐渐拥有了多方面的经验。实际上，这也是一种社会实践，顺应改革开放的浪潮，敢于实践，学习沿海城市的经验，为自己所用。

通过这样的闯荡，库尔班丰富了自己的阅历。于是，一个个鲜活的想法开始冒出来：“我是国家培养的大学生，我今后的人生之路该怎么走？到底什么才是属于我的成功和光荣呢？怎样才能回报父老乡亲呢？我最终的目标只是富有吗？富有后的人生之路应该怎么走？”

这个时期，他开始认真思考未来的路，开始回忆总结自己在生活的长路上留下的脚印，想起了曾经的梦想。读大学期间，图书馆是他最好的乐园，只要有时间，他就在这个知识的殿堂里，翻阅中华文明的智慧结晶和历史的经验。回忆起在北京实习的光荣经历，总结自己经商以来的得失，他要寻觅新的道路。他看到了国家通用语言文字的力量。如果不懂国通语，他不可能闯荡四方，创建自己的事业。无论在家乡还是在外地，在社会生活和人际交往中，他看到过许多因语言不通而产生的误会、摩擦。于是，他坚定了自己要在家乡孩子们的人生第一步里播种国家通用语言文字教育的理想。这是他胸怀里崭新的光芒。经过一段时间的认真思考，他决定创办一所教少数民族孩子学习国家通用语言文字的学校。

同时，他也具备多方面的基层经验。他开药店的时候，发现一个女孩子脸上长满了水痘，建议孩子的奶奶抓紧时间给孩子治疗。孩子的奶奶却认为这不是病，是恶人恶语害了她的孙女。这样的事例很多。他认识到，只有科学知识能破除迷信愚昧，拯救人心。首先要给这种迷信的人“上药”，上科学知识的药，拯救这些人的思想。

在他的人生经历中，有过这样一件事情，是他毕生难以忘记的痛。那年，他劳苦一生的父亲过世了，邻居们村里村外报丧，竟没有几个人来吊唁送葬。有人说：“不要等了，他们不会来的，因为你父亲生前斋月期间在街上吃过馕。”那时候，有许多不正常的、极端的东西及不健康的言行左右着老百姓的思想，扰乱他们的意识，也有人故意制造民族矛盾，造谣生事。这一切使库尔班更加坚定了要创办一所国家通用语言学校的想法，他要用优秀的中华文化教育孩子们，浸润他们的心灵。他首先开办了国家通用语言幼儿园，在此基础上，去村民家调研，掌握适龄儿童基本情况，打算开办全疆第一所民办国家通用语言学校。当时的镇党委领导收到他的报告后，给了他许多支持。2003 年，库尔班投入 60 万元，建造了总面积 1200 平方米的教室。他多方奔走，从他熟悉的农一师四团请来大学毕业生李红，开始招生。他们一靠宣传，二靠家访，三靠坚韧不拔的意志，最终招进了 80 多名少数民族学生，开始了他们艰辛却充满希望的事业。

然而，好景不长。当老师们辛辛苦苦地给孩子们上课的时候，外面的责骂声和嘲笑声传进了校园。“库尔班 · 尼亚孜是个骗子，办学校是假，把地皮骗到手，升值后倒手牟利是真。”这些恶意的、别有用心的言论也迷惑了那些纯朴善良的家长们，扰乱了他们的思想。接着又出现了推倒学校围墙、火烧校舍的事件。在镇党委领导的支持下，公安机关抓住了破坏分子，确保了学校的安全。实际上，他们反对的是他开办用国通语教授知识的学校。库尔班说：“很长一段时间，在镇里，我都不敢参加婚宴，不敢到人多的地方去，长时间神经绷得紧紧的，甚至影响到了身体。”

但是，这个硬汉没有放弃自己认定的事业。学校聘到称职的老师以后，面临的最大困难是孩子们不懂国通语，上课听不懂。双重困难出现在他们面前。一些孩子听到老师说“同学们好！”就吓得直哭，教室里乱成一团。窗外交头接耳地观察孩子情况的一些家长听到这突如其来的哭声，误认为老师在骂孩子，就冲进教室抱孩子。实际上，李红老师和其他老师是在哄孩子不要哭，安慰他们。混乱中，也产生了一些误会。

当时，库尔班和李红等老师为哄上课哭闹的孩子们想尽了办法。库尔班从农一师四团请来了一位打快板的老师，课前教孩子们打快板，慢慢地稳住了孩子们的情绪。十几年以后，几个考上了大学的孩子在电视台做节目的时候，还展示了他们学到的这项才艺。孩子们上课不哭了，这还不够，老师们绞尽脑汁，一步步地探索出新颖独特的教学方法，通过肢体动作，帮助孩子们更好地理解所学习的每一个汉字的含义。比如学习“坐”这个字时，一位老师带领孩子们高声朗读，另一位老师就相应地做“坐下”这个动作。老师们就是通过这样的教学方法，打开了孩子们的心灵之窗。加上孩子们在学前班学习的一年，7个春夏秋冬过去，热爱这所学校的老师们心中的花结出喜人的、惊人的果实。

“我永远也忘不了2010年5月28日这个日子，检验我们成果的时间到了。那一天，是学校第一届毕业生成绩揭晓的日子。我们奋斗了2500多个日夜，现在可以用学生的成绩证明自己了。我们将爱心留在了大地上，留在了孩子们渴望知识的心灵里，也留在了广大家长们的内心深处。那天，我和所有的老师从凌晨开始就在学校办公室守着电脑等成绩。早晨8点，新疆区内初中班的分数线出来了，农村户口170分，城市户口220分。我们学校第一届毕业生有38名，只有32个孩子参加了考试。开始查成绩的时候，我看见李红副校长的手一直在抖。她紧张，我也紧张。我说，咱们先从成绩最差的孩子查起，先查哈里·穆拉提。这是一个特别调皮的孩子，我认为他考上新疆区内初中班的希望不大。但是，鼠标一点，他的分数出来了，李红副校长大喊一声，227分！成绩比城市户口的分数线还要高！我简直不敢相信。我非常激动，可以说是热血沸腾！我们继续查，230分、247分、228分……我流泪了，对李红副校长说，别查了，孩子们太争气了。那一刻，我们所有的老师都流泪了，我们成功了。我们第一届毕业生除了6名没有报名的孩子外，都考上了新疆区内初中班。值得骄傲的一点是，满分为300分的卷子，我们优秀的学生穆萨·图尔贡考了290分，在阿克苏地区排名第一，位列全疆第二十七名。也是这个孩子，在2016年高考中以701分的成绩考上了清华大学！那年学校秋季招生时，校园内外人声鼎沸，名额很快用完了。7个年头的努力，金果灿烂，我们放声歌唱，我们终于证明了自己！”

当鲜花盛开的时候，回忆过去的酸甜苦辣，也是一种安慰。2003年开办这所学校的时候，库尔班跑了400多户人家，好不容易招来了80多个学生，上第一堂课的时候，就走了一半。2018年，国通语学校计划招生120人，报名的孩子超过了2000人，还有从乌鲁木齐、喀什来报名的家长。至2018年，学校毕业的9届学生里，有454名学生考取了新疆区内初中班，录取率达到了80%以上，在阿克苏地区名列前茅。实际受益的孩子超过了1000人。

黎明是灿烂的，阳光属于每一个人。与时俱进的库尔班把眼光放得更远了。他深刻地认识到，把博大精深的中华文化通过一个个具象传播到学生的内心深处，也是需要认真研究的教学任务。

在学校，库尔班经常给学生们讲《愚公移山》《大禹治水》《凿壁借光》《孔融让梨》的故事，从小培养孩子们坚强、勤学、礼让的优秀品质。课余时间，孩子们可根据喜好学唱京剧、弹古筝、拉二胡、练毛笔字、画国画、剪纸，感受中华优秀传统文化艺术的魅力。学校组织孩子们欢度诺鲁孜节等民族节日的同时，也十分重视中华民族传统节日，春节吃饺子，端午节吃粽子，中秋节吃月饼，让学生感受蕴含在这些节日里的文化脉搏和人文气息。孩子们从小树立了正确的历史观，通过“小手拉大手”，影响家人亲友。每年暑假，学校都选一批品学兼优的学生赴北京、上海、浙江等地参加夏令营活动，让农村的孩子们开阔视野，长知识，树立远大理想。这些孩子回来后，向全体老师和同学汇报自己的学习感受和思想认识，讲得非常感人。夏令营活动对孩子们影响很大，在他们纯洁的心灵里，播下了热爱生活、追求知识的种子。

在管理方面，学校探索出了全寄宿制的路子，效果非常好。学生周一到周五在学校住宿，学校给孩子们营造了良好的生活、学习环境。教师们每天和孩子们一起吃住，及时疏导解决他们思想和学习上的问题，拉近和学生的感情，通过一言一行潜移默化地引导学生们健康成长。从早晨起床穿衣、刷牙、洗脸，到吃饭、上课、睡觉、休息，学校制定了一整套严格的作息制度，帮助孩子们养成良好的可受用终生的学习和生活习惯，也培养了他们的集体主义精神。“我们开办国通语学校，如果只教授国家通用语言文字等课程，而不学习中华文化最基本的东西，那是不全面的，要补上这一课。要让孩子们体会到国通语的力量、爱国的力量、团结的力量。”库尔班说，“我们始终把思想教育放在首位。十几年来，我们学校没有一个孩子参与宗教极端活动，就是因为我们在加强思想教育的基础上，增加了中华文化精神引领的教育，教育孩子们爱国、团结、言行一致，为国家的强盛贡献力量，为建设最美家乡学习本领，实现自己的人生价值。”

我们谈到了王洛宾。他说，王洛宾把中华优秀传统文化元素融入新疆民歌，传播到了世界。这就是中华文化的博大精深，可以适应时代的发展要求。

目前在国通语学校任党支部书记、副校长的李红，是2003年第一个来学校任教的大学生，也是库尔班的左膀右臂。她坚韧、自信，热爱教育工作，有亲和力，学生都叫她李妈妈。我采访到李红的学生——2017年考入新疆理工学院英语专业的阿丽雅·阿不都热伊木，她说:“我有两个妈妈，一个是我母亲，一个是李红老师——李妈妈，我们都叫她李妈妈。”这种情谊是难能可贵的，也是我们的社会非常需要的精神力量。

李红说:“我们的学校发展到现在这个样子，党和政府给了我们太多的关爱和支持，我们十分感恩党和政府。要我讲学校的发展过程，我有太多的话要讲。当年我们是白手起家，别的困难不说，我们给不懂国通语的少数民族孩子们上课，加上我们不懂少数民族的语言，困难是可想而知的，一切都要摸索着来。对于孩子们来讲，我们是陌生的，要尽快和孩子们打成一片，打开他们的心扉。我们想尽了办法，付出了很多努力，和孩子们吃住在一起，一起睡通铺，从各方面关照他们，我们是老师，又是母亲。这些艰苦，是说不完的。在一个月的时间里，孩子们开始认可我们了，叫我李妈妈了，我们终于打开了孩子们的心扉。”

那些年，镇上有一些人反对他们办国通语学校，李红她们几个汉族老师基本上不敢出校门。上街到饭馆吃饭，被晾在一边，不给上菜，还要挨骂。因为语言不通，他们无法和更多的人沟通交流。李红说：“当时我们的心里是非常难受的，这不是饭馆吗？我们吃饭给钱，为什么这样对待我们呢？我们给孩子们教国通语，让他们长上翅膀，让他们拥有更多的机会，拥有美好的生活，有什么错吗？由此我认识到，极端的东西是非常可怕的，是泯灭人性的。”那时候，库尔班校长也经常挨骂。在这种情况下，他们就在学校开伙，把全部的时间放在了教育工作上。

李红说：“回想那些年的困难，今天我们最大的胜利是坚持下来了。习近平总书记说过，幸福是奋斗出来的。对这句话，我们有非常深刻的感受。根据我的经验，在这样的民办国通语学校中，三个月内嗓子哑了的，都是出了大力的。这么多年，这么多孩子，工作中的辛酸只有我们自己知道。那些年，我们是非常困难的。后来，媒体开始关注我们学校，社会上也开始关心我们，情况逐渐好转。2008 年，教育局给我们解决了‘四免一补’，解决了孩子们的课本和吃饭问题，同时也决定了我们学生将来的去向——新疆区内初中班。这是我们没有想到的，在我们面前，出现了一条崭新的路、光明的路，大家欢欣鼓舞。以前，招生是很困难的，现在，家长们都主动来找我们了。我们的努力，我们坚持的这条道路，给我们带来了光荣和梦想。当我们的学生 80% 以上考上新疆区内初中班以后，我们更加坚定了这条道路。准确地说，我们有了成就感。从 2016 年开始，有好多学生考上了大学，走向全国各地，他们是我们的骄傲。这在一定程度上也改变了家长的看法。我们有些家长从开始不支持我们、不理解我们，到支持我们、感谢我们，这个过程是艰难的。我们依靠我们的爱心，依靠我们的真诚，感动了许多家长。这也是值得我们铭记的荣誉，因为我们要在今后的教学工作中，继续坚定信念，发挥更大的作用，争取更多的荣光。我们知道，在我们今后的教学工作中，蕴藏着更大的机会和可能，需要我们依靠知识的力量、文明的力量、团结的力量，继续克服困难，开创我们崭新的事业。我们的这所民办学校，不只使我们这些老师在敬业奉献中收获灿烂，也影响甚至改变了我们依麻木镇的风气和面貌。”

采访过程中，李红老师不愿意讲她自己，说自己是一个不孝的女儿、不合格的妻子。家里有困难需要她的时候，她都不在家，她把全部的心血放在了学校，放在了孩子们身上。

“阿丽雅 · 阿不都热伊木是我的学生，当时因为家里困难，爸爸要给她转公办学校，有一周的时间没有来学校上课。她是一个好学的孩子，每天让附近的同学给她带作业，坚持在家里补课。她的心还是在学校的。那天，我带着几个学生去家访，她不在，说到棉花地里干活儿去了。我带着孩子们去找她，远远看见她在烈日下锄草。同学们叫她的时候，我清楚地记得她回头看我们的那个情景。她突然倒在了地上，爬起来后，跑到我跟前，紧紧抱住我，满脸恐慌，泪水涌出，说：‘李妈妈，我要上学。’我扶起她，紧紧地抱住了她……瞬间，她成了我生命的一部分。我和库尔班校长商量，免了她的学费，我还帮她解决了生活和学习上的其他问题，把她留在了学校。2017 年，她考上了新疆理工学院英语专业。”

在乌什县委宣传部领导的陪同下，我们来到了阿丽雅家。笔直的马路亲切暖心，看着路两边高高的白杨树，我想起了童年时期在伊宁县阿若博斯坦村伊犁河上游草原度过的那些日子。我在一些作品中描绘过那些温馨的记忆和原始的村落景色。阿丽雅很大方，我们在葡萄架下聊她的小学和中学时光。她很自信、善谈，从她身上可以看到她的老师李红的一些影子。她非常感谢国通语学校的培养，说："如果当年库尔班校长没有在我们家乡开办这所学校，就没有我的今天，因为我们没有条件到县里的学校学习。当时邻居家的一些孩子也从国通语学校退学了，结果国通语没有学好，与人交流有困难，都很后悔。当年我读这个国通语学校，是爸爸带我报名的。他是村里的报账员，知道国通语在生活工作中的重要作用。但是后来家里生活困难，他就想让我读公办学校，最后李红老师说服了爸爸，把我带走了。她是我们最好的老师，是我的恩师，如果这所学校不是办在我们的镇里，如果没有政府的支持，我们就不会有机会走出去，我和同学们经常这样说。李老师对所有的同学都一视同仁，我们都喜欢她。我很怀念我的小学生活，那是我永远也抹不掉的记忆。"阿丽雅说，她的英语是在读新疆区内初中班时打的基础，现在能胜任一般的翻译工作，文字功底也不错，目前正在强化英语语法训练。

"穆萨·图尔贡也是我的学生，2016年，他以701的高分考上了清华大学，成了我们乌什县第一个考上清华大学的学生，也给了我极大的鼓舞。穆萨是一个非常好学的孩子，有潜力，个头不高，内向。我还去清华大学看过他。当年他高考成绩出来的时候，我在外地出差，他给我打了个电话，但是不说话，我问怎么了，他开始哽咽。我问他：'出什么事了？是不是高考成绩出来了？'他才说：'李老师，我考上大学了。我想上北大，但是清华大学给我打电话了，现在我不知道该上哪个大学了。'我说：'你等着，我明天就回去，我们一起商量。'那天，我下了飞机直奔他的家，他在村口接我，紧紧地抱住我哭了。我非常激动，为他高兴。但是村里静悄悄的，好像没有人知道村里出了这样一个了不起的高考状元。如果这事放在我们那里，大家都会来庆祝的。来到他家门前，看见他母亲靠在院门上，显得很平静，手里抓着一个扫帚。我感慨万千！我向他母亲伸出大拇指，说：‘你的巴郎是亚克西的！库尔班校长给他奖励了两万元！’接着，媒体也来采访了，有关的领导们都来了，村里、镇里热闹起来了。我像自己儿子考上清华大学一样高兴。我永远忘不了那个时刻。去年，接到他的一个电话，又是半天不说话。他读的是医学生物学，他想转专业，讲了自己面临的一些困难，说跟不上了。原来，他在打篮球的时候把脚扭伤了，休息了三个月。我说，不要放弃，要坚持到底，抓紧时间补课。他是一个内向的孩子，这个专业非常适合他。我给他寄去了录音笔之类的学习工具，要求他坚持学习，不要放弃。接着我给他打电话，说：‘你绝不能放弃这个专业，你要是放弃了，我就不认你了！因为这个专业非常适合你。’我把他的情况发给了我在北京、天津、上海等地读大学的学生们，希望他们经常关心他，抽时间带他出去散心，开导他，鼓励他坚持下去。现在，他的精神面貌非常好，脚伤也已痊愈，学习也跟上了，我非常欣慰。”

那天下午，在库尔班校长的陪同下，我们来到穆萨的家。今年暑假他没有回来。后来在网上查他的资料，照片上的他稳健、平静，眉宇间暗含着一种脚踏实地的品质。

走进他家的庭院，北面是一排房屋，对面是漂亮的葡萄架。青绿的葡萄垂在绿莹莹的小空间内，给人一种亲切温馨的感觉。葡萄架南边是一片不小的菜地，种有蔬菜和西瓜。沉甸甸的大西瓜在阳光下静静地颂扬主人的勤奋。菜地里有辣子和西红柿。西红柿鲜红鲜红的，垂在整齐的架子上，让人看着都能感受到喜悦。好像整个夏日的美好都流进了这个让人感到亲切的庭院。我看着穆萨的母亲，说：“您的西红柿丰收了，长得多漂亮。”她说：“吃不完，经常送邻居。”

库尔班向我们介绍了穆萨家的情况。

“当年穆萨的爸爸给他报名的时候，因为他身体弱小，第一学期没有安排他住校。他爸爸非常关心孩子的学习，早送晚接，很是辛苦，我很感动。他爸爸曾经在家里的墙上挂上坎土曼，对孩子们说，谁不好好读书，这个坎土曼就是谁的。穆萨没有辜负爸爸的期望，学业有成，考上了名牌大学。他上三年级的时候，我发现他和其他的学生不一样，有一种罕见的自觉性，后来我也一直关注着他的学习情况，鼓励他，希望他将来能考上好大学。

“穆萨的爸爸是一个热爱劳动的人。他靠自己的毅力，把 3 个孩子都培养成了大学生。他是一个稳重的人，我发现他的双手布满了硬硬的老茧。劳作的艰辛、生活的希望和对孩子们成才的渴望，年年岁岁激励着他脚踏实地。他尽到了做父亲的责任。老大图尔松古丽毕业于西北民族学院，学的是翻译专业，目前在镇里一所学校当老师。老二图让克孜毕业于河南医科大学，目前在乌什县第一人民医院工作。老三穆萨，2016 年考入了清华大学。这是一个值得我们尊敬的家庭，也是一个靠勤劳和知识改变命运的家庭。那年，阿克苏地区教育局欢送学子们赴各地读大学的时候，领导要求穆萨讲几句感想。他说，没有父母就没有他，他要感谢父母；没有库尔班校长开办的国通语学校，他可能会读其他学校，也可能辍学放羊，做一个平凡的农民。他要感谢我们的国通语学校，没有党和政府对他的帮助，他不可能考上清华大学。他要感谢国家对他的培养。”

依麻木镇国通语学校最大的特点，是把教授国通语和传播中华优秀文化的思路有机地结合在一起，融入教学工作的整个过程。

这段时间陪我采访的乌什县委宣传部的一名干部说：“农村的少数民族孩子，学好国通语可以走出去，在辽阔的祖国各地闯天下。当时我们支持他开办这所学校，就是要用中华文化的精神，教育孩子们努力实现自己的梦想。那时候，一些人的思想认识有问题，有各种各样的议论，说办不起来，也有人看笑话。一些思想上迷信的人，惧怕新鲜事物，也说怪话。随着时间的推移，在政府的大力支持下，情况逐渐好起来。到了2007年，学校各方面的工作正常了，老百姓的认识也提高了，大家都愿意送孩子到国通语学校读书了。”

“这是一所特别的学校，管理上有一套。阿克苏有3所民办普通中小学，在乡村国通语教学资源十分短缺的情况下，库尔班领先了一步，成竹在胸，砥砺奋进。在每个重要的发展阶段，政府都给予了大力的支持。为了满足当地孩子入学读书的需要，政府在2016年投入1400多万元，修建了一所新校园，改变了学校的整体面貌。”阿克苏地区教育局副局长杨洪军说。他是一位诗人，言谈举止透着一种自信和自豪，也是生活在那种诗歌温暖里的人。我从他送给我的诗集《时间的岸边》里，读到了这样一首：“许多年过去了，我还是这样 / 情愿相信一切诺言 / 为一首歌，守望到现在 / 在道路与岁月的缝隙里 / 在深渊或者信念的光照中 / 守望那首歌，到最后。”读到这里，我再一次想起了库尔班这16年来走过的道路。教育，是光明的事业，是我们精神世界的支柱，是我们毕生的方向。路漫漫其修远兮，吾将上下而求索。

我在库尔班身上，看到了奋斗精神。在中国革命及建设国家的整个历史时期，中华民族依靠这种精神，创造了今天的辉煌。提高全民族文化素质，建设新中国，也是依靠这种奋斗精神。在党中央坚强领导下，新疆这些年在经济、政治、文化、民族团结、社会稳定等方面取得的成就，更是依靠这种奋斗精神。

库尔班热爱党的教育事业，在基层党组织、有关部门和广大群众的支持下取得了成绩和荣誉，是依靠这种奋斗精神。用中华优秀文化武装孩子们的思想，引领他们迈向充满机会的远方天地，为我们的中国梦添砖加瓦，同样也要依靠这种奋斗精神。

2018年12月18日，库尔班·尼亚孜被党中央、国务院授予“改革先锋”荣誉称号。他敢为人先，冲破思想观念的束缚，用教育改变贫穷落后面貌；他大力弘扬中华优秀传统文化，对新疆国家通用语言文字教育发展起到了示范引领作用，为增进民族团结做出了积极贡献。

“在20世纪50年代，和田地区有个库尔班，他‘骑着毛驴上北京’去见毛主席。进入新时代，阿克苏地区乌什县有个库尔班，他‘坐着飞机去北京’见到了习近平总书记。这个库尔班就是我。两个库尔班，生活在不同的年代，但对党中央真挚感恩的心是一样的，不能忘记的初心、需要牢记的使命是一样的。”

这就是我们的“改革先锋”库尔班·尼亚孜的心声。

◎李佩红

霍拉山下的葡萄梦

3月，从西伯利亚吹来的风一路卷云吐雾，翻越天山；从印度洋吹来的风，跨越霍拉山口。两股风碰撞交汇后产生涡流，沿着被霍拉山和东部的克孜勒山、南部的库鲁克塔格山和北部的萨阿尔明山包围的焉耆盆地的边缘打转。淡蓝色的天空上，白云如花，抒写着洁净的诗意。

霍拉山下的荒漠里站着一位女士。她中等身材，面部线条柔美，皮肤光滑细腻，五官灵巧，神态自若，散发出温柔、神秘、淡雅、知性的气息，简洁的短发为她平添了干练的风韵。

她身后凹凸不平的土路上，6辆大型推土机拖着长长的尘烟驶向荒漠。她右手搭在额前，眯起一双秀眼眺望空旷的荒野。大地粗犷的线条，荡气回肠地倾斜着，一直向上攀升至霍拉山脚下，与铅灰色的山融为一体。荒野上，遍布着大大小小的怪石、红柳包、芨芨草、梭梭树、骆驼刺、铃铛刺及一些叫不上名字的植物。此刻，她的脉搏和春天的脉搏跳动在一起，蓬勃而有力，穿透脚下坚硬的石子，直达大地深处，与大地的心跳交汇，积聚起不可遏制的力量。她想，用不了多久，这里将爆发一场气势磅礴、翻天覆地的生命突变。

远方的呼唤

推土机呈“一”字排开，耀眼的红色宣示着钢铁般坚定不移的意志，从库尔勒、焉耆招募来的30多名员工蓄势待发。

“开工！”她一声令下，推土机碾轧着亘古荒原，声音震耳欲聋，员工挥动坎土曼，荒原上腾起一道道尘烟，在风的鼓舞下直冲云霄。她的脑海中跳出大漠孤烟、长河落日的壮阔景象。受惊吓的野兔和狐狸跳跃着跑远了。阳光照射在她的身上、脸上，一时间，她神情恍惚。

她就是陈立忠女士。

时光在陈立忠的大脑里快速闪回，一帧帧画面闪过，生命的来路清晰如昨，她却并不留恋。她看到扶着家里粗糙的土墙，摇摇晃晃学走路的自己；看到穿过贫困的村庄，背着书包上学的自己；看到捧着金庸的武侠小说读得入迷的自己；看到灯下紧蹙眉头备战高考的自己；看到在中国人民大学法律系宽敞明亮的教室里，手托双腮认真听课的自己；看到站在法官席上的自己；看到坐在公司办公桌前的自己……

烟云淡去，耳畔是父亲浑厚且充满磁性的声音：“学校里学的知识再多也只是理论，实践是检验真理的唯一标准。社会的大海风起云涌，惧怕风浪永远当不了好船长，见世面经风雨才能成长，无愧人生。女儿，我相信你，你放手干吧！爸爸在后面给你做后盾。”

“爸爸，我不想经商，经商是人与金钱的简单交换。侠之大者，应为国为民，为弱势群体代言。”

“女儿，你的认识太狭隘。爸爸把出租车公司给你，不是让你坐享其成，而是让你有能力去改变世界，有更多的机会帮他人创造更好的生活。”

在陈立忠心目中，爸爸是个非常了不起的人，他年轻时本可以留在中央机关工作，因不忍心村民过苦日子，从 20 世纪 70 年代末就带领着全村百姓建企业、发展副业、承包建筑工程，最后成为北京市昌平区远近闻名的企业家。陈立忠永远忘不了爸爸妈妈起早贪黑忙碌的身影。那时她很小，想爸爸妈妈了，不肯回屋睡觉，就头顶满天星斗坐在门槛上等，等着等着就歪头睡着了，直到被收工回家的爸爸妈妈喊醒，有时半夜醒来还听到他们在说工作。她从小跟着姐姐，姐姐做饭她烧火，姐姐打水她扫地，中午还要给爸爸妈妈把饭送到田里。

村民在她爸爸的带领下，率先走上了致富之路。20 世纪八九十年代，万元户是全国人民羡慕的有钱人，他们村大部分人早就是万元户了。村民感激他、尊敬他，周边老百姓说起他们村齐竖大拇指，羡慕得不得了。

陈立忠细细揣摩爸爸的话，觉得很有道理。她了解爸爸的脾气，感激爸爸的良苦用心。

她坦诚地对爸爸说出了自己的顾虑：“我是法律专业出身，不懂企业管理。”

陈立忠的爸爸爽朗地笑了：“未来是你们年轻人的。我老了，给你当个参谋还是绰绰有余的。放心吧！”

陈立忠在爸爸的悉心引领下，接管了公司，在商海的浪潮中奋力搏击，很快在市场中站稳脚跟，并摸索出一套适合现代企业发展的管理模式。按一般人的思维，年纪轻轻的陈立忠，在首都北京坐拥自己的出租车公司，拥有丰厚的资产，应该满足了，可以放松下来享受生活。

但陈立忠天生有一个不羁的灵魂，那个隐藏在心底的梦想时常浮现在脑海，那种隐隐的期待让她精神亢奋又忐忑不安。她不满足于守业，她希望通过自己的努力，闯出一片属于自己的天地，活成自己想要的样子。

时间走到了 2007 年。

那一年，这位在北京长大、上学、工作、发展的姑娘，接到巴音郭楞蒙古自治州（简称“巴州”）库尔勒市抛来的橄榄枝。这个边塞小城的汽车出租业混乱无序，急需引进有现代化管理经验的团队，引领当地出租车行业健康发展。陈立忠第一次把目光投向新疆南部。邀请信上介绍说库尔勒是个以香梨闻名的小城，她的头脑中出现了奇妙的想象，苍茫的戈壁、无垠的沙漠和令人精神焕发的新鲜空气，神秘的楼兰、灿烂而神秘的文化，以及各种英雄传说……简短的邀请信无法满足她那探究的欲望，接下来的一段时间，她查找翻阅了相关资料，对新疆巴州的认识徐徐展开。

巴州总面积 47.15 万平方公里，辖有 1 个县级市、7 个县、1 个自治县，境内有高山、盆地、河流、湖泊、戈壁、沙漠和平原绿洲，有著名的库尔勒香梨，有世界上最长的贯穿流动沙漠的等级公路——塔里木沙漠公路。

多么辽阔的大地啊！驱车驰骋仗剑天涯，将是怎样的快意人生！陈立忠越看越激动。大家都说，不到新疆不知祖国之辽阔！去新疆的念头一旦闪现，便时刻刺激着陈立忠。说走就走，借助现代交通工具，3000 公里的距离不是问题。

是冥冥之中的天意，还是命中注定的安排，陈立忠说不清楚。9 月是库尔勒香梨丰收的季节，是新疆最美的秋季，她从北京飞往新疆首府乌鲁木齐，然后驱车到库尔勒市。

如今说起对库尔勒市的第一印象，她依然难忘。

孔雀河穿城而过，流水潺潺，绿树环绕。

城市不大，干净有序，居民神情怡然自若。市场上，香梨、红枣、苹果、葡萄，色泽诱人，果香四溢。如果说仅仅因为好感让她放弃北京优渥舒适的生活，肯定不合常理。促使她下决心留在库尔勒的，是一件很小却深深感动她的事。

陈立忠一行人参加完库尔勒市招商引资会议后，主管招商引资的副市长请他们到家里做客，并亲自下厨给他们做新疆汤饭。陈立忠看到副市长站在锅边，一片一片往锅里揪面片，汗水顺着他的额头往下淌。她想，库尔勒市的领导都这么淳朴、真诚、热情，老百姓也绝不会差。陈立忠是个说干就干的女人，她讨厌优柔寡断、拖泥带水。那晚，她当场拍板留在库尔勒，从此告别“京师之枕”的故乡昌平，安家库尔勒，以梦为马，开创属于自己的壮丽事业。

遥远的梦想

每一块土地都有自己的性格，土地不同，物产也不同。这一点在巴州表现得尤为鲜明。

位于塔克拉玛干腹地的若羌、且末两县适合种植红枣，沙漠边缘的轮台县盛产小白杏、尉犁县盛产棉花，霍拉山以北博斯腾湖周边的焉耆、博湖、和硕三县盛产葡萄、辣椒、番茄，和静县山区多黑头羊，巴州首府所在地库尔勒市的库尔勒香梨驰名中外。有意思的是，哪怕同处一县，植物的分区也很明显。比如焉耆县，以 314 国道为界，县城所在的一侧主要产红辣椒、番茄，而另一侧沿霍拉山周边广大的冲积扇平原上，则种植了 10 万亩葡萄。葡萄园绿浪翻滚，如昭君出塞，红褐色的山脉一路护卫，浩浩荡荡涌向远方的地平线。从空中俯瞰，矩阵似的葡萄园，横平竖直分割排列，一条条、一块块平整对称的绿色方阵，气象宏伟，规模壮阔。进入葡萄园，风在一行行葡萄树间穿行，绿色“绸缎”就飘起来了。四周的杨树英姿挺拔，使尽山河之力奋力向上。

陈立忠原先从事的工作跟葡萄酒行业没有丝毫关系。

她说：“当时一下子被这里的民俗文化吸引，所以我第一个项目2008年就落地了，是一家汽车公司。那一年在北京举办了夏季奥林匹克运动会，奥运会火炬上部的设计呈现“祥云”图案。我觉得从北京来投资，就应该有北京的特色，应该把北京比较先进的客运管理经验带到库尔勒。在这里待了两三年，更多地了解了当地的风土、文化、民俗后，我觉得，这个地方民风淳朴，有很厚重的历史文化积淀，还有独特的自然地理环境，可以有更多的作为。”

望着眼前波涛汹涌的绿色海洋，你能想象20多年前它是啥模样吗?

苍茫的荒原，粗犷、野性，旷野上猛烈、嘶哑的风，张扬着雄性的、热情无畏的气概，这幅情景一下子征服了陈立忠。她的心一阵狂跳，热血向上翻涌，差点落泪。她被一种说不清的情绪托举，恍惚间，忆起小时候常做的梦：她打着一双赤脚走在葡萄长廊下，灼热的阳光被挡在绿叶编织的穹拱之上，温暖而柔和的光涂在葡萄叶子上，美若仙境。她一步步踩着绿色的光影，不疾不徐，如同穿越了长长的时空，葡萄架的那头有光照亮黄土宫殿，她仿佛是那个宫殿里走出来的公主……

刚来库尔勒的时候，她慕名去了铁门关。在那里，她听到一个传说：很久以前，古焉耆有一位美丽的公主，名字叫卓赫拉。一个偶然的机会，卓赫拉公主认识了牧羊青年塔依尔，他长相英俊、朴实勇敢。卓赫拉和塔依尔很快坠入爱河。在焉耆王的眼里，高贵的公主不可能嫁给穷小子。阴险毒辣的丞相卡热汗为与焉耆王攀亲，栽赃陷害牧羊青年塔依尔，将他投入大牢。卓赫拉得知后，机智地救出了心上人，骑上骏马，奔向铁门关。丞相发现后立即派人追赶，这对有情人连同马匹双双坠入铁门关深谷，为爱情献出了自己年轻的生命。

这个凄美的爱情绝唱发出的强烈电流，击中了陈立忠。她想：也许我前世是卓赫拉公主的姐姐，是永远爱着、守护着这片土地的另一位公主。我的情在这里，我的魂在这里。若非如此，为什么我看到这片土地时备感熟悉、亲切，或许几千年前我就在这里生活。

她觉得自己一定与这片土地有某种紧密联系，在前世、在今生、在未来。

一年之后，当她听说焉耆县在霍拉山下圈出 10 万亩荒地，用免土地租金的政策吸引商资，推动发展葡萄酒产业时，遥远的梦被点燃了。她心潮澎湃，毫不犹豫圈出 3000 亩地，准备在这里大展拳脚。

陈立忠计划建酒庄的事很快传到了北京，在她的朋友圈掀起一场不大不小的争论。

争论的结果是，多数人不看好她的选择。在偏远落后、没有一点社会基础支撑的荒原上开创新的事业，对一个即将步入中年的女子来说，难度太大了。还不如去法国、澳大利亚或美国买一个酒庄，有品牌、有历史，消费者的认可度也高。

个别有头脑的企业家劝告她，中国葡萄酒行业需要的是从一而终的创始人、企业家，而非期望短期内就有回报的投资人，他们劝陈立忠三思而后行。

朋友们也说：“你都快40岁了，已经很有钱了，不好好享受生活，还折腾啥？”

考虑到投资等经济因素，专家团队给了她几个方案，比如：只建发酵站，收购葡萄或者葡萄汁再进行加工，可以节省一笔不小的费用。

大家是为了她好，陈立忠心存感激，但她绝不认同他们的意见。

“我不管别人怎么想，但我知道我怎么想。”陈立忠外表温婉，骨子里却有股咬定青山不放松的韧劲。

她的目标是从种植到酿造、销售，整个产品线全部囊括，建一座标杆性的中国酒庄。热爱文学的她，骨子里有一种植物的柔软，始终觉得人活着有比金钱更重要的东西值得去追求。

有一次，陈立忠在法国考察酒庄时，遇到一对80多岁的夫妇，他们坚守着已有百年历史的酒庄，那种情怀是用金钱买不来的。陈立忠的想法朴素简单，买酒庄是别人的选择，与自己无关，她要做中国自己的葡萄酒品牌。

她游遍欧洲，品过世界顶级美酒，痴迷于葡萄酒带给人的那微妙细腻的感觉。她收藏了上百种世界名酒，这些收藏品让她感受到在法国卢浮宫欣赏世界名画时的安宁和愉悦，这种奇妙的感觉是别的物质不能带来的。

陈立忠对葡萄酒文化有自己的理解，她认为葡萄酒体现的是一种有根的文化，对葡萄园的土壤、水质、气候条件，生产作坊的环境、设备、工具，储藏库的器物、材质、温湿度，品酒者的心情、状态和境界，都有严格的要求，且存在微妙的差异。所以它是有根的。葡萄不仅从环境中吸取营养，也要在细腻而繁复的程序中磨砺，才能升华。不能只沉浸在所谓奢华或即景制造的情调里，要透过葡萄酒那迷人的色彩，去体会葡萄酒的精神，酝酿内心世界的精神升腾。

坐在世界上最豪华的酒庄里，她品尝着拉菲、玛高、柏图斯，红宝石般的液体缓缓进入她的身体，欢愉、亢奋之后她却陷入一种忧伤：世界上有那么多著名的酒庄，为什么中国没有与世界品质比肩的葡萄酒？假如有一天我喝着自己做的世界上最好的葡萄酒，会是什么感觉？

从那时起，一粒梦想的种子悄然钻入她体内，潜伏在她心里。

苏轼《赤壁赋》中有一句："寄蜉蝣于天地，渺沧海之一粟。"人生苦短，背负着责任的每个人，都应该有梦想。梦想不仅是郁郁葱葱的绿洲，而且是虔诚而神圣的拓荒，是济世助人的行动，是全力以赴的奉献。她要开辟一条属于自己的道路，勇敢无畏地追逐自己的梦想。

众多想法如落在玉盘里的珍珠，嘈嘈切切，如急雨，如私语，击打着陈立忠的心。

爸爸的话又在耳畔响起："记住，我的字典里没有'不行'二字。勇敢追求你的梦想吧，趁着你还年轻。"

学法律出身的陈立忠，养成了做事严谨的作风，她并非盲目行动。在此之前，她已经考察过霍拉山下的气候、土壤和人文环境，心中大致有了底。

世界上种植酿酒葡萄的黄金地带是北纬30度~45度，世界上最好的葡萄酒庄园基本坐落在依山傍海或有湖泊之处。作为新疆五大葡萄产区的焉耆盆地，位于北纬42度，地处北半球中纬度温带地区，是较为典型的温带大陆性气候，但又兼具盆地气候特征。因受博斯腾湖水域的调节，这里冷热变化不太剧烈。此外，由于帕米尔高原、青藏高原和天山山脉的阻隔，来自海洋的水汽稀少，这里气候干燥，加之日照时间长，年平均日照时数3128.7小时，热量较为丰富，能够满足多种葡萄品种栽培所需的条件，是酿酒葡萄的黄金生长地带。

因昼夜温差大，焉耆盆地所产的葡萄含糖量达到20%~24%，酿造时不用加蔗糖就可达到国家规定的普通干白葡萄酒酒精度11度、干红葡萄酒酒精度12度的标准，也避免了其他地区因气温高导致酿酒葡萄含糖量过高而酸度偏低的情况。土壤方面，焉耆盆地葡萄种植区多为原生态开荒土地，无化肥等污染，加之临近博斯腾湖，土壤水分含量充足，而由于气候干燥，降水量少，又杜绝了病虫害的发生，同时也保证了葡萄酒的酸度适中。

翻开历史，不难发现，新疆种植葡萄的历史非常悠久。从《史记·大宛列传》记载的“宛左右以蒲陶（葡萄）为酒”可以看出，当时在新疆地区已盛产葡萄和葡萄酒了。《汉书·西域传》中也有“于阗（今和田）有蒲陶（葡萄）诸果”以及“且末有蒲陶（葡萄）诸果”的记载。2004年，鄯善县洋海墓地挖掘出一根约2500年前的葡萄藤。1959年，新疆考古队在民丰县北的大漠中发掘出东汉夫妻合葬墓，棺内有两块蓝白印花布，其中的一块花布上印有葡萄、鳞龙和狮身菩萨像。在吐鲁番的阿斯塔那古墓出土了许多随葬的葡萄果穗、枝条、种子、葡萄干，以及十六国北凉时任命管理浇葡萄的官吏的文书。

从新疆吐鲁番、古楼兰、尼雅附近出土的一些文物来看，早在2000年前，新疆地区的人就开始用木制的挤压器将葡萄压碎，放进陶器中进行自然发酵，然后用胶泥封口，埋于地窖中，数月后，取其清汁，便可饮用。

陈立忠在焉耆县博物馆看到一个大陶罐，直径约四五十厘米，高五六十厘米，上宽下窄，三耳小口。讲解员介绍，这个陶罐是用来装酒的，年代为唐。这个大陶罐是那个时候的人豪饮葡萄酒的佐证。

陈立忠遐思飞涌，想象陶罐的主人，想象古人怎样喝酒。陶罐的主人会不会在夏天用马车将它拉到开都河边，端着一杯葡萄酒，身边有心爱的女人，头顶有满天的繁星……很长一段时间，整个西域都浸泡在葡萄酒带来的欢愉里。奇怪的是，葡萄酒在此地并未传承下来。

葡萄酒再次回归，越来越多的人开始慢慢地尝试喝葡萄酒，作为追求高雅生活格调的象征。

1998年，来自山东烟台47岁的李瑞琴，看到了中国葡萄酒发展的广阔商机，便背起行李、带着家人向茫茫戈壁宣战，开垦出 2.4 万亩葡萄基地，在知天命的年纪建起焉耆县第一个葡萄酒厂，创建了家喻户晓的本土品牌。

“由来巾帼甘心受，何必将军是丈夫。”同样要做大女人，有着同样的决心与气魄，陈立忠专程去拜访了前辈李瑞琴。两人促膝长谈，相见恨晚。李瑞琴的成功更加坚定了陈立忠的信念。中国人只要想做就没有做不好的事，要建就建一座具有标杆性的中国酒庄，杀入被西方国家垄断的葡萄酒市场，为中国、为新疆、为焉耆争光。此时的陈立忠确信自己就是为葡萄而活的女子，今生的使命就是唤醒焉耆千年酿酒历史的记忆，让新疆酿酒的文化重新焕发生机与活力，与新疆厮守，与天地往来。

在陈立忠的精心组织下，一支精英团队组建起来，正式开始酒庄的筹建工作。

筑梦荒原

“万事开头难。”陈立忠对这句话体会深刻。

在荒原上建酒庄，需要整体规划，平地翻土、测量挖沟、采购运输、铺路建筑、安装设备、打井栽桩、植树造林、种植葡萄、养护管理、采摘酿酒、储藏检验、销售宣传、资金流转、员工培训、人员管理、上下协调……方方面面千头万绪。这是一场荒原革命，是史诗级的宏大叙事，是复杂的系统工程，每项计划、每个工程、每道工序、每个环节，必须保证协调统一、衔接配合、上下联动，以确保环环相扣，畅通运行。这是人与自然、人与人之间智慧和意志的较量。

陈立忠说，那一年是她生命中最艰苦卓绝的一年。同时，她也体会到了创造、开拓伴生而来的快乐与自豪。

2010 年 3 月，陈立忠把行李往车上一甩，进驻焉耆霍拉山脚下，和工人一起吃住在临时帐篷里，一起下地捡石头、挖沟换土，改良土壤。她粗糙的双手给许多朋友留下了深刻印象。

因霍拉山山麓为洪水冲积戈壁，多砂土和砾石，基本没有有机土层，若要种植葡萄，首先要清理砾石。陈立忠按规划把 2000 亩地分为 4 个区域，每个区域 500 亩，再将每个区域分为 8 小块，横平竖直呈矩阵式排列。一个月的时间，清理出的石头堆成了小山。平整土地的同时，她安排员工进山拉运有机肥，用于改良土壤。将葡萄沟向下深挖 1.4 米，铺上厚厚的秸秆，施有机肥，再回填土壤。每亩地一次施底肥 4 立方米（往后每年春、秋季各施一次有机肥）。

水、电、路“三通”基础设施建设耗资大，要动用各方专业队伍。落实资金，签订合同，协调各方，督促施工，陈立忠忙得团团转，睡眠严重不足，身体日渐消瘦。酒庄副总经理王小军让她休息休息，她摇摇头说:“种地就是抢节气和时间赛跑。”

施工过程中，陈立忠非凡的协调和组织能力得到充分展示。她在很短的时间内，动用专业施工队修路、打井取水、铺设滴灌管道，紧接着种植防风林木，在 32 块葡萄园四周种白杨，主干道两侧种沙枣、胡杨和青杨，提高防风效果。陈立忠选择这四种树，看重的是它们属新疆本土树种，经过几千年自然环境优胜劣汰保留下来抗盐碱、抗严寒、耐高温的强大基因。它们有着相同的气质，陈立忠喜欢它们忠诚、坚韧的性格，相信它们不会辜负这片土地，不会辜负她。

葡萄酒是风土的产物，酒体年份差异的背后也反映了风土的年份差异。葡萄与土地的结合，如同新婚夫妇，需要时间的磨合才能达到琴瑟和鸣、相守相依。陈立忠说，想种出好的葡萄，首先要尊重自然，适应自然。她特意划出 50 亩地，从甘肃、宁夏、山东等地采购可适应南疆干旱多风、昼夜温差大的气候特征的葡萄种苗进行试验性种植。

陈立忠是一个追求极致和完美的人。在种植过程中，她要求作业工人严格按照国际一流葡萄种植标准打桩搭架，葡萄苗种植的行距为 3.5 米、株距为 75 厘米，要保证葡萄苗的透气、通风，以减少病虫害。为防风沙，还给每一棵嫩小的葡萄苗覆盖了塑料地膜和柔软的草帘子。一切按照计划有条不紊地进行着。陈立忠完全忘记了自己是个女人，她像一头精力充沛的猎豹，起早贪黑、乐此不疲地在她的领地奔忙。没承想，一场灾难在等待着她。那时的陈立忠不了解焉耆盆地的气候，受天山阻挡，焉耆盆地地形闭塞，春季升温剧烈，大风频繁。大风裹挟着沙尘如同突然闯进家园的盗匪，粗暴无情，横冲直撞，把工人辛辛苦苦种下的防风树苗连根拔起。

世上从没有随随便便的成功。困难是阻碍葡萄成长的一个个拦路虎，需要斗智斗勇，各个击破。

汲取第一次失败的教训，陈立忠让工人加固了防风树苗。

她长舒了一口气，以为这次万无一失了。几天后，陈立忠去查看防风树苗长势，发现防风树苗根部的树皮被啃得惨不忍睹，她的心一下子凉了半截。原来是野兔子惹的祸。霍拉山下的野兔子特别多，为防野兔子，工人将 PVC 管一劈两半包住树苗，管子不够就拉网防兔子。野兔子很聪明，它们用自己的办法搞破坏。农业专家说，必须用芦苇捆扎树苗，等树苗长粗长硬了，野兔子的牙就奈何不了它了。

4 万多棵树啊，这要扎多长时间，要费多少人力，增加多少资金！陈立忠顾不了那么多，她要不惜成本、不惜代价保护树苗，否则，防护林长不起来，葡萄园的损失更大。

开弓没有回头箭。拇指粗的小树苗，棵棵用芦苇草扎好，捆扎的细心程度如同给刚出生的婴儿包上柔软的襁褓。这片地，从东到西，从南到北，陈立忠每天要走许多趟，直到确保每一棵树苗都安全。终于，野兔子啃不到树皮了，树苗保住了。

第二年开春，结合焉耆盆地的土壤条件、气候数据，参考当地葡萄生长表现，陈立忠种植了赤霞珠、梅鹿辄、霞多丽等常规品种，引进马尔贝克、马瑟兰等优、新品种 12 个，很快完成 1000 亩葡萄园定植。

日出、日落，清晨、黄昏，陈立忠每天在葡萄地里走呀走，蹲下来看看这棵，再看看那棵，急切期待着葡萄苗长新芽。这里的每一棵葡萄苗都是她的孩子，她发誓要保护好它们。陈立忠轻轻地抚摸着葡萄嫩叶，心疼它们在这么恶劣的环境中依然顽强地生长。阳光太烈，葡萄耷拉着叶片，一副无精打采的样子；阳光斜过霍拉山，葡萄叶马上支棱了起来，欢欣鼓舞。陈立忠说，只要用心，就能感受到葡萄的情绪变化。

然而，上天似乎有意考验这位女士的决心和勇气。

一次，陈立忠办完事返回酒庄，半路上刮起了沙尘暴。她的心提到了嗓子眼儿，幼小的葡萄苗能否扛得住这么大的风沙？

回到酒庄，车刚停稳，她就一头钻进风沙里。沙粒把她的脸打得生疼，她瘦弱的身体不得不走两步退一步。葡萄苗一片片地倒伏，如同丢盔弃甲的战士。看着风沙无情地撕扯孱弱、毫无招架之力的葡萄苗，陈立忠双眼喷火，却无能为力，疼得心都裂开了。

一波未平一波又起。

重新栽种的葡萄苗又遭老鼠啃咬。与老鼠斗不像防野兔子那么简单，老鼠是打洞啃食葡萄苗根系。猫是老鼠的天敌，有猫的地方自然没老鼠。陈立忠想简单了，现在的猫有那么多的美味可吃，也懒得吃老鼠了。猫不作为，人拿它一点办法也没有。陈立忠不信自己对付不了小小的老鼠，她多方请教有关专家，最终采用在葡萄苗根部涂抹防鼠药的办法，等第二年葡萄苗的根和主干长粗之后，老鼠便奈何不了它们了。

她把这次经历说给北京的朋友听，朋友直愣愣地望着她说：“越来越不懂你了，放着北京的舒坦日子不过，干吗自讨苦吃？多漂亮一个美人儿，被荒漠戈壁给毁了，何必为难自己！”

陈立忠温婉地笑笑，心中怅然若失。

她想起一句话：活着本无意义，人生追求意义的过程本身就是生之意义。不经历风雨，怎么见彩虹；不经历磨难，怎能体会奋斗和创造的快乐。

陈立忠喜欢北京，但是她心里清楚，焉耆霍拉山才是她灵魂的安放地。

葡萄苗再次种植完成，风沙似乎也被这个坚韧的女子打动了，不好意思再露脸。

与野兔、老鼠和风沙搏斗过之后，新问题又来了——雨水。对新疆人来说，雨水特别宝贵，久旱逢甘霖，是人人盼望的好事。

焉耆盆地每到夏末就进入雨水期。霍拉山下的雨水期可不像南方的雨水期，淅淅沥沥地维持两三个月。大漠的雨像新疆急性子女人，轻易不落泪，伤心至极时便痛哭一场，转头又风和日丽，跟没事人似的。这种急雨却会给葡萄带来致命的灾难。霍拉山下的荒原土壤贫瘠、盐碱含量高，雨过之后往上返碱，地面结一层硬壳，用力踩都踩不碎。盐碱腐蚀葡萄，后果相当严重。由于对土壤不了解，眼看许多葡萄苗雨后死亡。不明就里的陈立忠找当地农业专家请教，专家查看土壤后告诉陈立忠，必须尽快浇水压碱。此后，她和别人相反，别人盼着下雨的时候，她担心下雨。一旦遇到雨，雨后她一定要组织人给葡萄树浇水，且强调水要浇透。

农业经济靠的是时令。新疆的春、夏两季非常短暂，转眼天气就变冷了。霜冻对葡萄也是致命的伤害。为防霜冻，陈立忠领导公司员工抓紧时间剪枝挖沟，将葡萄树埋入地下。葡萄树全部埋好后，细心的陈立忠还是放心不下，白天忙其他工作没时间，她就利用晚饭后的一段时间巡视葡萄园。

夕阳映红了霍拉山，映红了她的脸。这是摄影家梦寐以求的光影，但陈立忠没有时间欣赏美景。她独自扛着一把铁锹，在葡萄园从东走到西，从西走到南，东南西北转完之后，又从中间选取几个点，挖开土壤，检查葡萄树埋的深度。

她发现她所抽样的点位葡萄树所埋深度不足40厘米（按要求应该埋70厘米），用概率论的方法推算，1000亩地的葡萄树所埋深度全部不达标。这个结果令她很生气。体能已被严重消耗的陈立忠拖着疲惫的身躯，立即通知所有中层干部过来召开现场会。

夕阳收起它的红纱帷幔，渐渐沉没于幽暗之中。夜的幕布开启，星星渐渐点亮灯盏，人与大地转眼变得朦胧。借着手电光，陈立忠带着他们一个点一个点看。

人群中有人说话了："陈总，在别的酒庄工作时，我们全都是这么干的。焉耆冬天不冷，您执行的这个标准可能适合于北疆，在南疆没必要。"

旁边有人附和说："这么大的工作量，埋都埋了，重新返工少说也得十天半月，没必要吧。等明年再按标准执行也不迟。"

"就是，就是，我们这里冬天真没那么冷。"

听到这些话，陈立忠非常生气。她提高了嗓音说："这个标准是巴州农业专家制定的，难道他们还不如你们了解当地气候？返工，必须返工！事不宜迟，明天就安排员工。"陈立忠话锋一转，动情地说："对待葡萄要和对待自己的孩子一样，用心、用情爱它们，不能欺骗、不能敷衍。葡萄是有生命的，它们可以感知到。风土决定的是风格，态度决定的是品质。好的风土加上好的态度，才能做出好的产品。”

日子一天天过去，在不知不觉中，现实证明了陈立忠的做法是对的。

那年冬天，焉耆盆地格外冷，最低温度达到了零下二十五六摄氏度。第二年开春起出葡萄树，陈立忠的酒庄的葡萄树完好无损，郁郁葱葱地生长，而周围许多葡萄庄园的葡萄树很多都被冻死了。他们都跑来向陈立忠请教，以为陈立忠有秘诀。当他们得知仅仅是因为所埋深度不够致使葡萄树大量死亡后，一个个后悔不已。

看似没必要的举动，却拯救了整个庄园。至今提起这件事，依然能从陈立忠的语气中听出满满的自豪感。

陈立忠最深切的感悟是对自然的敬畏，她说：“我觉得自然是征服不了的，我们只能去适应它，接受它，对它保持敬畏。”

大自然似乎每年都要发一次脾气，譬如风暴、洪水和霜冻等。当辛苦培育的葡萄即将成熟时，一场突如其来的灾害会把劳动成果轻易毁掉，这曾让她感到很意外，甚至有些接受不了。后来，她认识到自己必须接受这个事实，承认人类在大自然面前的渺小和有限，要对大自然保持敬畏之心，学会与自然和谐相处。

真实的农业生活没有田园牧歌，有的只是在一次次失败中总结经验，在经验中不断前进。

焉耆霍拉山临近博斯腾湖，自然环境相对封闭。春季，南北冷空气和热空气在这里交汇，容易形成霜降。葡萄娇嫩，遇到霜降，很可能一夜间集体覆没。

2014 年 4 月，上架后的葡萄陆续开花，此时若突遇严重的霜降天气，葡萄花被霜打下，将颗粒无收。

控制霜降最有效的办法是烟熏。陈立忠小时候在上学或放学路上，常见果园和菜地里点着一堆冒浓烟的火，她回家问妈妈，妈妈说那是用烟防霜。

长大后，爱看书的陈立忠无意中读到北魏时期的贾思勰在《齐民要术》中记载的霜冻危害：“凡五果，花盛时遭霜，则无子。”还有关于霜出现的征兆：“天雨新晴，北风寒彻，是夜必霜。”另外还有防霜冻的办法：“常预于园中，往往贮恶草生粪……放火作煴，少得烟气，则免于霜矣。”烟幕能吸收长波辐射，增强了大气逆辐射，从而起到保温作用。柴草在燃烧过程中也会散发热量，减少霜冻发生的可能。另外，空气中的水汽会在烟尘上面凝结，释放出潜热，缓和气温下降的幅度。

纸上得来终觉浅，陈立忠计划用熏烟法防霜冻，她还特意请来了农业专家现场指导。在实践中，陈立忠才明白小时候看到的如梦如幻的浪漫场景，其实是一个残酷、痛苦的过程。在与葡萄园相隔一定距离的地方点燃一层干柴草后，再覆盖一层湿锯末，促使大量出烟。这样熏烟防霜冻的操作从傍晚 7 点到第二天早晨不能间断。人在烟里待的时间长了会咳嗽流泪，戴着口罩仍被熏得够呛。前半夜还好，后半夜人困马乏时，还要一次次添柴草、压锯末，不能睡觉。

她担心工人睡着了，熏烟间断，便找来公司的副总们商讨对策，怎样把痛苦的劳动变成乐趣。她建议在各个小组间开展竞赛，看哪个小组熏烟最快，以此奖励。一听比赛，工人们都来了兴致。每组领到柴草和锯末后便到地头上提前准备。到了熏烟时间，陈立忠站在高处，手拿对讲机，一声令下，比赛正式开始。

霎时，葡萄园烟火四起，胜利者欢呼雀跃，大伙忘记了疲劳，沉浸在一片欢乐之中。

陈立忠本以为四五天便能遏制住霜冻，没想到那年的霜冻格外严重，整整持续了 10 天。多亏每天晚上的比赛，大家才坚持了下来。尽管陈立忠也熬得两眼通红，但是她仍不停地给工人们打气鼓劲，让食堂做夜宵给工人们补充能量。

终于守得雾开见日出，葡萄花保住了。

隐秘不凡的团队

2021 年 9 月 28 日，在烟台葡萄酒产业链推介大会上，以酒庄总工程师蒋延军为首，焦志谦、李东东、林永平、刘平、胡建春等为核心成员的种植师团队首次公开亮相。他们怀里捧着“中国首届十大酿酒葡萄卓越种植师团队”的奖牌，每个人的笑容灿若朝阳。

属于种植师团队的高光时刻，只有这短短的几分钟。一年中的大多数时间，他们都是隐身的劳动者，是葡萄树的“全职保姆”，是辛勤的蜜蜂，呵护着每一棵葡萄树健康成长。

提到种植师团队，陈立忠无限感慨地连说了 3 个“太”：种植太枯燥了、太辛苦了、太寂寞了。

当第一缕春风吹到焉耆盆地的霍拉山下，种植师团队就开始忙碌，老蔓出土、上架、抹芽定枝、新梢绑缚、架面管理，到秋季采收，冬季修剪、压条铺膜、埋土冬藏，时令和工序环环相扣，丝毫不能怠慢。一年四季在野外工作，要忍受风吹、日晒、雨淋。我以为，远离城市繁华的他们也许是一群言语木讷、表情沉重的人。见到焦志谦，读过他发在朋友圈里的一篇文章之后，我对自己的肤浅认知感到羞愧。他们早已不是普通意义上的种植人，而是掌握了科学技术、知识全面、内心如葡萄叶般柔软又温情的人。

即将小满，这是夏天的第二个节气，一切生命都充满了斗志。

天山脚下，新疆焉耆盆地。葡萄园里满目蓊郁，葡穗花绽。

大约十天前，霞多丽最先开了花。而后，美乐、西拉、赤霞珠、马瑟兰也纷至沓来。

小满，在中国人眼中，既是二十四节气，又是人生智慧。

所谓“大成若缺”，追寻的便是一种“抱朴守拙”。这是农耕时代的先人为我们留下的精神遗产，任何事物都不宜完满，也不必完满。

葡萄酒人最懂得“花未开全，酒至微醺”的道理，为生命留白。每一个新年份的成长，都充满变化，不确定是常态。正因如此，我们每年都有所期待，有所憧憬。

遵天时，守地利，通人和。这是酿酒人的种植定律，表达着对脚下大地的敬畏。通向终极成长的每一步，都有章可循。

开花前，我们就已对新梢进行绑缚。开花期间，对葡萄架面不宜再做过多处理。

时光不等人，抹芽要及时。这样做的好处在于，令架面通风透光，促强抑弱，令营养及时集中供应在保留下来的果实枝条上。

当我们的葡萄树历经两次抹芽后，也意味着要静待开花坐果了。

小满开花，不耽农时。当下正值最后一次定枝的关键节点，今年的葡萄产量基本定型。

在酿酒人心中，一棵棵丰盈的葡萄树，置身于小满风土，铆足了劲儿，向往着无限可能与希望……

如果没有对自然风土的热爱，没有对人生的透彻领悟，没有对植物的款款深情，何以有如此诗情画意的文字。

文章是1989年出生的焦志谦发在朋友圈的。他是甘肃定西人，毕业于酿酒专业，在甘肃一家酒庄工作了几年，因不认同酒庄的粗放管理，辞去工作一路向西，最终栖落于此，到今年已是第八年。他非常认同陈立忠的酒庄“尊重自然、精心酿造、科技创新、精细管理”的企业精神。他说，浪漫文章的背后是近乎严苛的管理方式和无止境的探索创新，正是这种系统、规范、科学的管理模式吸引了他。

酒庄最显眼处的团队介绍栏上，酒庄总工程师蒋延军作为陈立忠的左膀右臂位列其右。

1979年，中国葡萄酒行业驶入发展的快车道，也正是在那一年，蒋延军高中毕业子承父业，进入酒厂工作。凭借对葡萄酒的热爱和踏实肯学、肯钻研的劲头，他逐步成长为一名优秀的酿酒师。2010年，蒋延军到焉耆葡萄产区参观县科技示范园时，这位经验丰富、技术过硬、不喜张扬的酿酒师被刚刚完成建庄的陈立忠注意到。在此后的3年中，陈立忠多次盛情邀请蒋延军加入自己的酒庄，诚意不亚于刘备三请诸葛亮。真诚是打开人心的钥匙，蒋延军被陈立忠的真诚与执着所打动，于天命之年奔赴霍拉山下，出任酒庄的总工程师。事实证明，陈立忠的确慧眼识珠。

蒋延军注重摸索盆地的水土脾性。在他看来，焉耆是块璞玉，需要打磨，更是一匹脱缰的野马，需要驯服。因为缺水，需打井从地下200米左右的深度取水，为此，他决定产区只能做高品质葡萄酒。从葡萄品种的选择，到种植过程中的灌溉、施肥、疏果和采摘等各方面，他都精心管理，不要求丰产，而是要求减产，严格控制葡萄的产量。

一开始，陈立忠不理解，世界上所有的农业种植不都在追求高产吗？产量越高，成本越低，这是经济学。经蒋延军解释，她明白了。2000 亩的种植园，亩产严格控制在 500 公斤左右，也就是说要达到一棵葡萄树的果实只能酿造一瓶高档葡萄酒的标准，这样能从源头上保证葡萄的糖分和色泽。根据土壤、气候的变化，每年优选适合土壤和气候环境的葡萄品种，才能不断提升酒的品质。

酒庄的葡萄苗株行距定位使用 GPS，3.5 米的行距便于后期机械作业。每棵葡萄树主干在地面处形成不大于 35 度的夹角，利于冬季葡萄树填埋。为更加有效地预防病虫害，特别是白粉病，种植师团队提出，原来双排间隔 10 厘米的葡萄藤蔓，中间人为加横梁，把葡萄树之间的距离拓宽为 35 厘米，在内部形成拱形的棚子，风能够畅通无阻地穿越，增加葡萄园的通风性和透光性，虫卵无法附着，达到减少病虫害的目的。

随着全球气候变暖，焉耆盆地的气候也有所改变，葡萄成熟期提前了一周。以前，焉耆盆地夏季平均气温 23 摄氏度，最高气温 36 摄氏度，葡萄生长基本不受影响。2015 年之后，焉耆盆地夏季干热，最高气温屡创新高，太阳像熊熊燃烧的火盆向地面倾倒烈焰，尤其是午后至黄昏的漫长时间，烈日能将长在西面的葡萄灼伤。好葡萄酒与风土有很大关系，俗话说“七分种植，三分酿造”，没有好的葡萄，哪来好葡萄酒？陈立忠内心焦急，她绝不允许发生影响葡萄酒品质的事。她召集酒庄的科研团队研究对策。第一种方法是去除长在葡萄架上端的葡萄，只保留在距离根部 35 ～ 70 厘米之间生长的葡萄，减少阳光灼晒。虽有一定的改善，可陈立忠还是不满意。她认为，要酿造出好酒，必须确保葡萄展现出最完美的状态。

从 2016 年起，连续 3 年，酒庄与中国农业大学合作研究葡萄防晒科研项目，提出采取白色反光膜遮挡的方法，防止西晒。但陈立忠认为，此方法成本高、劳动强度大、作业不方便，且阻碍机械化施肥，不适合长期使用。受控光项目启发，总工程师蒋延军和他的种植师团队经过多次讨论，提出在葡萄剪枝过程中，在西面的葡萄树上多保留几片葡萄叶，利用葡萄叶的反光效应保护葡萄。这个方法简单易行，经过一年试验证明很成功。

“种好葡萄，要有胡杨般的坚韧毅力。”陈立忠深有感触地说，“优质的葡萄原料比精湛的酿造技术还重要。”在陈立忠的带领下，酒庄经过反复系统地论证，确立了与当地土壤、气候条件完美贴合的葡萄园建设和葡萄种植模式。

走进葡萄园，细心的人不难发现，每个水泥柱上都标有数字、圆圈或叉，还有直箭头或斜箭头，外人看得莫名其妙。工作人员介绍说，这些是酒庄管理葡萄园的独特标识。数字代表第几行，圆圈指示拖拉机可以从这个方向进入，相反，画叉的则表示禁止进入。拖拉机手像识别交通警示标志一样，看到标识，就明白朝哪个方向行驶。而柱子上直箭头标识的意思是这一行葡萄树的根正对着柱子，斜箭头则表示葡萄根部的倾斜方向。冬天葡萄树全被埋起来了，工人作业看标识就能知道葡萄根在哪个位置，农机不会伤害到葡萄根。

老子《道德经》中有一句话：“天下难事，必作于易；天下大事，必作于细。是以圣人终不为大，故能成其大。”在酒庄，细节不单体现在葡萄的种植上，还体现在进取的科研创新精神和葡萄酒的酿造过程中。种植团队成功研制了出土机、埋土机、收藤机等国内领先的设备，其研制的旋转式出土机，能有效避开架杆，是人工作业效率的50倍。深施有机肥机械可以将有机肥深施到地面以下75厘米，远超一般常见的施肥机。葡萄酒酿造历经葡萄田间筛选、穗选、粒选3道分选，再进行低温浸渍、控温发酵、恒温储存，每道工艺、每项技术严格执行标准，确保产品质量。在储藏阶段，酒庄采购了160多个不锈钢储酒罐，最大的40吨，最小的1吨。从法国的6个橡木桶厂家购买了30余种、1400多个不同烘烤类型、不同纹理的橡木桶，为酒找到最适宜的酿造、盛放伴侣，配备了国内甚至世界一流水准的各种精密设备。

十年树木，百年树人。如今，酒庄的树都长成了参天大树。一排排杨树组成的长阵，阻挡住南来北往的风，方阵里的葡萄树像一块块绿色的蛋糕，散发着诱人的香味。

在酒庄二楼的走廊里，各种奖牌挂满了一整面墙。迄今为止，酒庄酿制的葡萄酒已在国内外顶级赛事中荣获300余项大奖。

2014年，酒庄被中国农学会葡萄分会、中国酒业协会联合授予"中国酿酒葡萄种植示范基地"称号，也是新疆唯一的酿酒葡萄种植示范基地、中国唯一的中国干旱地区葡萄酿酒研究中心，两度获评RVF中国优秀葡萄酒年度大奖年度最佳酒庄。

2017年，在法国勃艮第举办的世界霞多丽葡萄酒大赛中，酒庄的精品霞多丽白葡萄酒获得金奖。2021年，精品霞多丽葡萄酒再次获此殊荣。这是世界白葡萄酒的最高荣誉。酒庄的葡萄酒在布鲁塞尔等地举办的世界级葡萄酒比赛和评选中得到瞩目和认可，证明了中国葡萄酒的卓越品质。

这是每一名为酒庄的发展做出过努力的员工的骄傲，也是中国人的骄傲。

我们的和谐家园

"人的一生是见天地、见众生、见自己的过程。"作为创始人，陈立忠的持续付出成就了如今的酒庄。陈立忠可能自己都没有察觉，在她润物无声的滋养下，她改变了葡萄，葡萄也改变了她。酒庄在无形之中延伸了她的思维边界和境界，让她相信缓慢、平和、细水长流的力量，她的性情也变得更加柔软、沉静。

维吾尔族青年阿不拉·吐尔逊是酒庄的第一批种植工人之一，10年前，他抱着试试看的态度来酒庄打工，做了一名管水工。他的工作很辛苦，每天双手泡在水里干活儿。戈壁滩上的水碱性大，许多人喝了拉肚子。他们住帐篷，因大风频繁，帐篷东倒西歪，里面尘土飞扬，被褥上覆着一层沙，早晨起来脸上的沙土簌簌地往下掉。干着繁重的体力活儿，吃着带沙子的饭，白天被烈日暴晒，晚上被蚊子叮咬，茫茫戈壁连一棵树都没有，躲没处躲藏没处藏，许多工人工钱都不要就偷偷跑了，甚至部分干部也纷纷辞职。阿不拉也计划干一段时间后离开，去城里打工。阿不拉的右手手腕被玻璃划伤过，怕冷，干活儿时，他把两只胶皮手套全戴到右手上，这个无意间的举动被酒庄的副总经理王小军看到了。敏锐的王总觉察到不对，执意叫阿不拉脱下手套让他看看。阿不拉慢慢脱掉手套，露出又红又肿的右手，整条胳膊也肿了。王小军安排他赶快看病，叮嘱他千万不能耽搁。第二天，阿不拉请假去了焉耆县医院。在医院治疗 10 天，胳膊消肿后，阿不拉返回了酒庄。王小军让阿不拉撸起袖子，确认他的胳膊消肿了，才露出了笑容。他问阿不拉花了多少钱，阿不拉用不怎么流利的普通话回答说花了 800 多元。王小军让他去医院开张发票回来。阿不拉一头雾水，心里犯嘀咕:“领导难道不相信我去看病了，要开发票证明吗？”他心里揣着疑问返回医院，开好发票交给王小军。王小军在发票上签了字后，让他交给财务室。财务室工作人员看到发票，把医药费给他报销了。阿不拉双手接过钱，心里一热，离开的想法开始动摇。转眼到了发工资的日子，大伙开开心心排队领工资。当财务人员将一个月的工资一分不少地放在阿不拉手上时，他又惊喜又感动。从此以后，阿不拉从心里认定了酒庄。

在酒庄，领导的真情温暖着员工。无论哪个民族，大家一起劳动、生活，和和睦睦亲如一家。

阿不拉在酒庄的日子一天天过去，他的儿子出生了，酒庄也迎来了第一批小生命。儿子满月时，领导和员工都来探望，送来礼物和祝福。阿不拉备感温暖。转眼儿子 2 岁多了，每天和小伙伴在葡萄园里捉迷藏、捉蝴蝶，玩得开心极了。陈立忠喜欢孩子，每次遇见都会摸摸这个孩子的脸，摸摸那个孩子的头。

谁都没有想到，一场突如其来的车祸，将陈立忠和阿不拉的儿子的命运连接在了一起。阿不拉清楚地记得，那天他正在地里干活儿，突然接到妻子打来的电话。妻子泣不成声，他从妻子断断续续的话语中听出，儿子出了车祸，头部血流不止，被好心人送到了镇医院。听到这个消息，阿不拉急出一身冷汗，急忙请了假，借了一辆摩托车，心急火燎地赶去医院。

恰巧，陈立忠在每日例行检查工作时，听说了阿不拉的儿子的事，马上给阿不拉打电话了解情况。

阿不拉的儿子进入手术室快 2 个小时了还没出来，手术室门上的红灯一闪一闪的。

医生告知阿不拉，医疗费至少需要 3 万元，让他尽快筹钱，别耽误治疗。阿不拉取出全部存款还差 1 万多元，可短时间内到哪里去筹这么多钱啊？他心急如焚时，接到了陈立忠的电话。

“孩子情况怎么样？钱够不够？”电话里传来陈立忠熟悉的声音。阿不拉眼窝一热，差点哭了，他怎么都想不到公司最大的领导担心着他儿子的情况。

“缺钱……缺好多钱。”阿不拉吞吞吐吐地说。

“快说，缺多少，我马上转给你。”

“15000 元。”说完阿不拉的脸红了。他每个月的工资不足 3000 元，要养活包括丈母娘在内的一家 5 口人，15000 元对他来说是一笔不小的数目。

“你千万别着急，只要能医好你儿子的伤，别考虑花多少钱！钱不够就来找我。”

放下电话不到 10 分钟，阿不拉就收到了陈立忠的转账。从小到大很少哭、自认为无比坚强的阿不拉顿时泪流满面。

…………

酒庄风情园后面有 4 栋红墙碧瓦的平房，每栋可住 6 户人家，这是酒庄为员工建的宿舍。房间里水、电、暖和天然气一应俱全，供员工免费使用。宿舍旁边有供员工休息的葡萄长廊，家家户户门前，有自己打理的小菜地。

在做这一切的时候，陈立忠有着发自内心的使命感和责任感。

陈立忠说起一件事。有一天晚上已经很晚了，她拖着疲惫的身体回到自己的房间。平房没有暖气，房间里冷得哈出的气都能结成冰，她赶紧用柴火和煤点起炉子。坐在暖融融的炉火前，火光一闪一闪，温暖美丽。陈立忠记起小的时候在农村生炉子的事，她拍了一张照片发到朋友圈，并诗意地留言：“炉火多美！想起小时候我在学校值日，第一个赶到教室点燃炉火，又一次感受到小时候给同学们带来温暖的那种使命感。”

不一会儿，好多人给她留言：

“哎，你没事儿吧？”

“你抑郁了吗？”

“你还好吧？”

…………

陈立忠坐在火炉前笑了，火光映红了她的脸，像玫瑰花一样美丽。

陈立忠心里有 3 个愿望：一是打造一个酒庄，生产出中国最好的且让普通百姓喝得起的葡萄酒，以酒润心；二是建设一个和谐的社群，让所有的员工在这里开开心心、亲如一家地工作、生活；三是打造年轻人成长的平台，让100多名员工在酒庄这个舞台上都有自己的追求，每一个人都能找到存在感和成就感，实现自己的理想。

见过大世面、有丰富管理经验的陈立忠非常清楚，建酒庄容易，树文化很难，而最难的是聚人心。人心齐，泰山移，人心正了，没有做不到的事。

建在戈壁荒原上的酒庄远离城市，员工业余生活单调，好多年轻人待不住。他们之所以留在这里，内心一定有一种希求，或是追求梦想中的葡萄人生，或是追求每天看朝霞、晚霞或满天星空的田园生活，或是追求专业上有所成就，再或是满足于在这里打工挣钱的生活。无论怎样，陈立忠都不遗余力地创造他们所需的发展空间，让酒庄所有的员工实现收益最大化、价值最大化。

是企业就免不了劳动与金钱的交换，但陈立忠绝不鼓励简单的等价交换。她认为，创造是给人带来价值和快乐的源泉。

为鼓励员工发扬创新精神，酒庄已连续8年举办技能大赛。手冲咖啡、鸡尾酒调配、特色菜品开发、盲辨葡萄品种……员工在竞赛中能体会到创造的快乐，每次的比赛现场都弥漫着其乐融融的氛围。

母女联袂推广中国品牌

陈立忠的酒庄秉承“呈现自然之美”的品牌理念，将2800亩茫茫戈壁化作葡萄绿洲，打造出一座集葡萄种植、葡萄酒酿造、主题旅游观光、葡萄酒文化推广等功能于一体的现代化高端体验式酒庄。

当今世界，行业竞争愈加激烈，酒再好，也怕巷子深。陈立忠从小耳濡目染，她懂得宣传工作的重要性。所以，前10年她一直在努力建设自己的媒体矩阵，从最开始的微刊，到现在的短视频直播平台。此外，酒庄还将霞多丽的品种特性与年轻女性消费群体相结合，推出了霞多丽女神大赛。

从 2017 年起，该赛事每两年举办一届，因参与和关注的人数多、媒体曝光率高，被业界公认为重大赛事。该大赛不仅帮助酒庄触达广大女性消费群体，也成了业内广为传颂的品牌推广经典案例。

未来是属于年轻人的。在信息化高度发达的今天，网络宣传已经成为宣传的生力军，能够第一时间让更多人了解最新产品，获知最新消息。陈立忠鼓励女儿朱莉莉尝试做自媒体宣传。

她给女儿讲了一个故事。美国葡萄酒业刚发展时，欧洲老牌的葡萄酒经销商不认，觉得美国的酒没有法国的好，因此美国葡萄酒总是进不了主流市场。后来，他们把美国的葡萄酒和法国的葡萄酒放在一起，让世界顶尖品酒师盲品，结果是美国的葡萄酒大获全胜。人们这才恍然大悟，原来固有观念会影响人的思维。打破人们头脑中的固有观念特别重要。有一次，陈立忠带着酒庄最好的葡萄酒去德国参加发布会。会上，有外国人说：“全世界都知道中国有好葡萄酒，只有中国人自己不知道。你的责任是借助互联网平台的力量，以文化自信、产品自信推动中国葡萄酒的发展，让中国制造在中国乃至全世界大放光彩。”

陈立忠如当年父亲鼓励她一样，对女儿说：“年轻代表勇气，有我在，失败了也没关系。大胆去闯吧！”

青春靓丽、勤奋上进的朱莉莉在美国读大学时选择了临床营养与食品研究专业。大学毕业后，她又去法国波尔多高等商学院学了葡萄酒管理专业。妈妈的话给了她很大鼓舞和启发，激起了朱莉莉去商海一搏的决心。

经过一番努力，2020 年，朱莉莉成立的公司创立的抖音号与视频号同步上线更新，第一条视频就火爆网络。视频内容展现了中国新一代女性智慧、青春、自信、洒脱、自由的精神风貌，是生命、快乐和美好生活的象征和代言。如今，这一抖音号已经在抖音平台上拥有近 170 万粉丝，视频播放量突破上亿次。

通过高强度输出优质、有趣的内容，朱莉莉和她的团队已初步实现“向更多人介绍中国葡萄酒”的目标，也真正成为中国葡萄酒行业建设的一分子。

“相比快速扩张，一步一步把路踩实，把每件事做好，才是正道。”这是妈妈陈立忠传授给她的经验。

近两年中国葡萄酒的发展成果，在过去几十年取得的成绩中虽只占据了小小的一部分，但或许又会是一个新的转折点。这个转折点不是从天而降的，而是中国葡萄酒行业的每一个人积极发力、踏实做好每一步换来的。在朱莉莉的计划里，今年她还要走访中国更多的葡萄产区，挖掘更多关于中国葡萄酒的故事。对于朱莉莉而言，这将是一条有趣而漫长的求证之路。

尾　声

穿过绿色的葡萄园，沿着一条笔直的大道，车驶入陈立忠的葡萄庄园。道路宽阔，路两边高大的杨树绿影婆娑，不由得让人联想起《飘》中的橡树庄园。前方的酒庄建筑如一只展翅的大鹏，有一种“大鹏一日同风起，扶摇直上九万里”的力量感。走进庄园，如同走进了庞大的葡萄王国，隔开了一切世俗喧嚣，推门见山，低头见绿，闻鸡鸭兔鹅的自然欢歌，看羊群在树林里自由吃草，欣赏鸟鸣枝头、花自开放。一切的一切那么自然和谐，一切的一切正按照陈立忠设想的田园画卷的样子徐徐展开。

2022 年 5 月 18 日，酒庄的生态体验园举行奠基仪式。陈立忠拿着铁锹用力铲下去，土被高高扬起，开启了酒庄未来 10 年的发展之路。

下一个 10 年，酒庄将收缩葡萄品种，扩大西拉、霞多丽、马瑟兰等契合焉耆风土的葡萄品种种植，在霍拉山深处开辟新的葡萄庄园，打造一处集旅游、美食、娱乐、休闲于一体的体验胜地。陈立忠说，她要让每一个到这里的人，体验到葡萄文化和绿色的生活方式，在星空餐厅品尝美食，感受宇宙之浩渺，体验创造的奇迹……

◎王新梅

手艺人米代

与所有靠近城市中心的道路类似，新疆博湖县振兴北路的两边是超市、服装店、蛋糕店等店铺。但这个城市的很多人，特别是喜欢穿蒙古族服装的人都知道，这些店铺中有一间是一位有名的蒙古族老板开的工作室，这位蒙古族老板就是国家级非物质文化遗产代表性项目蒙古族刺绣代表性传承人米代。

在博湖县委宣传部干部王冬梅的带领下，我们穿城而过。之前我吃过博湖县的辣椒酱、鱼罐头，也曾跟着旅游团去过博湖县最美的博斯腾湖游玩，真正进入博湖县县城这还是第一次。博湖县和新疆许多县市一样，是汉族、蒙古族、维吾尔族、回族、哈萨克族等多民族聚居的城市。公园里的蒙古包、沿路店铺招牌上的蒙古文，还有街道两边售卖的蒙古族特色食品，又显现出博湖县相比新疆其他县市蒙古族人数更多。

清乾隆三十六年（1771 年），渥巴锡率领土尔扈特部自额济勒河（今伏尔加河下游）返回祖国。土尔扈特部回归后，渥巴锡受封为卓里克图汗，管辖珠勒都斯旧土尔扈特蒙古乌讷恩苏珠克图盟南路四旗（今新疆巴州境内）。1970 年 11 月，国务院批准建立博湖县。

开都河一直行进在我们一侧，随着距离远近变化，水流声忽大忽小。曾获“国家园林城市”之称的博湖县和南疆其他县市相比有明显的地理优势。因处于天山南麓、焉耆盆地，境内近有开都河，远有博斯腾湖，这里空气湿润，加上春阳含蓄，让人身心舒适。

当我还沉浸在久违的温润空气中时，米代老师的工作室到了。

米代老师已经等候在门口。个子高挑的米代老师身形很是清瘦，让人禁不住感慨，老人家年轻时一定是个美女，即便已到古稀之龄，却依然眼神清亮，脊背笔直，气质脱俗。单看这些，谁都会觉得这是个受到命运眷顾、生活幸福的老人。

米代老师的工作室朴素简洁，无过多装修，却有鲜艳明亮、花团锦簇之感。墙上挂着刺绣品，各色成品服装、充满光泽的布料、五彩的刺绣图案、各色漂亮的珠子，都是这间工作室最好的装饰。玫红色、海蓝色、明黄色……简直就是色彩的海洋。米代老师热情地展示着蒙古族女性服饰。颜色亮丽的尖顶立檐帽是新娘戴的，蒙古语叫“哈基里克”；中年妇女的帽子则有雕刻的银子装饰，蒙古语称“套日次克”……它们色彩艳丽，花纹繁复，却有一种和谐的美感。我第一次近距离看到如此华美的蒙古族服饰，连连惊叹。说话间，米代老师穿上了她心爱的长袍。蒙古族崇尚白色、天蓝色这种纯净、明快的色彩。蓝天、白云、绿草，那是草原的味道。就像米代老师这件心爱的长袍，以深玫红色为底，腰间绣着云彩，袖子上绣的是金鱼，衣服前襟有风车状图案，米代老师纠正说是水的漩涡。金鱼和水，代表她对家乡的博斯腾湖的爱。衣服上有两片绣了红花绿叶图案的白色纱质衣领，很是别致。整套长袍足有十几种颜色。为了体现最佳效果，米代老师还戴上了大发棒，发棒上镶有玛瑙、翡翠等宝石链坠。一整套服饰穿戴在米代老师身上，华丽、庄重、高贵，使她看上去就像从画像里走出来的女王。每年，博湖县都要举行那达慕大会，许多蒙古族同胞都喜欢穿米代老师亲手制作的蒙古族服饰，很是喜庆、威风。

蒙古族的日常生活中，衣食住行都离不开刺绣，不仅是服饰，日常生活用品的装饰也会使用到刺绣。与其他种类的刺绣不同，因为生活环境和民族特点，蒙古族刺绣不但能在布、毛料等软面料上绣，而且能用驼绒线在牛筋、羊毛毡、皮靴等硬面料上绣。皮革刺绣恰是米代老师最擅长的技艺。米代老师拿出一沓绣好的茶袋，解释说，蒙古族人为适应迁徙的游牧生活，喜爱便于悬挂、携带的茶袋。这些茶袋全部由白色羊皮制作而成，刺绣图案有万字纹、花卉、蝴蝶等，白色羊皮衬着鲜艳的图案，干净雅致。用于刺绣的羊皮需要极其讲究的加工技艺，现在会这种技艺的人不多了，为了获得满意的羊皮，米代老师都是自己加工。会这种技艺，并且能做到绣针穿透羊皮而不撕裂羊皮，既需要好的羊皮加工技术，又考验刺绣的手艺。毕竟日常使用的物品，耐用才最重要。米代老师的羊皮刺绣不仅结实还好看，县里有个精品店看上了她的作品，经常来进货。精品店的老板告诉我们，购买这些绣品的不只有蒙古族人，其他民族的顾客也喜欢购买收藏。博湖县的十几个民族的居民在多年生活中，早已形成文化互相融合的良好氛围。米代老师更是早早意识到这一点。她将蒙古族刺绣色彩的朴素与鲜明、精细与粗犷和现代时尚结合起来，以便让这项技艺为更多人了解和熟知。为了让年轻人喜欢和接受，她主动向市场学习。她拿出一个小小的用羊毛毡制作的小包，乳白色的毛毡很有质感，上面咖色的无花果图案刺绣使小包充满民族特色。她说许多女孩就喜欢用这样的小包来装手机。

“刺绣”蒙古语叫“嗒塔戈玛拉”。针线活儿是草原上女人的基本家务能力之一，除此之外，她们把亲手制作的靴帽、荷包、枕巾、靠垫等出售，贴补家用。祖母、母亲那一代，刺绣没有专门的学习班，都是靠家族中的女性互相影响和传授。在米代老师最早的记忆中，生活在草原上的祖母每天除了做家务、喂牛羊就是做针线活儿。祖母眼睛看不见的时候，凭肌肉记忆还能缝制出精美的鞋垫。米代的母亲更是早早学会了优秀的刺绣技术。儿时家里穷，多亏母亲会刺绣，靠卖刺绣品来贴补家用。在米代老师眼里，母亲什么都能绣，动物、植物、天空、草原，都可以在母亲的一针一线下焕发生机。

在米代老师的工作室里，最珍贵的不是那些制作精美、价值上万的整套华美长袍，而是墙上一幅装裱起来的画。那是一个背景为黑色、主题为寿桃的图案，是米代老师的母亲绣的。每次看到它，米代老师就会想起母亲。米代老师 12 岁时跟着母亲拿起针线，一直绣到现在。在她 40 多岁时，相濡以沫的爱人突发心脏病，抛下她和 7 个孩子离开了人世。泰山一样沉重的痛苦突然袭来，她还来不及悲伤，就投入更繁重的家务中。比痛苦更沉重的是养育 7 个孩子的重担。没有别的生活来源，她就绣各种东西拿出去卖。一个女人独自带着 7 个孩子生活，那是无法想象的困难。但米代老师的 7 个孩子一个也没耽误上学。谈起这段经历，米代老师神情淡定。对于一个从痛苦中挺过来的老人，再回首，什么都不及眼下和未来珍贵。

在孩子们的心目中，母亲米代是个坚强的人。蒙古族有句“与其流泪，莫若握拳”的谚语，米代老师常用这句话开导孩子们。在母亲坚强乐观精神的熏陶下，兄妹 7 人中有 4 人考上了大学。对于是否让孩子学习和继承她的刺绣手艺，米代老师很淡然，有一种顺其自然的慈母心态。但一说起三女儿和老大的媳妇学习刺绣时，米代老师又流露出喜悦的神色。老大也喜欢手工艺制作，缝纫机前方桌子上一个 50 厘米高的蒙古包就是老大制作的。这都是让米代老师感到欣慰和自豪的事。她心中也有想让孩子学习刺绣的愿望，但并不勉强和刻意，一切顺其自然。

米代老师的 7 个孙子、孙女都是她带大的。孩子们和她都很亲，一有时间就来看望奶奶。腼腆的查汗别里克今年 17 岁，在博湖县第七十中学上高一，每个周末只要不上课，她就来陪奶奶。让我们惊奇的是，学业正忙的高中生查汗别里克竟然也会刺绣。暑假时，她陪奶奶在这个小店里度过了一些时日。一开始她只是看电视、看手机、看书打发时间，而奶奶每天都在绣东西。那是一段又慢又静的时光，天气晴朗的时候，阳光会照射到小店的沙发上，奶奶沉浸于她的刺绣时光，查汗别里克能听到针穿破羊皮与布料发出的微小声音。绣累了，奶奶就给她讲述草原上的故事。静静流淌的时间有了别样的味道。有一天早晨起来，她开始跟着奶奶学平绣、贴绣、素绣……对刺绣知识了解得越来越多。因为刺绣，时光变得充实，且自己也有成就感，她焦躁的内心也获得了平静。一幅草原牧民生活的简单情景、一幅一只吃草的小羊，是孙女绣的两幅作品，老人极其珍爱。她把孙女的处女作裱了框，跟母亲的绣品挂在一起。不声色俱厉，也不威严劝告，温柔敦厚的言传身教能水到渠成。这是很高明的教育。米代老师的教育方法值得许多父母效仿。

在中国传统的民族刺绣工艺中，蒙古族有自己独特的刺绣艺术。据罗布桑却丹所著的《蒙古风俗鉴》等有关文献记载，在元朝以前，蒙古族人在生活中就很注重刺绣艺术。2008 年，中国第二批国家级非物质文化遗产代表性项目名录将蒙古族刺绣收录其中。为使这一指尖上的民族非遗文化得以传承，博湖县修建了非物质文化遗产保护馆，专门设一块区域用来宣传和展示蒙古族刺绣作品。

米代老师在政府的扶持下办起了民族刺绣培训班，讲解刺绣工艺的针法、技巧等，吸引了许多刺绣爱好者来学习。还有许多人到米代老师的店里学习刺绣。现在米代老师的徒弟很多，每天都有人来学习，蒙古族、汉族、维吾尔族徒弟都有。当地政府还请她为偏远地区的农牧民提供短期培训，教大家刺绣技能和历史知识。2022 年，政府帮助米代老师和她的徒弟们在电商平台上申请了店铺，以便更多人了解蒙古族手工刺绣技艺，购买蒙古族手工刺绣作品。

李晓燕是米代老师今年新招收的学徒之一，她正在绣制的是块桌布，这是她的第一件蒙古族风格刺绣作品。她认为，蒙古族特别偏爱鲜艳、光亮的颜色，这些色彩色调明朗，使人感到身心欢愉。刺绣的过程也是慢生活的一种，是创作的过程，她很享受这个过程。

博湖县人民政府和一些单位还经常请米代老师参加一些展示活动。性情随和的米代老师从不推辞，她喜欢和大家在一起交流刺绣技巧。她对现在的生活很满意。正说着话，邻居图尔荪来找米代老师缝补裤子。40 多岁的图尔荪很爱笑，他兴致勃勃地告诉我们，春天就要到了，他计划去外地挣钱，这次找米代老师缝裤子，也顺便告诉米代老师自己就要出发的消息。

邻居们都喜欢米代老师，家里有事也喜欢和她说说。逢年过节，大家也喜欢一起过。

说话间，米代老师拿起了顶针为他缝补起来。她那骨节粗大的手灵巧地翻动着。“红酥手，黄縢酒”“指如削葱根”“攘袖见素手”……有太多诗词形容女人手指的美好，曾经都被我一厢情愿地认为那也是做刺绣的女人又白又细的手。但眼前这双丝毫不白、不纤细的手，一点也不影响我对手的主人、对美的敬重。就是这双手抵抗了人生厄运，织补了命运缺憾，抚养 7 个孩子长大，也实现了自己的人生价值，迎来了幸福晚年。

除了刺绣，米代老师还在学习一门新技艺，那就是蒙古族特有的乐器——托布秀尔。老人取下墙上挂着的琴，拨动琴弦，唱起了新学的蒙古长调……她正在为下次演出活动做准备。

大多数老人在 75 岁这个年龄都会选择颐养天年，而米代老师却开始了新的征程，跨界学起了弹琴唱歌，真有一种说不出的酷！

无论命途如何多舛，米代老师从不放弃对生活的热爱，她坚韧善良、智慧热情，她追求美，饱经沧桑，眼里依然有光。米代老师更像我愿意活成的女人模样！

◎徐常根

沙海老兵绿

仲春与季春交替时节，塔克拉玛干沙漠东南部的新疆且末县，迎来了肉苁蓉“春收”季。肉苁蓉素有“沙漠人参”的美誉，它所寄生的梭梭树有防风固沙的作用。

在这个收获的季节里，且末县河东生态治沙基地退役军人创业园中的那片梭梭树林地套种的近 750 亩文冠果正鲜花绽放，朵朵白花开满树，像一个个风铃挂满枝头，随风摇曳。部分钻出沙地、形如宝塔的肉苁蓉花朵点缀其间，周身开满白底粉边、紫边、黄边的小花，格外艳丽。林地里，蝴蝶飞舞，鸟儿欢叫，空气中弥漫着淡淡的花香。绚丽的花朵盛开在黄沙遍野的塔克拉玛干沙漠当中，用顽强的生命为茫茫大漠增添了勃勃生机，成为一道美丽的风景。

伫立在有着“死亡之海”之称的塔克拉玛干沙漠边缘，老兵们望着他们种植的防风固沙经济生态林满眼欣慰，多年来他们在沙海植绿对抗风沙的努力没有白费。

5 年多，455 万余株，1.2 万亩。从一片片黄色沙漠到一片片绿色林地，这是他们的第二故乡，也是他们的“战场”。

绿染沙漠，是田野、张选忠、李科、张宏、张辉、田保团、田新凯、王杰峰 8 位老兵退役不褪色、想为第二故乡做点事的初心与情意。

一

浩瀚的塔克拉玛干沙漠，位于新疆南部塔里木盆地中心，面积 33.76 万平方公里，是世界第二大流动沙漠，也是我国最大的沙漠。流动沙漠的危险性远比静止沙漠高好几倍。茫茫沙漠中沙丘连绵，每个沙丘各不相同，都有迷人的曲线和肌理，而且在不断地变化。风是沙丘的塑造者，不时改变着它们的面貌，起伏的沙丘一般高度达 70 ~ 80 米，最高达 250 米。大漠腹地更是流沙移动，沙丘变幻莫测，一旦迷失难以走出，故被人们称为“死亡之海”。

且末县北部深入塔克拉玛干沙漠之中，全县面积 14 万多平方公里，沙漠面积 5.38 万平方公里。苍黄的沙漠是且末的底色。这里由于长期干旱缺水，植被稀少，成为全国风沙危害最严重的地区之一。

当地流传着这样一句顺口溜：一年一场风，从春刮到冬，大风埋村屯，小风石头滚。

据且末县防风治沙工作站数据显示，到 20 世纪 90 年代初，沙漠依然在以每年 5 ~ 10 米的速度由东向西移动，逼近县城。沙漠距且末县城中心仅有 2 公里，只有一河——车尔臣河之隔，一年四季黄沙肆虐，县城居民深受其扰，当地流行“车尔臣河有多宽，县城离沙漠就有多近”的说法。沙进人退、河流改道、居民搬迁的情况曾时有发生。

战沙海，关乎着且末的生存与发展。为阻挡沙漠侵袭，且末县于

1998 年成立了防风治沙工作站，开始在车尔臣河以东沙漠边缘实施防风治沙造林工程。自 2003 年起，当地优化发展思路，在加强生态建设的同时，发展林下经济，并引入社会力量参与防风治沙工程，走出了一条“以生态产业培育生态工程”的可持续发展之路。

2023 年仲春与季春交替时节，在且末县防风治沙工作站工作人员的陪同下，我走进了河东生态治沙基地。眼前的景象着实让人惊叹，昔日多流动沙丘、几乎寸草不生的治沙基地，如今已变成树木葱茏、鸟语花香的旅游、休闲之地。同车而行的防风治沙工作站职工帕提古丽 · 亚森兴奋地向我介绍说：“这里遍布胡杨、红柳、梭梭树等，春日绿，夏日红，秋日黄，早、中、晚风景各异，吸引着众多人前来林区避暑、徒步、健身、赏玩。你要是夏天来，这里可带劲了！”

生态治沙基地林带最东边边缘处有一座高高的观景台，登此高处，俯瞰林带内外，俨然两个世界。西边，胡杨、梭梭树、红柳、大叶桑树、沙枣树……构成了一道环抱县城蔚为壮观的绿洲屏障。东边，是一片轻柔的黄色，漫漫黄沙，无边无际，连绵起伏的沙丘似乎延伸到天的尽头。“矢志不移、艰苦奋斗、防沙治沙、播绿惠民”，矗立在沙海中的这几个大字，是且末人民对抗风沙的宣战书，透着且末人民的自信与豪迈。

“经过 20 多年努力，如今在车尔臣河东岸已形成一条长 23 公里、宽 1 ~ 7 公里的防护林带。我们让 12.9 万亩流动沙丘披上了绿装。”防风治沙工作站站长阿巴斯 · 艾萨一边介绍，一边抬手指着前方说，“这 12.9 万亩‘绿色长廊’中有那 8 位老兵的 1.2 万亩。你瞧，前方就是老兵田野他们的林地，我们都叫那片新绿为‘老兵绿’！”

见到田野时，他正在采挖沙地里种植的肉苁蓉。沙地路边，竖有一块喷印着“退役军人创业园”几个大字的圆形牌子，牌子上一颗鲜红的五角星格外耀眼。我们举起右手，向对方敬礼，然后握手——这是战友间的“见面礼”。

“你是哪年的兵？”

“我是 1993 年的……”

“你怎么想到来且末治沙？”

“哈哈……说来话长！”

我与田野一见如故，聊起来自然随意，毫无生疏之感。我也是军人出身，军人与军人的心往往相通，就像这片套种文冠果的梭梭树林地，风来了一起摇，花一起开，枝一起绿，这是只有从过军的人之间才有的默契。

田野笑着说起了他来且末治沙的经历:“我是陕西咸阳人，1993 年入伍，到了新疆伊犁，2016 年退役后选择了自主择业。当了 23 年兵，结婚后少有时间顾家，亏欠家人太多。爱人说，我从部队回来了，就安心在家多陪陪他们，也为他们做点事。我也想要好好补偿他们，为家里面多做点事。但毕竟我还年轻，在部队里也忙惯了，待在家里时间稍长些就有一种无所事事的空虚感。后来我尝试着在单位上班，也尝试着和几个人合伙做生意，开过一个公司，但是都感觉承载不了我的想法和愿望，那段时间过得苦闷、犹豫、彷徨。”

2018 年春季，田野来到且末县看望他的大哥，正赶上当地群众在沙漠植树。“我看到各族干部群众带着工具、干粮，两人一组或三人一队，在那么艰苦的环境里齐心协力，互相配合，将一株株树苗植入刚挖好的树坑中。扶苗、培土、踩实、浇水，每道工序大家都做得十分认真，到处都是忙碌的身影。”田野说，“当我获知，1998 年以来，且末人始终坚持的事就是治沙，每年春、秋两季都会开展万人义务植树的活动，这里的各族群众、社会各界参与防风治沙的热情高涨，他们战天斗地、播绿不停的壮志豪情，让我深受感染和触动。”

田野告诉我，这里还有藏在他心间的一个念想。1997 年，田野所在部队奉命开赴和田执行任务，当部队途经塔克拉玛干沙漠时，眼前的一切让他的心灵受到强烈震撼：咋这么荒凉？没有绿色，全是黄色。当时他心里就想，要是能给这黄色披上绿就好了。

心中有种子，遇到适宜的土壤就会生根发芽。在且末，田野想得更多，自己作为一名共产党员、一名退役老兵，受党和部队培养教育20多年，应该为第二故乡的生态环境改善做一些事情。尤其这些年，他看了退休将军张连印义务植树造林、八步沙林场三代人治沙造林等先进事迹的报道后，对植树治沙这方面的事一直比较关注。退役后，田野经常苦闷彷徨于怎样实现个人价值。如今，在且末，他找到了承载个人梦想、体现个人价值的“战场”。在且末植树治沙的想法在田野心底萌生。

军人不打无准备之仗。看到且末人在沙漠“圈金”，除了防风治沙改善生态，以肉苁蓉为主的沙漠药业等生态经济型产业也初具规模。田野认为，沙漠并不像人们印象中那样百害而无一利，茫茫沙海之中，同样蕴藏着巨大的生态价值和极高的经济价值。在沙漠里种植梭梭树，并在其根部接种中草药肉苁蓉，不但可以阻止沙漠对县城的侵袭，还可以带动群众致富，一举两得。经过一番慎重思考，田野决定在且末县创业，植树治沙。

他对妻子说出了自己的想法，立即遭到妻子的坚决反对：“你在部队辛辛苦苦干了20多年，现在退下来了，不在家好好待着照顾家庭，跑那么远去喝风吗？再说你那点退役费够治沙吗？到时候全赔进去了，我们一家人的生活怎么办？”但说归说，气归气，妻子禁不住田野反复做工作，她知道，丈夫认准的事，就是九头牛也拉不回来。“好了，你不用做我的思想工作了，随你的想法吧。”妻子说。田野用感谢的眼神看着妻子说：“知夫莫若妻。”

做通了妻子的思想工作，田野就去找与自己从同一个部队退役的老战友张宏。“田野对我说出了他的想法后，我说当年我们去和田执行任务途中，我就萌生过给沙漠披绿的念头，去干这件事我举双手赞同。当时我们一拍即合。”张宏告诉我说。

田野的想法也得到了从同一个部队退役的老兵李科的认同。2018年秋季，田野和战友张宏、李科注册成立了生态农业科技发展有限公司，在且末县河东生态治沙基地初步承包了3000多亩沙地，管护3口井，开始尝试种植梭梭树，接种肉苁蓉。

2020年10月，与田野同一个部队的张选忠从团政委位置上退役。田野知道后便找上门:“您当过我们团的政委，想邀请您去给我们把把舵。如果您能加入，我们这支队伍就有了主心骨。”

“当初，田野邀请我参与这个项目时，我是有些疑虑的，主要是我退役后打算陪孩子上学。在部队干了29年，亏欠家人的太多。当时我就说等有时间咱们实地察看后再做决定。”张选忠说，“2021年7月底，孩子暑假期间，我刚好有时间，就和田野、李科一起到且末实地察看。看后，可以说很受触动。他们通过前期的努力，已经在广袤的塔克拉玛干沙漠种出了一片绿洲，成就感、荣誉感、自豪感油然而生，坚定了我参与这个项目建设的决心和信心。”

“你当时是怎么考虑的？”我问。

“首先我认为这是一件很有意义的事情。1991年，我从安徽太和县入伍，在新疆服役的时间比我在老家成长的时间都长，现在家也安在了新疆，新疆确确实实是我的第二故乡。因工作原因，我曾先后两次带部队穿越塔克拉玛干沙漠。特别是在南疆工作期间，我深切体会到南疆生态环境存在的问题。”张选忠说，“退役后能与几位志同道合的战友一道参与这个项目，很有意义。能为第二故乡出力也是我心里想干的事，经济利益是次要的，其本身几年内也不可能会有什么经济效益，首先考虑的是要能维持下去。”

“那你的妻子和孩子支持吗？”我问。

“妻子和孩子刚开始是不太支持的，她们想着我刚退下来，以前在部队东奔西跑，现在又去工作，一是比较辛苦，二是陪她们的时间比较少，妻子就想让我在家好好休息，陪陪孩子，不要瞎折腾。她认为，我们一没资金，二没技术，三没社会资源，离家又远，几个退役军人、门外汉，光凭一腔热血想在沙漠里植树接种肉苁蓉，是我们想得太简单、太容易了，让我先缓缓再说。”张选忠说，“妻子说得也有道理。为了打消她的顾虑，我把我实地察看基地种植情况时拍的视频放给她看，并将了解到的相关情况以及亲身感受与她分享，得到了妻子和孩子的理解与支持。”

2021 年 7 月，张选忠加入治沙队伍后，又相继有多位老兵加入进来。到 2022 年，这支队伍的人数增加到 8 人。

二

万事开头难。尽管老兵们早就对沙漠植绿的困难有所预料，也有一定的思想准备，但是在沙漠上大面积种树可不是件容易的事。老兵们的态度是：不管如何难，先干起来再说，在学中干，在干中学。

俗话说，兵马未动，粮草先行。要在沙漠里植绿，先得有个安营扎寨的地方。2018 年秋季，田野他们与且末县自然资源局签订 3000 多亩治沙合同。这 3000 多亩沙地分布在两个片区，一片为 750 亩，另一片为 2500 亩，两个片区相距十几公里。那片 750 亩的沙地是起初防风治沙工作站计划自己种植梭梭树的，所以已提前打好了灌溉机井，新建了 3 间小井房（水泵房）。田野他们因陋就简，就在井房里安了营扎了寨，吹响了植绿治沙的冲锋号。

老兵们一头钻进沙漠，奋战在茫茫沙海。然而，“理想很丰满，现实很骨感。当初想到了难，但确实没想到会这么难。”谈及刚来时的情景，张宏说，“在沙漠植绿，绝不是拿把铁锹挖个坑、种棵苗、浇桶水那么简单！”

环境难生存，资金难筹集，劳力难组织，风险难预测，这四大治沙难题，犹如四座沉重的大山压在老兵们的头顶。“治沙首先要修路，然后要通电、打井、整地、铺设滴灌管网，这几个环节完成后，才能栽种适合在沙地生长的植物——梭梭树和胡杨，每个环节都很花钱、费力。”张宏说。

在干旱的沙漠里，要保证种植的树苗存活成长，唯一的办法就是打井，保障水源的供给。

沙漠里沙丘起伏，每个沙丘基本上都是独立的，如果不把这些沙丘推平，顺着原始地貌种植梭梭树，地势高低不平，起伏太大，不仅不利于后期的管理，也会直接影响梭梭树生长。整地就是把一个一个沙包推平，这既是体力活儿，也是技术活儿。

“沙漠里细软的黄沙‘缠’腿，行走都费劲，推沙包辛苦、费力不说，就那漫天的沙土，呛得人心里直发慌，连说话嘴里喷出的都是沙土味儿。”李科说。

开弓没有回头箭。既然决定要在沙漠植绿，就得豁出去干。李科告诉我，大家都一天不落地从太阳升干到太阳落，晚上也是人歇机不歇，没听到谁讲一句牢骚话。

“环境所逼。如果不加班加点地干，有时前一天整好的地，一夜之间又被风刮成了沙丘。”李科说，“哪一个环节的工期都不敢耽误，整完地，就得立即挖管沟，铺设滴灌管网。否则，一场大风，会将前期所有的辛苦化为乌有。”

李科指着一大片梭梭树对我说：“这3000多亩地，光铺管子就干了月余。”老兵们给我介绍铺设管网的复杂过程，我听着有点绕，但在现场细看，我明白了，主管、支管就好比人的血管，每一条滴灌管道就是一条生命线。通过管网，将水输往每棵梭梭树。如果这些管子出问题，供水不畅，就会影响植被的生长。

起初，老兵们开沟，在沙地插旗子做标记时，走着走着就走拧了、走不直了，3 天也没插完一道旗子，干了不少返工的活儿。人在沙漠之中，目力是看不远的。他们急中生智，想到了一个办法：在手机上下载一个经纬度定位软件，看着手机软件上的数字往前走，走一段插上一个旗子。尽管沙漠里手机网络信号不稳定，但效率依然很快得到提高。

铺管子也麻烦，耗时又耗力。前面挖机挖管沟，后面人工紧跟着就要铺管子，管子一铺下就得回填，如果等一道管子全部铺完再回填，沙子会填平管沟，将铺下的管子托上来。就这样，紧赶慢赶连轴转不停地干，一队人马一天也就能铺七八百米的支管。

整完地，还要采用草方格固沙，筑多层篱笆防风防沙。挖坑种植梭梭树时，先把苇秆子切成节状，将一把苇秆子包裹着梭梭树苗一起压埋二三十厘米深。不可小看这一把苇秆子，它能挡住大半的风沙，风沙掏不动梭梭树苗下的沙土。

种上梭梭树苗，管护是大事。俗话说，三分栽七分管，但在塔克拉玛干沙漠里种梭梭树，却需要一分栽九分管。管护林地，不仅要做好日常的浇水维护、补苗、防虫防病、修剪，还要防备黄羊、沙兔等动物践踏、啃食损害梭梭树苗。

“哎呀！有辛酸，有泪水，反正都是从无到有。一方面我们不懂技术，另一方面我们从来没接触过荒漠，像我们在北疆伊犁看到的全是绿的，到这边来全是黄的，一片黄沙，风也大，就是不见雨，不下雨。”张宏说。

“难，肯定是难，万事开头难。因为我们刚开始没有技术，没有资源，包括我们资金上也缺，各个方面都比较难。”张选忠说，“但我们有我们的优势，我们的优势就是大家通过部队长期锻炼出来的那种攻坚克难、敢打敢拼的作风和坚韧不拔、持之以恒的精神。”

我沉浸在老兵们的讲述中，也在内心感叹他们沙漠植绿的不易，深深被他们迎难而上的精神折服。想起防风治沙工作站职工帕提古丽给我讲过的一句话：“在且末，种树比养孩子难！”

环境的艰苦对老兵们而言不算什么，让他们更为难的是缺钱，尽管他们拿出了积蓄，但依然是杯水车薪。“本来我们规划 2023 年春季再种上几千亩梭梭树，由于资金没筹措到位，只能缓一缓，等秋季再种。”田野说。

田野给我粗算了一笔账，打井、买变压器、整地、铺管子、买生物有机肥、雇工等，每一项都需要大量的资金，摆在他们面前的是一个又一个无底洞。2020 年，他们打了 6 口井，一口井加上水泵就花费了 20 万元；2022 年，施肥花费 170 多万元，电费 62 万元，工人工资 50 多万元……一年维持下来，再怎么节省也需要 350 万元。“基本上都是用我们个人的积蓄、战友凑的一些钱、个人贷款来做这件事情。”田野说。这几年，他们为解决资金问题，想尽了办法，几乎跑断了腿。

田野告诉我，为解燃眉之急，他拿出退役费和积蓄共 60 万元，夫妻俩积攒买下的两套商品房，卖了一套，一套做抵押贷款，每月的退役金只留点家庭生活费，其余的全部投到治沙植绿中去了。实在没钱了，他只好向家人和亲戚求援。好在亲人们理解、支持他，他大哥把卖房的 90 多万元交给他，他大姐用自己的房子做抵押从银行贷款 50 万元支持他，2021 年侄子从部队复员，把复员费全都交给了他……拿着亲人们支援的钱，田野心里既高兴又难过。

筹钱是最让老兵们头痛的事。“紧着要用钱时，真的是有种‘一文钱憋死英雄汉’的痛感！”张宏说。2022 年的七八月份，他们实在没钱了，连日常开支都无法维持。又赶上大风和冰雹，井房水泵配电盘烧坏、部分机械损坏，急需资金维修。他们商议，每人想办法筹一点，最后筹集到 3 万元才渡过这一难关。

除了投入各自的退役费，老兵们几乎借遍了亲朋好友。当地政府也通过技术支持、组织义务植树、国家生态修复补助等方式，帮助老兵们解决实际困难。“当地政府组织农牧民和全县干部职工义务植树，每次都有几千人帮我们种梭梭树，对我们帮助很大。”李科说。

且末地处偏远，以前交通闭塞。有人说，且末是一个名不见经传的小县。说且末小，只是指人口少，户籍人口还不到 10 万，但且末的行政面积并不小，全县 14 万多平方公里，是全国面积第二大的县。人口少，县域面积大，地广人稀，加之近些年大量农村青壮年长年在外务工，老兵们在雇佣季节工方面遇到了不少困难。“在沙漠植绿，社会依托条件差，尤其是在雇工方面，不说季节工难雇，就说我们雇长期工，一些工人家距我们林地有五六十公里远，每天往返极为不便，这都是我们用工方面的难处。”张选忠说。

沙漠植绿难，还难在沙漠里变幻无常的极端天气带来的挑战与风险。2021 年春季，他们辛苦种下了 200 多亩梭梭树苗，哪想到一夜之间被一场大风全部连根拔起。“第二天天一亮，风停了，我们跑到地里一看，啥都没有了，只剩下光秃秃的一片片黄沙包，那个痛心啊，真是无法形容！像这种梭梭树苗小面积种植时就被风连根拔起的事，我们遇到过好多次。”张宏说，“风把树苗刮没几次，就得再重新整地补种几次。”

沙漠里的天气往往一日多变，让人难以预测。2022 年 7 月 20 日下午，老兵们正在林地里干活，眼瞅着一排排嫩绿的梭梭树不断向远处延伸，大家充满成就感，也对未来充满希望。谁知这沙漠里的天就像小孩的脸，说变就变。本来烈日炎炎，天瞬间就变得昏暗，刮起黄风，紧接着杏子般大的冰雹噼里啪啦地砸了下来。老兵们赶紧向车里狂奔，躲进车里，头上已被打得都是包。持续了半个小时左右的冰雹，将近万亩梭梭树的枝子全部打掉了，一排排绿油油的梭梭树一会儿工夫就变成了光杆儿。当地农民工都讲，长这么大，还是第一次见到这么大的冰雹。如果不是这场冰雹，老兵们计划着 2023 年春季全面采挖肉苁蓉，有了收益再种上几千亩梭梭树。一场冰雹，打掉了梭梭树当年新长的嫩枝，严重影响了梭梭树的生长期，让他们的计划也搁浅了。

接二连三的困难让大家有些气馁。当然，还有来自老兵家人们的埋怨和压力:“这么些年，投进去那么多的钱，没见到往家里拿回过一分钱，这不是往大风里扔钱吗？什么梦想啊理想啊，能当饭吃吗？”

“那段时间，我也动摇过，反问自己，做这件事，到底值不值？”田野说。

遭遇挫折，心里难免有些想法，大家就相互鼓劲。再说，老兵们也不是轻易认输的人。30 年治沙合同都签了，没有退路。“走，那不是军人的作风，来都来了，也没脸面回去。作为一名退役军人，以前志愿献身国防死都不怕！怕这个的话，回去会闹出笑话来的，坚决不能当逃兵。”张辉说，“这跟我们以前作战是一样的，不能因为害怕失败，仗都不打啦，事都不做了，那不符合我们的性格。”凭着在部队练出来的一股韧劲，老兵们很快振作起来，统一了思想：不论治沙多苦多难，都绝不放弃！

老兵们告诉我，他们刚来时，生态治沙基地里的一些种植户，包括防风治沙工作站的职工都说，他们坚守不了两年！

“他们为啥这么说？”我问。

“一是困难多，治沙这活儿又难又累，一般人吃不了这份苦，遭不了这份罪。二是收益慢，前期植树投入资金太大，只投钱，没收益，每年还需要几百万的管理费用。接种肉苁蓉，如果管护好了，四五年才能有收益，回报慢。三是风险大，除了要对抗极端天气，有些承包种植户一味追求回报，化肥等肥料施入过多导致成本过高，加上什么品种价格高就种什么，结果价格走低，亏了，一两年就跑了，不干了。”一个人鞭辟入里地总结道。

一晃5年多过去了，老兵们不仅没跑，还坚守在治沙“战场”上，而且植绿面积不断扩大。在初期承包3000多亩沙地的基础上，2020年秋季，他们又植绿5000多亩，2021年春季继续植绿3000多亩。经过5年多的努力，老兵们在塔克拉玛干沙漠中种植了1.2万亩胡杨、红柳、梭梭树、文冠果等，接种肉苁蓉8000多亩。在他们反复补种、精心管护下，经且末县自然资源局检查验收认定，植树成活率达到85%以上。

三

一场风将新种的梭梭树苗连根拔起的教训让老兵们认识到，治沙植绿必须讲究科学，绝不能闷头傻干，更不能拍脑袋想当然。“在部队我们常讲，要科学练兵、科技练兵，现在我们要向科学治沙要效益。”老兵们痛定思痛，苦心钻研治沙技术。他们上网查资料学习，向防风治沙工作站技术人员、老治沙人虚心请教，去和田县等植绿治沙成功的地方取经，利用各种机会了解沙漠治理的新理念、新技术和植树新方法，一有时间大家就坐下来一起研讨交流、集智攻关。

他们对当地近年来沙漠风向条件进行分析，终于找到了新栽梭梭树苗常常被大风刮走的症结所在：种树时没考虑到风向，树种的行向不对。就是说，在种树的方向上出了问题。针对沙漠的风向，他们研究摸索出了“东西行向”植树法——东西行向栽种梭梭树苗，行距6米、株距1米。大风来了，就顺着树苗行子刮走了，对树苗的生长影响就会小很多。

创新治理技术、管理模式，让老兵们体会到了收获的喜悦，他们把所学的知识和植树实践结合在一起，大胆探索尝试。

梭梭树下接种肉苁蓉，传统方法是在梭梭树两侧播种，老兵们计算了一下，这样播种每亩需肉苁蓉种子300克，加上后期的肥料、管理等费用，成本太高。如何在降低成本的同时，保证肉苁蓉的产量？老兵们进行了实践探索。他们对梭梭树与肉苁蓉之间的联系进行了一番分析探讨：肉苁蓉是一种寄生在梭梭树根部的植物，它没长根，也没长叶，靠从梭梭树根部汲取养分及水分生长。

老兵们没有专业的科研背景，只是从他们的生产经验总结，又用他们质朴的语言表达出来：也许肉苁蓉就是梭梭树的一个“蓄水罐”，当水分充足时，梭梭树营养过剩，供应肉苁蓉快速生长；在酷暑干旱来临时，梭梭树使用肉苁蓉“蓄水罐”中的水分保命。梭梭树与肉苁蓉之间的关系，就好比母亲与胎儿，母亲有病、身体弱，肯定也不利于胎儿的成长。也就是说，要保证肉苁蓉的产量，首先得保障梭梭树健壮。

于是，他们在梭梭树龄2～3年时，选用单边播种肉苁蓉的方式，每亩播种肉苁蓉种子150克，采用单边轮换播种的方式即单边轮播式，提高肉苁蓉的生长品质，保证梭梭树的生长势头，提高嫁接率，降低投资成本。肉苁蓉的播种时间选择在6—8月间，以保证肉苁蓉采收时的品质和产量。因为肉苁蓉高产的前提是生长齐、均匀，大小不均匀就会影响产量。播种深度为30～45厘米，太深太浅都会影响接种。接种后的第二年，采取培土的方式增强肉苁蓉的产量，提高肉苁蓉的品质。地面管道统一使用直径为 75 毫米或 90 毫米的 PE（聚乙烯）软带，这种规格的管道不怕拖拉机轧；滴灌管使用直径为 16 毫米的压力补偿式园林滴灌管，成本低效果也好。他们算了一笔账：这样一来，成本降了一半，总体产量却没降，品质也保持在很高的水准上。通过努力钻研，他们种植的肉苁蓉粗壮、均匀，大的有 1 米多长，粗的有人的小胳膊般粗。

“这几年，在治沙产业发展上，我们的目标是，把成本降到最低，以最低成本获取较高的效益。怎么才能压低成本？那就是创新。”张宏说。

肉苁蓉是传统名贵中药材，在市场上很抢手。肉苁蓉种子前些年每公斤卖到 2000 多元，近年虽然降价了，但也卖到了 1000 多元一公斤。为压缩成本，他们自己培育肉苁蓉种子。最初，他们培育的肉苁蓉种子产量低、品质差，种下以后成活率低。他们四处学习请教，找到了原因，原来是沙漠里的昆虫少，肉苁蓉自然授粉是有问题的。四五月份肉苁蓉花盛开时，他们请来养蜂人，带来蜜蜂授粉。一箱蜜蜂一个月付授粉费 20 元。“蜜蜂来采蜜，还要给养蜂人付钱？”我问。他们说：“沙漠里气候恶劣，水分少，蜂农还得给蜜蜂喂水，加之肉苁蓉花开的面积小，蜂农不愿意来。”通过引入养蜂人养的蜜蜂授粉，肉苁蓉的授粉率得到极大提高。之后老兵们又给肉苁蓉花打顶，从而有效地改善了肉苁蓉种子的质量。

丰收的喜悦给了老兵们不断探索经济作物多样化的信心。他们通过考察学习，认为且末生态治沙基地适宜种植文冠果。文冠果属落叶灌木或小乔木，喜光、耐干旱、耐严寒，而且根系发达，树冠比较大，能够保持水分，还可以防风固沙。文冠果每棵都开花，开花多，结籽儿也多。3 月下旬至 4 月底是文冠果的花期，正好避开了且末沙漠里的大风期。

文冠果具有非常高的食用价值、药用价值、观赏价值和生态价值，种子用来榨油，品质非常好，而且种植投入成本低，人工需求不高，可以说是懒庄稼。他们尝试种植的750亩文冠果，去年喜获丰收。采访时我看到，他们种植的文冠果已达2米多高。试种成功后，他们又成功进行了文冠果本地育苗和种植，并计划逐年扩大种植面积。

为实现沙漠经济作物种植的多样化，2021年，他们试种了200亩四翅滨藜。四翅滨藜是一种适应性强、耐旱、耐盐碱的灌木，还有吸收和分解沙漠盐碱的作用。它的根系发达，既能防风固沙又可以发展林下经济，还能做牲畜饲料。2021年，他们试种四翅滨藜取得成功后，计划3年后再试验接种肉苁蓉。听四翅滨藜嫁接肉苁蓉的种植户反映，四翅滨藜接种的肉苁蓉产量较梭梭树接种的肉苁蓉产量高出40%以上，品质好，口感甜，适合食品类加工，还可以减少肉苁蓉种子用量。

2022年，他们在生态林尝试套种花生、板蓝根、桔梗等。他们种植的100多亩花生，长势旺盛，要不是那场大冰雹，现在一定能见到成效。他们认为，在沙漠种植花生，既可以防风固沙，还可以缓解因肉苁蓉等作物生长周期长以及对寄生植物年份要求高而收益慢的问题，使资金能流转起来。

创新，让这些老兵们变为沙漠植绿的“土专家”，他们给我讲述摸索出的治沙经验时头头是道、如数家珍。

就说给梭梭树浇水吧。春天要少浇水，因为经过一个冬天的冰冻，水分充足。3—4月开始浇头茬水，要浇薄一些。以前这里的惯例是每隔20天浇一次水，每次要浇水24小时，他们改为每隔30天浇一次水，每次只浇12小时，这样人工、电费都压缩了一半。为什么这么改？“春雨贵如油，不要满地流”，春天浇透20厘米，浇薄一些有利于梭梭树的生长。如果水浇多了，浪费不说，沙地返碱，白白的一层，如同水泥路般坚硬。6—7 月天气炎热，要每隔 20 天浇一次水，24 小时不间断地浇水。到了 8 月就要开始控水，浇水方法基本上同春天时一样。因为沙漠里天气要转凉了，如果不控水，梭梭树看上去长得很旺盛，其实木质化很低，如同有些人一样，看上去很壮，但不是健康的，都是脂肪，肌肉少，体质弱。到 11 月初，浇透一次冬水后停止浇水，一直到次年的三四月份再浇。因为冬季浇水后，沙地结了一层壳，风刮不动，水分散发慢。

再说施肥。他们主要是购买羊粪发酵，添加生物菌肥，施有机肥。发展沙漠产业，不能只图眼前利益，要考虑长远。化肥施多了，梭梭树长势旺，但地块容易板结，也会影响接种肉苁蓉的品质。施有机肥两三年后，沙地环境就会逐渐改善，土壤化……

“我们搞创新、搞发明，向科学治沙、科技治沙转换，也是被逼出来的。”田野说。

梭梭树的病害中最为严重的是白粉病和根腐病。严重时，到了 8 月份梭梭树枝条会被菌体覆盖，呈现黄白色，树冠下垂，生长停滞，导致根部部分功能丧失，会加快根腐病的衍生，从而导致林下接种的肉苁蓉产量降低。

田野绘声绘色地给我详述着林地植物的病虫害。他说：“沙漠里有一种小虫子，我们称为小蛾虫。小蛾虫还是幼虫时，躲在沙土里冬眠。4 月份长成小线状虫，爬到梭梭树上吃枝条，那时的梭梭树枝条正嫩，如果不及时打药灭虫，它就慢慢长成了小蛾虫，10~20 天的时间，就会把梭梭树枝子给全部吃光。”

这几年，林下肉苁蓉面临的最大危害就是蛀蝇虫害。最为明显的是，3—5 月幼虫啃食肉苁蓉的肉质根茎，使之不能开花；7—9 月虫卵蛀入肉苁蓉根茎，幼虫啃食肉苁蓉使之腐烂，这个时候正是肉苁蓉膨大成长期。蛀蝇虫害为全年时间的虫害，冬季部分幼虫在沙地下以肉苁蓉根茎为食过冬。

防治这些病虫害，每年需多次、分时间节点喷施杀菌、杀虫药剂，上万亩的林地，靠人力显然不现实。“飞防成本太高，我们难以承受，便发挥大家的集体智慧，研发出了履带式机械杀菌除虫喷药装置。”田野说，“这种机械装置，就是将一台罐装打药机拖挂在改装成的履带式拖拉机上。用这种装置喷药，不仅成本低，灭病虫的效果还好。”

老兵们驾驶着自己发明、改装的“小坦克”，穿梭在林地中喷施杀菌、杀虫药剂，十分便捷、高效。“这辆被我们称为‘小坦克’的打药机，为我们林地防治病虫害立下了汗马功劳！”田保团说。

沙漠里的肉苁蓉从接种到收获需要 18~30 个月，时间越长，品质和产量越好。起垄培土可以增加肉苁蓉的生长空间，推迟其出土，促使品质和产量提升，还可以保护肉苁蓉和其所寄生的梭梭树安全过冬，减少沙鼠、野兔造成的损害。上万亩的梭梭树林地若靠人工起垄培土，不仅难以达到理想的效果，而且人工成本也高。他们上网查找有关资料，集思广益出点子、提方案。田保团在部队期间就是一名从事电焊、氧焊工作的工程兵，退伍后在县机械厂工作了多年，是一名“机械通”，也喜好搞发明，正好有了用武之地。他们自己设计，买回三个报废的东风汽车的后桥，经过切割、焊接等工序，研制出了肉苁蓉中耕培土施肥一体机，起垄培土的效果和效率一下子提高了许多。

“现在这个模式已经不适应规模化防风治沙的需求，我们愿意在机械化植绿治沙方面先行尝试，总结失败、成功的经验，为实现沙漠治理智能机械化探路。”张宏说。他们主动联系，与新疆维吾尔自治区林草部门联手研制的沙漠植树机，2022 年经试用功效很好。通过实地操作检验，总结出沙漠植树机的优点。一是沙漠植树机种植的梭梭树行间距标准，给以后肉苁蓉的播种带来便利，也为套种提高了可操作性。二是种植效率高。一台植树机一天可以栽植 50~80 亩，如果人工植树就需要 20~30 人。植树机还可以直接铺设滴灌带，大大节省了人力。三是植树机种植的苗木成活率高。沙漠植树机能够有效解决沟深、压土、稳苗等问题，并同时在沟底施有机肥改良土壤，提高苗木成活率。

创新发明让老兵们的治沙功效倍增，也给他们的产业发展增添了新的活力。他们先后研制的沙漠植树机、肉苁蓉中耕培土施肥一体机、肉苁蓉播种机、肉苁蓉良种多级滤筛机等生产设备，获得国家知识产权局实用新型专利证书。经过 5 年多的探索实践，老兵们在沙漠治理方面创造性地总结出了一套比较科学的方式与成熟的经验。

四

很多人以为，在沙漠中能欣赏到“大漠孤烟直，长河落日圆”的壮丽，也能感受到“大漠沙如雪，燕山月似钩”的唯美。然而，走进塔克拉玛干沙漠后才发现，实际情况与想象中差别很大。

采访中，我与老兵们在林地里边干边谈。脚踩在沙上的感觉很特别，纤细的沙粒凝结出一种黏稠的牵绊，使双脚的每次移动都更沉重，鞋子里不一会儿就灌满了沙子，走起路来越发沉重。只干了一会儿活儿，我就觉得体力不支了。午饭时，大家围坐在沙地上，几名当地农民工习惯性地跪在沙地上。我体验了一下，双腿跪在柔软的沙地里的确比坐在沙地上舒适。一块干馕饼、一壶白开水，就是他们辛勤劳作一上午后的午餐。

老兵们告诉我，这样的午餐基本上是他们这儿的标配。忙时，工人多，午餐他们也做拉条子吃，那得就地支锅生火做饭。黄风中，火可没那么容易生起来，会一次次被黄风吹灭。热乎乎的拉条子刚一揭锅盖就进了一层沙，这“胡椒面”撒得可一点也不小气。端起碗，闭上眼睛吃！

在沙漠里根本不像我想象中那么有趣，不仅十分辛苦，而且无比残酷。

我提出去看看老兵们的家。老兵们告诉我，林地里的每座井房就是他们的家，在哪座井房的林地里干活儿，他们就卷起铺盖移住到哪里。去往井房的途中，不时遇到有公路被高高的沙包拦腰淹埋阻断，我们只好掉转车头另寻他路。每座井房除去水泵房、工具间，能供老兵们居住的也就是半间窄小的房子，几个废料桶支起木板，就是他们的床铺。房间里全都没有安装空调。

“沙漠里夏季那么热，冬季那么冷，又是小板房，住得又这么拥挤，没有空调，你们怎么休息得好啊？”我问。

“现在正值创业阶段，能减少的开支一律节省，集中一切资金去治沙、种树。当年在部队我们野外驻训住帐篷，不也一样没空调嘛，我们都习惯了。”老兵们说。

2020 年秋天和 2021 年春天，他们相继种植 8000 多亩的梭梭树。之后，他们自己动手在一处井房旁新建了 3 间小彩钢板房，其中靠边的一间房内，虽没装空调，但置有 4 张高低床，这是他们条件最好的住所了。2022 年，他们又建了 3 间小彩钢板房，用于工人休息居住和存放工具。这一处还像个住房、像个家的样子。他们在房间的一角装了淋浴器，门前打了水泥地坪，立了一个大储水罐，房屋周围种了菜，还建了一个小蓄水池。

目睹这一切，我还是忍不住地一阵阵心酸。他们大多是当过 20 年左右兵的，每月有退役金，可以说生活上基本无忧。他们退役后大都安家伊宁市。伊宁是多么美丽的一座城市啊！伊宁距离且末有1000多公里，在部队期间，训练、执勤、执行任务、野外驻训，夫妻分居，如今退役了，仍旧夫妻两地分居。他们的生活条件那么差，还能坚守在沙漠里吃这般苦……想着想着，我由衷地对他们产生了敬意。

“你们太不容易，太能吃苦了！”我说。

老兵们的回答却显得很轻松：“苦。你没看见我们的林地边竖的‘退役军人创业园’吗？创业，哪能不吃苦呢！”

“那我们就来说说这苦吧。”我说。

“说起我们在沙漠里流的汗、吃的苦，那真是多得数不清！”老兵们说。

“整地、种苗工作量大，基本上每人每周用坏一双手套，每月就得换一双鞋，手上的茧子一层又一层。”张宏说，“风也刮，太阳也晒。那个风一刮，将沙子刮到你脸上，可能只有两个眼圈能露出来，稍微有点汗水的话，人基本上看不出原样了。”

张辉说：“夏天，沙漠里地表温度高达六十几摄氏度，抓一把沙子，几乎能搓出一团火。我们在林地里干活儿，鞋底都快化了，能闻到橡胶味。”

“沙地含有盐碱，穿鞋在沙地走久了，脚受不了，沙子灌进鞋里磨脚，脚磨起泡、裂开血口，一脚踩下去钻心地疼，我们都踮着脚尖走。”田野说，“脚实在疼得受不了，我们都是光着脚走，走在滚烫的沙面上，脚板不敢全着地，脚指头蜷缩起来，几乎是用脚后跟在挪步。”

老兵们告诉我，3月底到7月初，沙尘暴、扬沙天气每月都有三四次，一刮就是好几天，尘土迎面扑来，让人很难呼吸，沙粒打在脸上犹如针扎。“每天下午刮大风，我们在地里除草都戴着防风眼镜，不然风刮得什么都看不见。”王杰峰说，“每天收工回来，头发上、耳朵里、鼻孔里全都是细沙面子，当地人说一年得吃下半公斤沙子，一点也不夸张。”

炎夏时节，火辣辣的阳光直射下来，他们人人汗流浃背，都光着膀子干，露着黑黝黝的胸膛，胳膊上、脖子上皮都被晒起来了。由于过于干热，他们一个个嘴唇都裂出一道道口子，鼻子流血。2022 年的一段时间，他们无法买上擦脸油和治脚干裂的油，只好天天涂抹井房机器用的黄油。

滴灌水管常常被野兔、沙鼠、黄羊咬破漏水，他们隔段时间就得去检修一下，一行水管的长度一般有 2000 多米，来回就得走 4000 多米，一天下来，要走一二十公里。11 月份浇冬水时，天已转凉，冷风呼呼地吹着，他们的衣服常常被水淋湿，冻得浑身发抖。

聊起苦来，让老兵们烦躁的还有蚊虫、蠓虫等小虫的骚扰。每年 5—8 月，沙漠中蚊虫、蠓虫开始泛滥，尤其是一种被他们称为小蠓虫的十分猖獗。“每到晚上 8 点以后，林地里小蠓虫密密麻麻的一层又一层，这小蠓虫让人防不胜防，被它叮咬时人根本感觉不到，等感觉到身上瘙痒时，胳膊、脖子、脸上已经到处都是疙瘩了，痒得让人难以忍受，越抓越痒，又疼又痒四五天才见好。”田新凯说。

“在林地，时不时地有动物光顾。让人始料未及的是，时常从眼前的沙地上突然哧溜一下窜出一个小的活物来，头大，呈沙土色，四只脚爪，尾巴细长，行动极其迅速，眨眼间便钻进沙地，逃得无影无踪。”张宏说，“起初，我以为这活物有毒，担心被它咬着。后来我才知道，这是沙漠里的四脚蛇，慢慢也就习以为常了。”

有些动物会与老兵们冷不丁相遇，尤其是在夜里，能吓出他们一身冷汗。“夏季的一天夜里 11 点多，我在林地里浇水，调阀门改水时，不经意间抬了下头，大概前方 30 米处有两点蓝光。那晚的月光也好，亮得很，我还以为是狼呢，吓了一跳！仔细观察，那动物体形比狼小，与我对视了有两分钟左右，我不动它不动，我一起身，它哧溜一下就消失了。”田野说。

沙漠种树不但苦，还很危险。2021 年春季的一天，老兵们分头去补种梭梭树苗，大家都分散开了。张宏突然因肾结石腰疼得厉害，由于手机没有信号，他只得强忍剧痛走了一公里多。被战友找到的时候，他已经昏迷了。至今张宏和战友们谈到那段经历仍然后怕。

采访中，防风治沙工作站职工帕提古丽感慨地对我说：“他们这几个老兵太狠了，太能吃苦了，不愧是当过兵的，让我这个老治沙人都对他们佩服得五体投地！”可老兵们却说，这几年他们确实吃了不少苦，苦得一塌糊涂，可大家都觉得心里甜。

“最开心的事就是看到现在我们的成果，看到一棵棵小苗苗噌噌噌地绿起来，看到沙漠中间出现一片绿洲，那种开心的感觉无法用语言来形容，所有的辛苦都值得。”张宏说。

“现在树苗已长到一人高了，长势良好，到这里一看，感觉这里就是自己的‘战场’，特别骄傲。”李科说，“这林地宛如一块巨大的绿毯飘落在沙海上，那绿色，站在这里看，成就感一下子就产生了。”

昔日，这里一片荒芜，不到 6 年的时间，已经旧貌换了新颜。那 1.2 万亩郁郁葱葱的“老兵绿”，仿佛沙漠卫士，傲然挺立在沙海。近些年，生态好了，天上飞的地上跑的，纷纷来老兵们的林地里安家落户，狐狸、野鸡、沙鼠、四脚蛇和塔里木兔陆续迁徙而来。各种知名和不知名的鸟，因为有枝可依、有食可寻，每年都会飞来林子里生活一段时间。

“我们住在自建的那几间板房里，几乎天天可以看到黄羊、野兔等动物来房前井边水池饮水，还有刺猬不请自来。在林地里锄草、浇水时，梭梭树下有一窝窝的鸟蛋，大家每次见到都十分欣喜。”张辉说。

老兵们笑谈，2022 年他们试种的 100 多亩花生，由于冰雹受损没收成，等于是给这些动物种的，黄羊、野兔成群成群地光顾那里。还有他们种的梭梭树和肉苁蓉，也为野兔、黄羊提供了食物。

2022 年，老兵们在自建的那几间板房周围改善沙土，开出了一块块菜地，种有玉米、土豆、西瓜、甜瓜、小白菜、茄子、韭菜、西葫芦、辣椒、西红柿、青萝卜……这让他们夏季吃菜有了保障。在这沙漠腹地，他们用汗水收获了一份格外香甜的成果。

林地、菜园、蓄水池，成为老兵们放松精神的养眼之地。花开季节，果蔬成熟的时候，老兵们喜欢与荒漠林地里盛开的花朵、梭梭树、果蔬拍照合影，然后得意地发到朋友圈。

老兵们脸上写满了自豪……

五

树栽活了，沙漠绿了。虽然塔克拉玛干的大环境还没有大的变化，但老兵们“战斗”的地方，都变成了一片片的绿色。老兵们觉得应该把一直在“后院”替他们分忧的妻子和儿女们接来，分享一下他们的喜悦。大家一合计，2021 年孩子们放暑假期间，他们便把妻子和孩子接了过来。“我妻子带着女儿过来后，看到我们真的在沙漠把树种活了，很高兴，也替我自豪。”张宏说，“尤其是我开车送她们娘俩返回伊宁的途中，突遇沙尘暴，能见度不足 5 米，开车全凭感觉，可把她们娘俩给吓坏了。有了这个亲身经历，妻子认为我坚持去沙漠种树有意义、有价值，彻底改变了对我的态度，表示今后无条件支持我去治沙。”

“妻子、孩子过来后，实地感受到我们植树的艰辛和不易，看到我们的付出换来了沙漠中那一片片新绿，妻子也慢慢认可和支持我了。”田野说。

妻子和孩子的且末之行，让老兵们的家人都认可了老兵们是在做一件有意义、有价值的事。有了家人的坚定支持，老兵们植绿治沙的底气和精气神更足了。

老兵们的创业园区里，每天都有当地农民工在林地干活儿。采访期间，我与农民工们几乎混成了熟人，他们对我也说出了心里话。

麦麦提 · 麦斯迪克，1965 年 5 月出生，且末县且末镇人。他说：“我喜欢种树。来这儿之前我打散工，挣得多的时候一天嘛也能挣上 200 块钱，但时间短，不稳定。这儿嘛稳定，可以长年干，一个月嘛 5000 多块钱有呢！我不干不行，羊缸子（妻子）嘛有病哈麻斯（全部）干不了活儿，还要用钱治病；两个儿子嘛，大儿子结婚了，家里也困难；小儿子嘛在辽宁上大学，一年学费嘛 5000 块钱，那个睡觉的房子嘛（学生宿舍）一年得要 1200 块钱，还有嘛放假的路费，哈麻斯都要用钱。我在这儿嘛干了 3 年有呢，我还要在这儿嘛长期干下去。”

“我嘛，今年 40 岁了。羊缸子生了一个女儿嘛，有病不能生了，房子嘛（家里）羊缸子的妈妈嘛也有病，住我房子嘛羊缸子看着呢！我嘛养活房子里全部的人呢！这儿好，我在这儿干了 2 年，一个月 5000 块钱有呢！”达吾提 · 哈斯木说。

5 年多来，老兵们雇佣当地农牧民季节工 3000 多人次，支付工资约 300 万元，并解决了 20 多位当地群众的长期就业问题。

谈起今后的打算，老兵们一个个雄心勃勃，豪情满怀。

“前期我们团队对下一步计划种植区进行了地形勘查，也制定了今后 5 年产业发展规划，可以说是我们下一步产业发展的蓝图吧。主要基于以下几个方面的考虑：一是有政策扶持。从国家层面到自治区层面，对加快肉苁蓉产业化发展越来越重视，政策扶持力度越来越大，肉苁蓉产业不仅让沙漠披上绿装，还成为集生态效益、经济效益、社会效益于一体的朝阳产业，发展潜力很大。二是要注重融合发展。采取‘公司 + 种植养殖专业合作社 + 农户 + 农业工人’的产业化经营模式，坚持走生态企业养生态工程的路子，确保实现经济、社会、生态效益同步发展。三是进一步发展壮大。采取走出去、请进来的办法，持续更新思维理念，学习治沙新本领；坚持科技创新，在前期发展的基础上，扩大规模，提高效益，力争在‘十四五’期间把我们的产业园区打造成退役军人创业示范基地、国家级林药示范基地。”张选忠信心满怀地说。

采访老兵们的那几天里，他们正商议着吸引当地农牧民入股，共同发展，带动少数民族群众共同致富的计划。

“现在，我们在商议如何跟当地农牧民合作，他们管理，我们出资金和技术，到时候一起分红。”李科说。

田野告诉我，他们计划在 3~5 年内，再种植 3 万亩防风治沙林，并发展肉苁蓉的精加工产业，把肉苁蓉做成产品推向市场。

临别时，我与老兵们相互敬礼、握手告别。

当握着张宏的手时，我问他：“你有什么打算？”他干脆利落地说：“治沙产业已经成为我一生要干的事业，说一句毫不夸张的话，生命不息，战斗不止吧！这也是我与战友们共同的心声。”

汽车徐徐驶离老兵们的沙漠创业园，我们挥手作别。我从后视镜中看到，老兵们迎风站在林地边，一直在朝着我挥手。他们身后的那片“老兵绿”又一次映入我的眼帘，也深深印刻在我的心里……

◎刘素针

归　来

北疆春迟。雨水已过，戈壁滩依然是硬邦邦的冻土。百里风车在旷野中布下迷阵，像成群的白鸽在空中划响哨音。

春寒料峭的午后，我循着一条模糊的车辙，深入阿拉山口市郊荒漠腹地，寻找艾比湖。

作为新疆最大的咸水湖，艾比湖肩负着抵御风沙、保护新亚欧大陆桥铁路正常运行、维系博尔塔拉蒙古自治州（简称“博州”）乃至整个北疆生态平衡的重任，直接影响着天山北坡经济带的可持续发展。

20 世纪 50 年代以来，艾比湖水域面积一度从 1000 多平方公里急剧缩小至 500 多平方公里。“艾比湖是否会成为第二个罗布泊”的忧虑，曾困扰着很多人。

近年来，博州大力实施艾比湖生态修复与综合治理工程，深入推进节水灌溉、退沙还草、退耕还林、移民搬迁等系列工程，以稳定在 500 ~ 800 平方公里的水域面积、日趋向好的生态系统，有力回答了这个世纪追问。

艾比湖北岸，有一片茂密的胡杨林，名字叫作“科克巴斯陶”。5 年前，一对年轻的牧民夫妇响应生态移民政策，挥泪告别胡杨林深处的家园，奔往城市。

不久后，夫妻俩再度归来，作为艾比湖生态修复的答卷人，携手深扎在荒漠深处，以站为家，以湖为根，用实际行动践行着“保卫蓝天碧水净土”的誓言。

一

穿越冰河，碾过长着利齿的“搓板路”，颠簸了近一个小时，一座用铁青色石块堆砌而成的城门式建筑矗立在眼前。

石头房子管护站到了。

等候已久的管护员努尔木汗 · 赛力克和妻子古丽汗 · 木海闻声出来迎接。“吃饭了没有？还以为中午能到呢！”努尔木汗一边笑着寒暄，一边熟练地打开门口的铁链，像打开自家院门一样自然。

努尔木汗身材健硕，鼻梁高挺，锐利的眼睛像草原上雄鹰的眼睛。相形之下，古丽汗跟在丈夫身后，显得纤瘦单薄。她目光柔和，五官立体，像大多数温顺贤淑的哈萨克族妇女一样，腼腆地微笑着。

夫妻俩都是 80 后，容貌气质相当般配，并排站着，有种泥巴和在一起捏出彼此的融洽感。

管护站面积不大，两间小巧拙朴的石头房子，与周边的荒漠戈壁浑然一体。院里栽了几行果树，尚未苏醒。一只胖乎乎的边牧幼犬从墙根的纸箱里跑出来，虚张声势地“汪汪”两声，又很快和我亲热起来。

房间内布局紧凑，走廊两侧是厨房、餐厅和卧室。值班室在走廊尽头，窗户正对着管护站大门，方便查看人员出入。

就着一杯热茶，努尔木汗向我介绍了保护区的情况。

新疆艾比湖湿地国家级自然保护区，是珍稀濒危野生动植物物种的天然集中分布区，已被列入国际重要湿地候选区。

当目光落到墙上贴的新疆艾比湖湿地国家级自然保护区功能区区划图上的那一刻，我的心被撼动了——这哪里是区划图，分明是一条“大鱼”在游动！

这条“大鱼”总面积 3082.18 平方公里，头朝西北，尾向东南，长 102.63 公里，最宽处 72.3 公里。鱼头、鱼身、鱼尾、鱼鳍一应俱全，活灵活现。实验区、缓冲区、核心区由外及内层层包裹，守护着腹部的蓝色水域——艾比湖。

这一面美丽而脆弱的湖泊，不仅是“大鱼”的心肝宝贝，也是镶嵌在博尔塔拉这片青色草原上的稀世珍宝。

若不然，何以精河、博乐、阿拉山口三座城市紧紧依偎将它环抱其中？何以博尔塔拉河、精河、奎屯河从遥远的冰川雪峰奔腾而下，穿过城市和村庄在此汇聚，将它哺育滋养？何以一代又一代草原儿女，不惧风沙、无畏寒暑都要悉心将它守护？

艾比湖碧波万顷，则湿地水草丰茂、鸥鸟翔集，田野阡陌纵横，百姓安居乐业；艾比湖萎缩干涸，则风沙肆虐、盐尘满天，草原上的万物生灵都跟着凋零。

目前，新疆艾比湖湿地国家级自然保护区管理局在保护区内设立 19 个管护站，每个管护站配 4 名管护员。

宣传林草法律法规和相关政策，制止非法猎捕野生动物和乱采滥挖野生植物行为，开展封育、抚育、造林、补植，防止牲畜啃食践踏幼苗，预防和扑救森林火灾，做好野生动植物监测等，都是管护员的职责。

“今天的巡护任务完成了吗？要不出去转转？”稍作休整，我便按捺不住内心的雀跃。

“走，出去转转，今天还没打卡呢！”努尔木汗爽快回应，起身披上棉大衣。古丽汗套上了羽绒服。一向怕冷的我，把自己从头到脚裹得严严实实。

已是3月初，旷野的朔风依然毫不费力地穿透棉衣，寒气沁入肌肤，我不由自主地缩成一团。

二

艾比湖流域属于荒漠，分布着石漠、沙漠、沼泽、盐湖，也是我国内陆荒漠生物多样性最丰富的区域之一。

从地图上看，石头房子一带处于湖滨湿地，可目之所及，唯有荒原苍莽。高低起伏的沙丘散落其间，零星簇拥着红柳、梭梭树等耐旱植被。

“怎么看不到湖呢？”我有些失落。

努尔木汗说，这地方太大了，想看湖面，要爬上旁边几十米高的瞭望塔。可见，在大自然面前，人类是多么渺小。

艾比湖位于阿拉山口主风道上，狂风一起，飞沙走石，风将附近戈壁滩上的沙砾搬运过来，撒在湖滨盐碱滩，形成新的戈壁荒漠。这里的戈壁滩和别处明显不同，踩上去十分松软，走起路来一脚深一脚浅，颇费力气。没多久，我便微微冒汗。而这样的路，他们每天都要走几个小时。

走着走着，我被路边一簇泛出绿意的低矮植物吸引了。在这个充斥着土黄、灰褐、青黑等颜色的戈壁滩上，这一丛新绿显得格外娇嫩，使人眼睛也润泽了几分。

“这是中麻黄，旁边的是骆驼刺。”努尔木汗边走边说。保护区里的植物，他基本都能叫得出名字。

夫妻俩的巡护范围加起来近 8 万亩。每天早餐或午饭后，两人便结伴出来巡护。夏天骑摩托车，冬天徒步，一年四季不间断。时间久了，保护区里哪里有泉水，哪里有梭梭树，哪里有鹅喉羚，他们都了如指掌。

途经一个几米高的沙丘，我们爬到顶端向四周眺望。天地一片苍茫，寂静的原野向四面八方延展，在遥远的天边与模糊的山峦相融。高低起伏的荒漠植被将根系深扎于大地，顽强地对抗着风沙的摧残，日夜守护着艾比湖。

看着眼前的风景，我忽然发现身边这对满面尘灰的夫妻，和周围的红柳、梭梭树如此相似，同样沉默地站立着，坚守着，与荒漠浑然一体。

“快看！鹅喉羚！”努尔木汗突然指向北方的旷野，声音里带着几分兴奋。

“哪儿呢？哪儿呢？”我瞬间激动起来，睁大眼睛顺着他手指的方向努力去寻找。果然，在远处的缓坡地带，有两只体形匀称、姿态优美的鹅喉羚正悠闲地觅食，因为距离太远，看得不甚分明。鹅喉羚身体毛色大部分为黄褐色，在色彩极为相近的荒漠植被中，实在难以分辨。

“你的眼睛也太厉害了！这么远都能发现！”我由衷地赞叹。努尔木汗则谦虚地一笑：“我们天天这样看的呢，习惯啦！”

小边牧非常聪明，顺着我们看的方向望过去，也发现了鹅喉羚，并朝着它们“汪汪”叫了两声。在这无所遮拦的平川旷野中，声音被加倍放大并迅速传播，鹅喉羚立刻收到讯号，抬起头机警地朝我们的方向望了一眼，便没了踪影。

眼下冰雪尚未消融，火灾隐患较少，巡护的压力与春、夏、秋相比要小得多。大约走了四五公里，我的双腿开始酸痛，实在走不动了。日头西沉，古丽汗的脚步也急促起来。

于是，我们追着落日返回管护站。

一进门，古丽汗就钻进厨房，加煤块，把炉火点旺。不一会儿，饭菜的香味就溢满走廊。

餐桌正对着窗户。落日余晖从窗口溜进来，穿过古丽汗瘦削的侧脸和努尔木汗高挺的鼻梁，穿过冒着热气的奶茶和加了辣子酱的白菜风干肉，穿过果盘里的红枣、巴旦木和掰成小块的馕，不偏不倚地为这顿平常的晚餐镀上柔和的金光，将温柔的剪影印在墙上。

最后一碗奶茶喝完的时候，室内光线暗淡下来。古丽汗动作麻利地收拾餐桌。努尔木汗解释说，这里晚上没有电，所以要在天黑前吃完饭。

我终于理解巡护途中古丽汗匆忙的神色了。

晚上8点，最后一缕余晖消失，远山、戈壁和石头房子齐齐遁入巨大无边的黑暗。时间还早，古丽汗打开太阳能灯，夫妻俩就着微弱的灯光写下巡护日志。

目前，在新疆艾比湖湿地国家级自然保护区内，像这样夫妻双双当管护员的还有好几对。于他们而言，管护站就是另一个家。

然而，保护区的人都知道，对于努尔木汗、古丽汗夫妇来说，家的意义更是不同寻常。

三

石头房子管护站向东十几公里，有一座掩映在胡杨林中的管护站，名叫“科克巴斯陶”，哈萨克语意为“清泉”。

这个名字，也代表了管护站对面一个消逝于 5 年前的村庄。它曾是努尔木汗家几代人赖以生存的家园。

努尔木汗和古丽汗原本祖祖辈辈都是塔城地区托里县库普乡阔克哈达村牧民。

20 世纪 60 年代，努尔木汗的爷爷为生产队放牧。一个阳光温暖的秋日，他赶着骆驼翻过玛依勒山的草场，沿着拉巴河越走越远，不知不觉来到艾比湖北岸。

远远地，他看到一片狭长茂密的胡杨林，在荒漠中格外引人注目。走近一看，千年胡杨遮天蔽日，梭梭树、红柳密密匝匝，林下清泉汩汩流淌。胡杨林边，两米多高的芦苇荡环绕着波光粼粼的艾比湖。湖边野鸭嬉戏，白鹭啼鸣。这么漂亮的地方，真是再理想不过的牧场了。

草原上的消息一阵风就能送达。渐渐地，这片清泉流淌的湖滨湿地成为阔克哈达村牧民的冬窝子，它也从此拥有了一个响亮的名字——科克巴斯陶。

起初，这里只有几户人家，秋天赶着牲畜过来越冬，第二年春天冰雪融水漫过草场时，再返回托里县境内的草场。渐渐地，几户变成十几户，每年转场奔波劳顿特别辛苦，大家索性盖房子定居下来，形成了一个小村落。

努尔木汗的爷爷盖了两间土坯房，厚墩墩的墙壁上嵌了两扇小小的窗户，像稚子懵懂的眼睛。村里没有电，也买不起煤炭，牧民生火做饭以及冬天取暖只能烧干牛粪，或者砍梭梭树和枯死的胡杨树枝。

深冬，艾比湖千里冰封，密密麻麻的芦苇和层层红柳阻隔了西北风，湖面安安静静。一场雪接着一场雪，为艾比湖织就一张巨大厚实的雪毯，将艾比湖和周边的大地连在一起。

努尔木汗的爷爷会选个好天气，一大早就牵上骆驼、赶着羊出发，横穿艾比湖。湖面的积雪近一尺高，行走十分困难，加上路途遥远，一直要走到傍晚时分，才能抵达湖南岸。骆驼背上，有他用芦苇编成的苇席，还有妻子连夜赶制的刺绣和毛毡，到了南岸精河的巴扎上，把它们卖掉，换取全家吃的粮食。

日子虽然清贫，好在艾比湖周边水草丰茂，尚且能养活一家人。

1982 年秋天，努尔木汗在科克巴斯陶出生。在这片世外桃源般的湖滨湿地，他和村里的小伙伴们在胡杨林里捉迷藏，在芦苇丛中找鸟蛋，在梭梭树间追野兔……如小马驹一般度过了无拘无束的童年。

村里没有学校，努尔木汗年龄稍大一点，父亲赛力克便宰了一只羊，驮上两袋子面粉，送他到托里县深山中的亲戚家借宿上学。由于路途遥远，交通不便，他只能在寒暑假或过年时回家。

马背上长大的孩子天性勇敢，第一次由父亲领着去，之后来回就是他独自一人。100 多公里的山路，骑着马走两天，也不用担心，因为有哈萨克族毡房的地方，就不会饿肚子。不管认识不认识，掀开门帘进去，就能喝上几碗奶茶，再睡个好觉。

这样寄人篱下、与家人聚少离多的日子，一直持续到努尔木汗小学毕业。

那时，努尔木汗的母亲身体抱恙，常年卧病在床，姐姐也嫁到了塔城，家中里里外外都靠父亲一人操持。作为家里唯一的男孩，努尔木汗毅然决定放弃读书，帮父亲分担家庭重担。

或许是命运眷顾，不忍让他的青春被生活的苦涩填满。没过两年，古丽汗来科克巴斯陶亲戚家小住。这个面容清秀、一说话就脸红的漂亮丫头，就像哈萨克族民歌里唱的那朵可爱的玫瑰花，把努尔木汗迷住了。

只要一有空，努尔木汗便跑过去，站在胡杨树底下苦苦张望，恨不能把围墙望穿。

努尔木汗本就英俊帅气，他的一片痴心最终也打动了古丽汗。在芳草萋萋的艾比湖畔，二人喜结良缘，从此形影不离，相知相伴。

四

婚后，努尔木汗接过父亲手中的马鞭子，带上古丽汗外出放牧。这是一个既艰辛又甜蜜的新生活的开始。

然而，努尔木汗不知道的是，从爷爷在胡杨林中亲手筑起家园时起，一些改变正在悄然发生……

20 世纪 50 年代初，在新疆广袤的戈壁滩上，一把把坎土曼高高举起，敲醒了亘古不变的荒原。没多久，拖拉机“哒哒哒”喘着粗气开进戈壁滩，雪亮锋利的犁铧深深犁开大地，翻开冻土。

在那个百废待兴的年代，人们将前所未有的激情和希望投入戈壁滩，开垦出万亩良田。

然而，在干旱炎热的大西北，需要拦住多少条河流，才能把戈壁荒滩变绿洲?

很快，原本注入艾比湖的奎屯河、四棵树河、古尔图河纷纷断流，博尔塔拉河、精河上游河水也被大量截流浇灌农田。短短 20 年，入湖水量骤减近半。

彼时，科克巴斯陶的牧民亲戚喊着亲戚，陆续从托里县迁来定居。村子越来越大，羊群越来越多，胡杨林却逐渐稀疏起来。

由于载畜量远远超过草场承受能力，科克巴斯陶附近的草场已经喂不饱村里的牛羊，胡杨苗刚刚冒头就被啃光。除了那些几百年上千年的老胡杨树，方圆十几公里寸草不生。

那些藏着飞禽和走兽的灌木丛，和村里曾经汩汩流淌的清泉一样，无声地消失了。

努尔木汗和古丽汗只能赶着牛羊去更远的地方。他们一大早出门，追着太阳从东往西赶，一直跑到艾比湖西北边缘的湿地，牛羊才能勉强吃饱肚子。

在努尔木汗幼年的记忆中，这片湿地紧贴着湖面，春天冰雪融化的时候，水会漫过湖边的芦苇荡，将路淹没。湖畔高高的土丘上，有座蒙古包样式的凉亭，登高远眺，可以看到艾比湖水天一色的壮观景象。

可眼下，湖水已经向湖心退去，裸露的湖底变成白花花的盐碱滩，像悲情女子眼角的泪痕。

土丘脚下的背风处，有一间低矮狭小的石头房子，搭了简易的大通铺，供路过的人歇脚。据说因为铺位有限，价格会根据睡姿来定——平躺着睡一块钱，侧着睡五毛钱。

冬天，石头房子里总是挤满了从周边县市来的砍柴人。有开着拖拉机的，有赶着毛驴车的，他们将荒漠中的胡杨、梭梭树和红柳大片大片地砍断，一摞一摞地往车斗里装，直堆成摇摇晃晃的小山。

再后来，有人在梭梭树林发现了肉苁蓉，这是一种极其名贵的中药材，素有“沙漠人参”之称。

肉苁蓉多数寄生在梭梭树根部，根茎往地下深扎，长的挖出来有一人多高，越是完整的根茎，价格越昂贵。

每年四五月份，很多梭梭树根部鼓起沙包，钻出一根根淡紫色或鹅黄色的穗状花柱，像一座座精雕细琢的宝塔，在荒漠里散发出迷人又危险的气息。

贪婪的人们像寻宝一样开启了挖肉苁蓉的疯狂之旅，有的甚至为之丢掉性命，葬身沙海。

他们在梭梭树根部刨开一个又一个深坑，挖出肉苁蓉后就扬长而去。荒漠里骄阳似火，很快就将深坑中暴露的梭梭树根晒干。成片成片的梭梭树林相继枯死，又顺理成章地成为冬天砍柴人攫取的对象。

失去梭梭树林的荒漠，比任何时候都荒凉。除了肉苁蓉，湖中盛产的卤虫，也被人们发现是饲养鱼虾的重要饵料，身价堪称“软黄金”。

有了这些赚钱的门道，从库普乡来科克巴斯陶定居的牧民越来越多。除了牧民，形形色色的人们也从四面八方涌来。他们春天挖肉苁蓉，秋天捞卤虫，冬天砍梭梭树，运气不好的黄羊、野兔、狐狸也成了他们的猎物……

艾比湖渐渐热闹起来，也渐渐死寂下去。

没有了丛林遮蔽，野兽仓皇逃窜；没有了芦苇浩荡，飞鸟无处可藏。

狂风贴着戈壁滩，在荒野中竖起一道黄沙墙，以排山倒海之势从山口席卷而来。瞬时，飞沙走石，天昏地暗。禽鸟无处躲避，葬身湖畔。风又卷起裸露在外的盐尘，一路呼啸着向东狂奔。铁轨被黄沙淹埋，火车被迫停在途中。田里的棉花苗瞬间被风折断，抛向天空。骆驼匍匐于地，羊群惊慌失措，牧人迷失在荒原。

风还不尽兴，扔下石子，裹挟着盐尘继续向东跑，顺路捎上古尔班通古特沙漠的黄沙，一起往博格达峰奔去……

一天又一天，大风越来越频繁地光顾艾比湖。年均 160 多天的 8 级以上大风，卷起 480 余吨盐尘向东南飘散，最远能将盐尘吹到乌鲁木齐。

昔日草木茂盛的野生动植物乐园，成为中国西部沙尘暴发源地之一。

向大自然贪婪索取，人类终将付出代价。

五

所幸，努尔木汗和古丽汗新婚伊始，艾比湖也迎来了新的转机。

逐渐恶化的生态环境引起各级党委政府高度重视。2000 年 6 月，自治区人民政府批准划定建立新疆艾比湖湿地自然保护区。两年后，新疆艾比湖湿地自然保护区管理站成立。

一辆破旧的北京吉普摇摇晃晃地开进科克巴斯陶，跳下来几个满身尘土的林业干部。

他们拿来自治区人民政府的批复文件，给牧民讲清楚设立保护区的意义，告诉他们白梭梭树、肉苁蓉都是国家重点保护植物，不能砍挖，鹅喉羚、马鹿等都是国家重点保护动物，不能打猎。他们修路、架桥、打界桩，在艾比湖周边建起一个又一个管护站。

起初，牧民们也有抵触情绪。祖辈起就在这儿放羊，不挖肉苁蓉没有钱，不砍梭梭树没柴烧。脾气好的跟管护员玩游击战，脾气暴躁的甚至会直接跟管护员打架。但通过管护员长期耐心地解释与沟通，大家也渐渐明白了保护艾比湖生态环境就是保护家园、造福子孙后代的道理。

2007 年 4 月，新疆艾比湖湿地自然保护区升级为国家级自然保护区。同年 5 月，新疆艾比湖湿地国家级自然保护区管理局成立。

随着退牧还草、退耕还林工作进一步推进，科克巴斯陶的牲畜越来越少，全村仅剩 1000 多头（只），1000 多亩开荒地又逐渐撂荒。禁止采挖贩卖肉苁蓉，更是切断了相当一部分牧民的收入来源。生活难以为继的牧民们，有的转向经商，在居民点开小商店，有的流向城市打工。

努尔木汗和其他留守在科克巴斯陶的牧民，依然过着旧日的生活。

几年间，努尔木汗的女儿和儿子相继出生。为了不让孩子将来和他们一样以放牧为生，风餐露宿，夫妻俩和村里大多数牧民一样，愿意付出所有送孩子们去博乐市上学。他们在学校附近租房，由奶奶负责照料孩子们的起居。由于科克巴斯陶交通不便，全村的孩子从小便远离父母，只能在寒暑假或过年时回家。

科克巴斯陶牧民始终是博州党委、人民政府心头的牵挂。新疆艾比湖湿地国家级自然保护区管理局选派驻村工作队，为牧民提供技能培训，给予慰问帮扶，提供就业岗位，但由于这片区域与外界几乎隔绝，发展十分受限。

昔日的世外桃源已成为阻碍牧民融入现代化生活的藩篱。同时，过度放牧、乱砍滥伐对生态系统的破坏持续加重，牲畜连年的啃食践踏，使得湖畔植被难以恢复，野生动物失去家园。这严重影响了艾比湖湿地的生态系统平衡和生物多样性。

绿水青山就是金山银山。2015 年 11 月，经详细调研、多方协调，在充分尊重牧民意愿的基础上，博州党委、人民政府共同制定了《关于科克巴斯陶区域牧民安置工作的建议方案》。

对于愿意搬迁落户到阿拉山口市的牧民，全部纳入低保，原有住房按评估价给予补贴，为每户在阿拉山口市免费提供 60 平方米住房，组织岗前培训，安置就业，并积极协调牧民子女在阿拉山口市和博乐市入学。愿意再回托里县的，返回原籍。对于坚决留守的牧民，充分尊重，划拨草场，限制放牧区域。

几天后，第一批牧民办完户籍迁移手续，彻底告别科克巴斯陶，迁入阿拉山口市，成为城里人。

故土难离。努尔木汗和古丽汗陷入了复杂的思想斗争中，一边因为这么好的政策机遇欢欣鼓舞，一边又对世代生活的家园难以割舍。

对于从小在草场长大很少离开牧区的夫妻俩来说，转变身份融入快节奏的新生活，需要鼓起很大的勇气。

2017 年 8 月，努尔木汗卖了近 200 头（只）牛羊，搬离科克巴斯陶。

搬迁当天，努尔木汗心中五味杂陈，古丽汗和婆婆则忍不住流下眼泪。

六

从科克巴斯陶搬迁至阿拉山口市的 50 户牧民，分别被安置在幸福嘉苑和福馨小区。

小区名字直白地表达出人们对新生活的愿景——幸福、温馨。古丽汗和婆婆都很喜欢他们的新家。

新家在福馨小区，120 平方米，四楼，三室两厅。搬新家那天，古丽汗在每个房间转来转去，白色雕花廊檐，印满精致花纹的暖色壁纸，客厅巨大的板床上通铺着的哈萨克族风格的地毯……尽管家里每一处都是自己亲手布置的，她还是忍不住端详了一遍又一遍。

阳光从落地窗斜射进来，整个房间通透明亮，餐桌上精致的盘碟闪着金光。在低矮灰暗的土坯房里生活了几十年的古丽汗，感觉像做梦一样。

古丽汗做了一名保洁员。努尔木汗经过一番深思熟虑后，郑重提交了申请——他想当一名管护员，换一种身份继续守护自己昔日的家园。

在外人眼里，艾比湖周围都是荒漠，死一般寂静。而努尔木汗几乎熟悉这里每一种植物的生长习性，听得到它们在暗处拔节弄出的声响，也能辨别狐狸或者野猪隐蔽的呼吸。胡杨树下看在眼里的姑娘已娶为妻子，与芦苇荡边管护站里的管护员已处成兄弟……

艾比湖畔，有太多他割舍不断的牵绊。

一年后，努尔木汗终于如愿以偿，成为新疆艾比湖湿地国家级自然保护区管理局的一名管护员。两年后，古丽汗也追随丈夫来到保护区，加入管护员队伍。

从此，夫妻俩如影随形，在茫茫戈壁荒滩中，对抗着没完没了的狂风和无边无际的寂寞。一步一个脚印，守护着这片湖泊湿地。

很快，科克巴斯陶区域拉起铁丝网，实施封育保护。湿地恢复区内，卤虫捕捞活动全面停止，所有渔业养殖生产设施全部拆除，入湖河口湿地恢复 2 万亩。大家没日没夜地忙活，迅速在拆除的区域补种了 1000 亩梭梭树，提高区域内水源涵养和防风固沙能力。

一项项生态修复措施，以雷霆之势迅速铺开。这让努尔木汗和古丽汗夫妻俩看到了希望，也更加坚定了他们守护湿地的信心和决心。

艾比湖流域属于典型的温带大陆性气候，日照时间长，降雨量少，空气干燥。湖盆处于阿拉山口风道区，每年四五月份，大风频繁光顾。

夫妻俩骑着摩托车外出巡护，遇到大风，摩托车像喝醉了酒，一会儿从路中间跑到路边，一会儿从路边跑到路中间。没办法啊，风的力气太大，人争不过它。巡护一圈回来，两人前胸后背全是土，头发如荒漠里的芨芨草一样，除了眼睛眨巴眨巴还能看出颜色，整个变成了泥人。

最难熬的还是夏天，近 40 摄氏度的高温，把保护区变成巨大的蒸笼。即便是骑着摩托车，迎面吹到脸上的都是热风。头发永远湿乎乎黏在一起，汗水在脸上冲出一道道“泥石流”。

最麻烦的还是爆胎。保护区内遍布尖石子，锋利的灌木枝也能把车胎扎破。每个站点之间最少相隔半个多小时车程，遇到爆胎就得打电话向附近的管护站求助，若是走到没有信号的地方，只能把车硬推出来。

到了晚上就更不好过了，硕大的黑蚊子在空中形成一团团黑雾，让人看了头皮发麻。在外面稍微待一会儿，就被咬得满身是包。要是蹲个厕所，那可得想尽办法驱蚊，开始点蚊香，后来蚊香也不管用，夫妻俩就一起去，一个蹲厕所一个在旁边拿扇子扇蚊子，令人哭笑不得。

现在保护区内野生动物越来越多，除了鹅喉羚、狐狸、马鹿等美丽可人的生灵，野猪、狼等危险的野兽也很常见。

有一天，努尔木汗正在值班室窗前坐着，无意间往外一看，不由得倒吸一口冷气：狼群正蹲在不远处的瞭望塔下，直直地盯着他。努尔木汗顿时心跳加速，好在管护站的防盗网还算牢固。就这样对峙了一阵子，狼群大概没有找到什么突破口，转身走向荒漠深处。

在这个3000多平方公里的原生态自然保护区中，各种不确定的险情随时可能发生。所以，管护员管理手册中有明确规定，管护人员不得单独在林区巡护。

“不觉得辛苦吗？”听完夫妻俩的讲述，我忍不住问。

“不苦，不苦，”两人异口同声地说，“比以前放羊的时候好太多啦！”如今，他们的女儿在广州大学中文系读大三，儿子在博乐市读高中，母亲住在阿拉山口市的新家。老人家多年的疾病已经痊愈，他们的生活再没有什么不如意了。

夫妻俩言谈间洋溢的幸福感也感染了我，使我欢欣快乐。合上本子，我一身轻松地走进夜色中。

在这个以大风著名的地方，我一整天都没有见到风，它好像故意躲着我，悄无声息地蛰伏在荒原深处。夜晚的艾比湖更加宁静，夜幕低垂，明月千里，黑黢黢的远山岿然不动。

夜深了，枕着艾比湖均匀的呼吸，我仿佛成为生长在这片湿地的草木之一。踏实，安稳，沉沉入梦。

七

一轮红日刚刚蹿出地平线，夫妻俩已经收拾妥当。

昨晚我们约好，今天上午去科克巴斯陶。看得出努尔木汗很开心，特意换上了藏青色制服。

门前新修的大路宽阔平坦，我终于不必再担心轧到尖石头爆胎，车速也快了起来。一路上，可以清晰地看到植被分布的变化，先是低矮的芨芨草和骆驼刺，再往东走，是一米多高的梭梭树、红柳，自西向东植被越来越浓密，也越来越高大。

半个多小时后，一片胡杨林映入眼帘，努尔木汗露出了笑容，说道:“那就是科克巴斯陶！”

胡杨林中草木茂盛，高高低低的小胡杨苗肆意生长，舒展而自由。“这是5岁的胡杨！”努尔木汗笑着说，“我们搬走了以后慢慢长出来的。原来这里到处光秃秃的，一根草都没有！”

是啊，转眼已经搬迁5年多了，虽然已经没有了路，但努尔木汗依然闭着眼就能找到曾经的家园。“这里是房子，那里是羊圈，这个地方原来是墙……”他一一介绍院落布局。走到一棵粗壮的老胡杨跟前，努尔木汗从树洞里掏出一把生满红锈的剪刀，说:“这是妈妈以前剪羊毛用的，再也用不到了。”

正聊着，努尔木汗往旁边的灌木丛一指:“看，山鸡！”

那是一对漂亮的环颈雉，雄鸟一身光鲜艳丽的羽毛，唯独颈间有一圈白，长长的尾巴骄傲地竖立着。相对而言，雌鸟则显得颇为低调。它们并不怕人，看到我们围观也不在意，依旧漫不经心地来回踱步。

胡杨林南边，密密匝匝的红柳和一人多高的芦苇荡，牢牢挡住了视线，前方大约是湖，而我一点也看不到。

一串悠长嘹亮的鸟鸣打破寂静，几只黑色的大鸟从胡杨林上空经过，向湖心飞去。

望着鸟儿远去的影子，努尔木汗忍不住喃喃自语："太漂亮了！鸟也多了，马鹿也多了，野生动物都回来了，人搬出去是对的！"

据 2022 年编制完成的《新疆艾比湖湿地国家级自然保护区生物多样性报告》显示：目前保护区内野生动植物种类达 1096 种，动植物种类数量较上一次普查有大幅度增加。

艾比湖湿地是我国西北部内陆鸟类迁徙的重要通道。如今，随着艾比湖生态修复和综合治理取得显著成效，每年四五月份，聚集在艾比湖的水鸟约有 200 万羽。

这片曾被誉为"绿色迷宫"的湿地，逐渐成为更多野生动植物的乐园。

在科克巴斯陶，我终于看到了风长期盘踞的证据。

一股风把成片的胡杨脑袋吹歪，齐刷刷地朝东倾斜；一股风把梭梭树铁青色的枝干磨成利剑，斜斜地刺向天空；还有一股风，变成砂纸，将努尔木汗和古丽汗的脸庞反复摩挲，再潜入他们的骨髓，成为身体的一部分。

所以，他们说话也带着风，走路也带着风。即便风在荒漠里横冲直撞地撒野，也不能把他们怎么样。

那天晚上，古丽汗做饭用掉最后一颗土豆。在保护区一连住了 20 天，隔天他们要轮休，回阿拉山口。几年下来，古丽汗已经可以精准把控巡护期储备物资量。

次日一早，努尔木汗将黑亮的头发梳成潇洒的大背头，穿上格子衬衫和西裤。古丽汗脱去厚重的羽绒服，换上修身的呢子大衣和牛仔裤。这么一打扮，两人瞬间切换为城里的时髦人士。

努尔木汗望向妻子，眼神里有些愧疚。当年村里一起迁到阿拉山口的小媳妇们，早已成为标准的城里人，平时在干干净净的办公室上班，周末打扮得漂漂亮亮聚会喝茶。而古丽汗却陪着他回来，一头扎进荒无人烟的保护区，将一生最好的年华都埋在荒漠里。

对于丈夫的心疼，古丽汗则很坦然：丈夫在哪里，家就在哪里！更何况，这里本来就是他们世代守护的家园。

临走前，我终于鼓起勇气登上瞭望塔，看神秘的艾比湖。冰雪尚未完全消融，金黄的芦苇荡包裹着白色的湖面。湖面像一块巨大的璞玉，镶嵌在准噶尔盆地。

湖岸近处，钴蓝色的湖水辉映着天空。一群水鸟在水边起起落落，等待着一场春天里的盛大相聚。

◎王新梅

柯柯牙兄弟

前往木合旦·吐尔迪大哥的果园之前，我已经了解到“核桃兄弟”的一些故事。

故事的核心是：二十几年前，维吾尔族青年木合旦在自己生活并不富裕的情况下，将家里仅有的 1 万块钱借给了汉族青年赵武忠，帮助他渡过了生活上的难关。他们不是亲兄弟，也不是知根知底的老朋友或者老同学，甚至邻居也才做了不久。我问自己，如果邻居向我借钱，我会不会借给他？同样的问题我也问过别人，答案基本是否定的。人心叵测，不得不说这几乎是大家心照不宣的生存常识。钱是试金石，考验人品时常见的一条就是，你困难的时候是否有人愿意借钱给你。而今天我们要采访的恰是发生在温宿县柯柯牙镇的两个无亲无故的人之间，因为借钱而让友谊更加深厚的故事。

我们是下午抵达温宿县的。

南疆少水，但温宿县境内有天山山脉最高峰托木尔峰，它像一座天然的固体水库，到了温宿县感觉空气都是清新湿润的。进入柯柯牙镇，一路上被各种树木夹道护卫。那些树，有的年轻，细弱到一根手指即可拢住；有的年老，粗壮到抱个满怀也不能及。和穿得厚厚的我们相反，树在这个季节完全裸露，没有叶子和果实装饰，只能凭借树干猜测树种。树干发白的是核桃树；低矮且瘦骨嶙峋的是枣树；匍匐在木架上的则是葡萄树；样子最好看的是苹果树，青铜色的树干很有力量感，树梢也错落有致，别有风姿；还有新疆常见的白杨树也见缝插针地长在路边。我们几个人都是第一次来南疆农村，路两边的果树让我们目不暇接，又不时贪心地感到遗憾，要是夏天，这地方该有多美呀！陪同我们采访的阿克苏文联的杨老师说："之前可不是这样。温宿县虽然地下水丰沛，但土壤沙化严重，地表根本无法存留水。存不住水就种不了农作物。温宿县柯柯牙镇是阿克苏的风沙起源地，每年春天大风不断，浮尘蔽天，现在你们看到的那是多少人付出汗水的成果。"

从核桃树的密林穿进去，车继续行驶在水泥路上，质地坚硬的水泥路平展泛白，显得宁静朴素。还未下车，我们就远远看到前面站着两个男人，他们就是大名鼎鼎的"核桃兄弟"。他们倚树而站，早春的阳光温和地投在大地上，光影中的两张脸都带着淡淡的笑意。一个维吾尔族一个汉族，一胖一瘦，一高一矮，他们虽然没有血缘关系，但他们又似亲兄弟一般，有着一样温和的目光，一样憨厚的笑容，一样被核桃滋养、被风吹、被太阳晒得红黑的脸庞，还有同样结实和粗糙的双手，甚至将手挂在核桃树枝上的样子都是那么相似。可以猜到，那是他们在核桃园交流种植养护经验时，又或者闲聊家庭琐事时，重复了很多回的姿势。

来采访前，我设想过问题，我想问问木合旦大哥，是什么原因让他当年愿意借钱给赵武忠的；是否想过，钱借出去了能否要回来；借钱给赵武忠后，自己家是不是更困难了。满肚子的疑问在看到木合旦大哥的一瞬间就消失了。

事情还要从赵武忠说起。

20世纪90年代末，带着改变贫穷生活现状的想法，赵武忠从四川来到了新疆，在新疆生产建设兵团拓土块、盖房子，给老乡打过工，干过好多工作，却还是挣不到钱。家里有两个正长身体的孩子，妻子身体不好，眼看日子没有起色，家里人都劝他回老家。但折腾这么久，一点钱没挣上，赵武忠又不好意思回去。20世纪80年代，阿克苏开始实施荒漠绿化改造工程。2000年春天，进退两难的赵武忠听说了在柯柯牙种果树实行头三年不交税、给果农提供补助等优惠政策。抱着一丝希望，他和几个老乡一起来到了柯柯牙镇果林村。来了后，他傻眼了，这样的地咋能种树？回忆当年，赵武忠还是心有余悸，他脚尖踩地，右手掌撑开向下比画着说："这里全是戈壁滩，经常刮黑旋风。一刮风，衣服里、地里、家里都是沙子，眼睛都睁不开。"被狗追咬过的他还补了一句："野狗也多得很。"因为有优惠政策，老乡之间互相安慰，既来之则安之。不甘心就这样打道回府，赵武忠也留了下来。那年他承包了38亩地种植核桃树。镇里为了提高村民种植技术，开办了培训班。木合旦大哥也参加了培训班，那时候他的普通话还不像现在这么好，上课时，授课老师用了好多专业词汇，他听不太明白。赵武忠看出来后便主动找木合旦说话。一个问一个答，怕木合旦大哥还是听不明白，赵武忠就用手势比画，耐心地解答木合旦学习中的疑惑。赵武忠和维吾尔族同学交流时，木合旦主动当翻译。一周的培训结束后，两人便多了来往。

当时，温宿土质沙化严重，种地浇水，一会儿水就渗没了。来自天府之国的赵武忠第一次面对这种土壤，内心充满了竹篮打水一场空的无力感。屋漏偏逢连夜雨，当年4月又起了一场大风。风很大，一刮一整天，最猛的时候风力达到10级，风带着沙子、石头，仿佛无情的野兽要斩草除根，让人束手无策，只有躲在家里等风消停。“辛辛苦苦种植的苗子，一场风过后就折了大半。”赵武忠手指着地面讲述着，好似瞬间回到了当年，眼里闪过一丝无奈。那场风把赵武忠对生活的最后一点信心给刮没了。那是他人生中的至暗时刻。魔鬼一样的大风过后，赵武忠在核桃地里待了一下午，看着眼前的一片狼藉欲哭无泪，直到天黑才回家。他不是个懦弱之人，但接二连三的打击和失败使他心灰意冷。他准备离开柯柯牙，离开新疆。

木合旦大哥今年60岁，他浓眉大眼，脸膛儿红黑，整个人散发着长期干活儿出力之人特有的硬朗和壮硕，和瘦小的赵武忠相比，他魁梧的身板让我想起南疆大地上常见的胡杨树。胡杨树即使面对最恶劣的自然环境也能生长，不骄不馁，有着生活无法撼动和摧毁的定力。

木合旦大哥上过学，加上多年主动学习普通话，人也坦诚，我们交流得很顺畅。木合旦大哥家世代都在这个村子居住。父母的教育，生活的历练，使他很早就知道种地不仅要靠力气，更多是要靠脑子。他主动学习种植技术，热心肠的他还常常帮助身边的邻居。在培训班他结识了赵武忠，两家的核桃地相隔不远，他就常去地里找赵武忠聊天。在他眼里，赵武忠是个老实勤快的人。因爱人身体不好，赵武忠常常一个人从早到晚埋头干活儿。木合旦每次来到核桃地干活儿时，赵武忠就已经在地里忙活了，甚至比他还要晚归。承担了家庭所有重体力劳动的赵武忠瘦小单薄，木合旦劝赵武忠注意身体，不要太劳累。赵武忠总是眯着眼睛笑着说：“没关系，老哥，我能撑得住。”能撑住生活重压的赵武忠终究还是被那场无情的大风卷走了信心，决定要离开。木合旦劝说赵武忠留下来，但赵武忠已经下定决心。两人在核桃树下推心置腹话别后，木合旦回到了家。无论吃饭、休息，还是干别的，赵武忠灰心丧气的样子一直出现在木合旦的眼前，还有赵武忠那两个可爱的、一见他就亲热地喊叔叔的孩子，也浮现在他的脑海里。他像赵武忠一样变得心事重重起来。木合旦的母亲看出他有心事，问他怎么了。木合旦就把赵武忠的事情告诉了母亲，并吐露想借钱给赵武忠。木合旦的母亲帕旦姆是位善良的维吾尔族妇女，20 世纪 80 年代末，她就抚养照顾过邻居的孩子。在木合旦的母亲看来，这不算什么。那时候日子很困难，家里孩子又多，谁忙了顾不上孩子就请邻居看一会儿。木合旦回忆说，小时候，家里就经常有汉族孩子，他自己也被汉族妈妈照看过。被木合旦的母亲照看着长大的谢玉珍远嫁他乡后，隔几年还会回来看望她。母亲知道木合旦在想什么，她慈爱地看着木合旦说："互相帮助能让我们的心胸更开阔，你不是小孩子了，自己决定吧！"听了母亲的话，木合旦松了口气，不再犹豫。第二天，他就把家里仅有的 1 万元钱借给了赵武忠。

有了木合旦的帮助，赵武忠留了下来，买苗施肥，加上乡里补给的树苗，算是渡过了艰难时刻。可谁知第二年春天，一场冰雹加大风再次袭击了核桃地，仅生长了一年的核桃树苗很脆弱，几乎被剥了皮。一同来新疆的四川老乡遭灾后吐槽这儿的地啥也种不了，不愿再白费力气，纷纷打包回老家了。再次被打击，赵武忠第一时间并没有退缩，他向老家亲戚借钱，想继续补种树苗。木合旦大哥这样的榜样就在身边，他不相信自己会一直失败下去。但亲戚和老乡早都听说了他种核桃一次次失败，没有一个人肯借钱帮他。家乡的春天正繁花似锦，家人劝他知难而返。赵武忠不仅没得到援助，还被家里人说得心里七上八下，没了着落。再说眼下，没有钱哪来的农药和化肥？孩子马上要上学也需要钱，穷得一干二净的赵武忠又动摇了，回忆着过往经历的一切，当天晚上，他失眠了。

赵武忠的困难再次被木合旦大哥看在眼里。那天，木合旦也辗转反侧了好久，他知道赵武忠此时需要钱，只是家里仅有的 1 万元钱已经借给了赵武忠，还有什么办法呢？思前想后直至凌晨，他突然想到了一个好办法。第二天天刚亮，木合旦就匆匆奔向赵武忠家里。他带着赵武忠到了柯柯牙农资店，以自己的名义打了1万元欠条，买了农药和化肥给赵武忠。木合旦说："兄弟，你是个能干的人，我相信你，你一定可以把核桃树种好。"木合旦的话让深陷绝望的赵武忠心里一暖，眼眶发热。木合旦的善良和温暖使赵武忠种地的信心又重新树立了起来，也使他获得了巨大的精神动力，他第一次对阿克苏、对温宿产生了归属感。他决定哪儿也不去了，柯柯牙就是他的家。

再次站到核桃地里，赵武忠浑身都充满了干劲，他下定决心研究种植技术和管理模式，要克服一切困难把核桃树种成功，把日子过好，要对得起比亲兄弟还亲的木合旦大哥。2002年起，赵武忠边请教政府农口部门专业技术人员，边搜集种植经验，同时依靠木合旦的帮助，有条不紊地实施起种植计划。2002年、2003年满地捡石头，种油菜苜蓿，翻地改良土壤，撒农家肥。2004年维持收支平衡，直到2005年终于有了一笔5000元的收入。2006年，收益近5万元。钱到手后，他第一时间还上了借木合旦大哥的钱。之后，核桃树每年都给他带来丰厚的回报。阿克苏的核桃皮薄肉厚，营养价值高，渐渐在全国都有了好口碑，订单越来越多。2009年，核桃市场特别好，在县政府的组织和宣传下，来自四面八方的订单供不应求，赵武忠当年挣到了40多万元，成了远近闻名的能人，也成了四川老家人眼中的有钱人。

赵武忠不仅把自己的地照顾得井井有条，还帮助恩人木合旦大哥改良核桃品种。木合旦大哥园里的核桃树树龄大、品种老，核桃皮厚，亩产只能达到100公斤。在赵武忠的动员下，木合旦大哥接受了建议，开始嫁接核桃新品种。在如何做好病虫害防治，如何修剪背上枝、过密枝、长枝等问题上，两人有了分歧，他们各抒己见，商量出有效的解决办法。赵武忠的儿子说，那时候爸爸和叔叔就像班里的学生在讨论解答奥数题。

经过 3 年改造后，木合旦大哥家果园的核桃不仅质量优，亩产也提高到 300 公斤。随着年龄的增长，加之操劳过度，木合旦大哥得了心脏病，不能干重活儿，赵武忠有空就帮助木合旦大哥种地。十几年下来，依靠科学种植和互相帮助，“核桃兄弟”都在城里买了楼房，购置了小轿车，过上了富裕的小康生活。最让兄弟二人有成就感的是他们种植的核桃在“中国好果品”评比中获得了一等奖，为家乡、也为自己的核桃创立了品牌。现在他俩还帮助村里其他人种植增产。果林村和新疆许多地方的村子一样，各个民族都有，致富过上更美好的生活，是他们共同的目标。生活是最好的课堂，一起劳作一起生活，在长期的并肩作战中，会说维吾尔语的汉族同志和会说普通话的维吾尔族同志越来越多。维吾尔族谚语说：“与其跟糊涂人吃抓饭，不如跟聪明人背石头。”在大家眼里，“核桃兄弟”善良勤劳、聪明能干，是好人更是能人。如今，赵武忠的两个孩子也都像当年那些小树苗一样长大成人，先后在外地读完大学后又回到温宿县工作生活，并像父亲和他们的木合旦叔叔一样深爱着这片土地，为它的繁荣贡献着力量。

翻看《温宿县志》，柯柯牙镇曾是天山南麓阿克苏河与台兰河之间冲积台地上一片沟壑纵横、沙砾密布、盐碱严重、土地贫瘠、植被稀疏的荒漠。每逢大风，城内外房倒屋塌，庄稼损失，老百姓苦不堪言。经过二十几年的改造，从一棵树到一片林，再到一片林海，温宿县柯柯牙镇成为全国有名的防风固沙成绩显著的镇子，也赢得“中国核桃之乡”的美誉。

在柯柯牙镇，在一眼望不到头的田地里，各种果树整齐有序，经历了风沙洗礼的树干更加坚韧，似严阵以待的士兵，有抵抗一切的力量。这一切，是温宿县人付出汗水和努力的成果。恩格斯认为，只有人才给自然界打上自己的印记，因为他们不仅变更了植物和动物的位置，而且也改变了他们居住地的面貌、气候，他们甚至改变了植物和动物本身。毋庸置疑，温宿县一定有好多木合旦和赵武忠这样的好兄弟，他们互相帮助、相互成就，造就了绿色柯柯牙镇，促使整个温宿县“大漠绿屏”的实现和整个阿克苏生态环境的改善。

告别的时候，我再次凝望木合旦大哥的核桃园。离我们最近的田地边有两棵核桃树，一大一小，它们的树梢向天空伸展，相互交错，你中有我，我中有你。南疆春来早，很快它们将抽枝散叶开花，一起仰望星辰。

◎李佩红

一座古城和一个女人的24年

一

新疆的魅力不只在雪山、草原、沙漠、戈壁，还在于散布于广阔大地上的文明遗迹，它们是被岁月打磨的珍珠，无法拆解的历史谜团加深了它们的神秘感。

米兰古城就是这样一个让人去过还想去的地方。

巴音郭楞蒙古自治州若羌县县城80公里外的一片戈壁荒滩上，散落着各种各样的夯土废墟，有的是高低不一、久经风沙的土丘，有的是被红柳包裹的土包……它们是汉唐时期重要的屯田活动和佛教文化遗存。这里被称作米兰古城。

古代米兰是塔克拉玛干沙漠南面的一个绿洲城市，是丝绸之路南道一个繁忙的贸易中心，是进出中亚的重要通道。汉昭帝元凤四年（公元前77年），鄯善王尉屠耆请求汉朝派一将领兵到此屯田积谷，汉朝即派一司马和吏士40人屯田伊循。唐中期，米兰为吐蕃所占……

方圆 45.6 平方公里的米兰古城遗址保护区里有佛寺、佛塔、烽火台、灌溉渠道、古戍堡等遗迹，闻名于世的“有翼天使”壁画就出土于此地。2001 年，米兰古城遗址被列为全国重点文物保护单位。

米兰古城虽然距今已有 2000 多年的历史，但这片丝路遗址并不孤独，多年来一直有人守护。从 1984 年起，若羌县在遗址附近设立文物保护管理站，派专人驻站就地巡护。我第一次去米兰古城，就听说这里有个“劳道”的女人，她不仅是米兰古城遗址保护管理站的文保员，还是米兰古城遗址文化的“历史通”，古城里没有她不熟悉的地方，各个遗址她闭着眼睛都能找到。那天，车过米兰古城关卡时，见一中年妇女站在卡口，短发，脸黝黑，身体健壮，衣着朴素。大家没在意，直接前往古城。到了古城，一直没见文保员，同车的人方才想起，也许那位妇女就是我们要找的“劳道”人。

今年 2 月，我再次来到米兰古城遗址，终于见到了这位米兰古城最长情的守护者。她一路为我们讲解，米兰古城璀璨的文明画卷在她的描述里徐徐展开，将阳光中的微尘都照得闪闪发亮。

在她的引导下，一个个朝代向你走来，金戈铁马、大漠孤烟、滚滚麦浪、胡杨人家……

眼前的米兰古城仿佛立了起来，活了起来，人影憧憧，车水马龙……

她是米兰古城遗址一道耀眼的风景。我忍不住问:“你叫什么名字?”

“我叫高景莲。”

“你在这里多少年了?”

“到今年为止，整整 24 年了。其中，有 18 年我是孤身一人驻扎在这片荒无人烟的地方。”

“就你一个人看守?”我有些怀疑。

“是的，就我一人。”高景莲非常肯定地回答。

“你不怕吗？”

“还行，习惯了。”

我心想，这是对米兰古城多么热爱才能坚持24年啊！

高景莲笑笑说：“回忆起来，我自己都不敢相信，就这么一年又一年，一待就待了24年……”

阳光和煦、微风拂面，高景莲打开了话匣子。

二

高景莲出生在河南陕州区的贫困山区。那里地少人多，努力打工也就只能混个吃饱肚子，不知苦日子何时是个头。村里的年轻人大都去南方打工，但高景莲听说新疆大，好养活人，从没出过远门的她，于1999年夏天带着两个女儿随丈夫直奔新疆若羌县，计划在这里承包土地挣钱。

那一年，她31岁。

没想到的是，丈夫的朋友直接把他俩拉到一片荒无人烟的戈壁滩，指着一座座被红柳包围的夯土废墟说：“你们别承包土地了，要不就留在这里看守文物吧，每月工资150元。我给你们批一块空地，闲时还可以开荒种地，不也挺好？”

后来高景莲才知道，这儿距离若羌县城80公里，天高路远，买菜买面都成问题，谁也不愿意来。以前这里招过一位退休师傅。老师傅文物保护意识薄弱，想着来了就住两天，不想住了就回去，天高皇帝远的，一两个月也见不着一个人。事有凑巧，有一天他离开时忘了将入口栏杆上锁，在他离开的时间里来了两个日本人，幸好被前来检查工作的工作人员逮了个正着，才避免了偷盗事件发生。

此时的高景莲并不知道，这片高低错落的土丘居然是汉唐时期重要的屯田活动和佛教文化遗存。那天，天空湛蓝，她看着远处一个个红柳土包和久经风蚀的雅丹地貌，不禁怦然心动，有一种似曾相识的感觉。她恍然觉得，自己一定在哪里见过这般场景。

她对犹豫中的丈夫说:“我喜欢上这里了。”

就这样，夫妻俩留了下来，成为若羌县旅游局米兰古城遗址保护管理站的文保员。

可对米兰古城遗址最初的亲切感，很快就被一场接一场的风沙掩埋。尤其每年 2—6 月间，一场风刮两三天，大漠风尘日色昏，5 米开外的地方啥也看不清楚。无孔不入的沙子困扰着他们的生活，一觉醒来，桌子、被子上覆盖了一层沙子，人嘴里有沙子，菜里也总有洗不干净的沙子。高景莲怕了，她想回河南老家去。这次轮到丈夫劝她:“来都来了，再待一段时间看看。实在待不下去了，咱们再走也不迟。”

几年过去，大女儿上初中了，小女儿也快上幼儿园了，花钱的地方越来越多，4 口人每月靠他们俩 300 元的文保员工资，生活很是拮据。勤快能干的高景莲和丈夫就在房子旁边开了一块地，种菜、种西瓜，补贴家用。望着绿油油的菜，吃着清甜的西瓜，高景莲的心渐渐踏实了。

高景莲至今都记得自己在米兰古城遗址过的第一个春节。大年三十晚上，她炒了几个菜，包了饺子，全家人围着火炉吃了大肉白菜馅儿饺子。没有电视看，他们一家人就去古城里散步，他们收养的流浪小土狗屁颠屁颠地跟在身后。夜空没有月亮，却并不黑，天地之间，塔影憧憧，万籁俱寂，只有家的方向亮着一盏灯。高景莲长久地凝望着远处的灯光，心里像被什么柔软的东西打动了。

文保员的工作，是每天在相当于 6400 多个足球场大的米兰古城遗址里进行巡查，看有无非法闯入者及盗墓者。起初，夫妻俩骑自行车巡查，一天的工作结束后，身体特别疲累。尤其是大风天，自行车在沙地上根本骑不动。他俩便筹钱买了一辆摩托车。

那是2005年的一天，高景莲的丈夫天不亮就骑着摩托车去若羌县城上牌照。一路上，道路坑洼不平，天还黑咕隆咚的，啥也看不清。结果，摩托车撞到了路标上，丈夫不省人事。

丈夫离世后的那些日子，高景莲感到整个天都塌了。只要想到丈夫一天好日子也没过上，年纪轻轻就客死异乡，扔下她们孤儿寡母，她的心就像被掏空了一样。她想，活着的意义在哪里呢？高景莲止不住地哭，眼泪比大渠里的水还汹涌。多少次，她站在大渠上，想着只要眼一闭、心一横、身子往前一栽，就能结束这艰难的日子，随丈夫而去。可是，一想到两个女儿，高景莲的心又像被什么东西死死攥着，疼得她上不来气。

人死不能复生，日子再难也得继续过下去。

每天，她骑车接送小女儿到四五公里外的新疆生产建设兵团第二师三十六团上学，再巡查古城遗址、做饭洗衣、挑水种地。小女儿因营养不良常常生病，高景莲就用绳子把女儿往背上一绑，半夜三更骑摩托车往医院赶。戈壁滩伸手不见五指，四周寂静得可怕，只有她俩的喘息声。都说女人为母则刚，为了女儿，高景莲顾不上害怕。

直到2021年，米兰古城遗址保护管理站才通上自来水。在此之前，生活用水需要去大渠挑。水里经常有死老鼠、死鸟、垃圾、粪便等，常把高景莲恶心得直吐，但这是方圆百里内唯一的水源，要活命只有闭着眼睛喝。冬季，大渠断水，她就挑着铁桶去半公里外的副业连老乡家担水，后来副业连的房子拆迁了，人都搬走了，高景莲家吃水更难了。

到了秋天，高景莲带上两个孩子，赶着毛驴车去戈壁滩打柴。要打整整 7 车的柴，才够一个冬天使用。

每年 10 月至来年 4 月，米兰古城遗址几十公里内几乎看不见其他人，只有高景莲与两个孩子在戈壁荒滩孤独又单薄的身影。

前些日子，在若羌县工作的大女儿给高景莲发来信息：“妈妈，米兰再荒凉，有您在，那儿就是我的家！您是我心中最好的、最伟大的妈妈。”

高景莲看后哭了。接着，她又笑了。

三

丈夫去世后，巡查米兰古城遗址的工作就落在了高景莲一人身上。

“看着那些遗址，我的心情会好很多。虽然都是泥土，但仿佛它们也会说话。”高景莲说，她基本每天都会去巡查，如果一天没看见它们，就会觉得少点什么。

45.6 平方公里的米兰古城遗址，就是骑摩托车也要走很长时间。突遇沙尘暴时，高景莲用围巾包住口鼻，只露出两只眼睛，行驶在漫漫黄沙中。

周而复始的巡查工作看似普通，但除了需要极强的责任心和过人的胆量外，还要耐得住寂寞。一次，高景莲有急事，请了 3 天假外出，可事没办完，就被领导心急火燎地叫了回来。原来，临时去帮忙的一对夫妇，夜里怕得要命，第二天就悄悄卷铺盖走人了。高景莲顾不上办事，便匆忙赶回古城。

目前，在此发现的文物遗迹保存较完整的共有 15 座（处），其中古戍堡 1 座、佛塔 8 座、佛寺 3 座、烽燧 2 座、灌溉水利渠道 1 处。这么大的保护范围，靠高景莲一人巡查，困难程度可想而知。再加上这片戈壁荒滩中，到处是外形相似的土丘、红柳土包和久经风蚀的雅丹地貌，若遇上沙尘暴，很容易迷失方向。

一天清晨，高景莲赶着驴车独自去戈壁滩打柴，遭遇了一场沙尘暴，天地间瞬时飞沙走石，啥也看不清楚。这场沙尘暴太大了，高景莲迷路了，驴车一直在原地打转。高景莲的脸被沙子打得生疼，便把衣服脱下来蒙住脸，在红柳包后面躲了好几个小时，直到太阳偏西，沙尘暴势头减弱，她才回到了家。

在沙尘暴中迷路不算什么，最让高景莲忧心的，是会遇见狼。

“那天我骑电瓶车刚走到这儿，便看到沙尘暴像一堵移动的黑墙，正快速朝米兰古城的方向压来。我正准备返回，突然发现前方古戍堡墙下有一个黑影。我以为是盗墓者，便把车停下，朝那个黑影走去。这个黑影见我靠近，猛地站立起来，原来是一只健硕的狼，它趴在古戍堡的背风处躲避风暴。我顾不得多想，顺手抓了一块石头扔向它。还好，那只狼立刻窜得远远的。”高景莲说，“现在想想仍感到后怕。”

24 年的巡查工作中，除了遇见风沙和狼，高景莲记不清自己还遇到过多少非法闯入者和盗墓者。他们在黑夜的掩护下，企图将贪婪的手伸向米兰古城遗址的文物。受到严厉阻止后，他们对高景莲威逼利诱不成，便用最伤人最难听的话骂她。

“任他们骂去吧，邪不压正，这里的一小块石头他们也休想带出去。”高景莲态度坚定地说。

在高景莲看来，除了非法闯入者和盗墓者，对古城遗址破坏最大的要数风蚀。在风沙的侵蚀作用下，米兰古城遗址的形态每年都在发生细微的变化。这些细微的变化，高景莲能敏锐地察觉。

高景莲说：“这座伫立在茫茫戈壁、被风沙侵蚀着的古城，在我 24 年的陪伴下，越来越像一位熟悉的亲人。”

随着新疆交通运输的迅速发展，距离遥远不再是困难，来米兰古城遗址参观的人逐年增多。由于古城遗址处在保护阶段，一直没有完全对外开放，当然也就没有讲解员。参观者看到的只是一处处如黄土堆般残破的佛塔、佛寺及烽燧，便请高景莲给他们讲讲这里的历史。可高景莲一句话也说不出来，她红着脸婉拒了游客的讲解要求，游客遗憾的眼神深深地触动了她。

米兰古城遗址历史文化源远流长，文物考古专家都研究不透，学习这些，对农民出身、仅有初中文化程度的高景莲来说是非常大的挑战。

从 2014 年起，高景莲在工作之余，便有意识地学习有关米兰古城的历史知识，家里仅有的一张桌子上摞着许多书，抽屉里也放着书。这些书有一些是大女儿帮她在若羌县城的书店买的，也有游客寄来的。她只要一得空就看。学习中，高景莲遇到了许多困难，她对我说，因为米兰古城的历史资料极少，她只能从这本书上找两句、那本书上找两句。

“了解米兰古城的历史，越看越有意思。”高景莲说。

说到这儿，她指着一处上下两层的佛寺说，从外表建筑材料看，它只是红柳枝加土块建成的，进到里面，可以看到墙面泥巴抹得非常光滑，顶部是拱形的，没有一根柱子支撑，到现在千余年了仍然完好，不得不惊叹古人的智慧。

中华人民共和国成立后，米兰古城遗址分别于 1974 年和 1988 年进行过挖掘研究。2012 年，为配合古城抢救加固工程，新疆文物研究所对其进行了考古清理，发掘面积 2000 平方米，出土各类文物 300 余件。说起第三次考古发掘，高景莲两眼放光，嗓门儿提高了八度，说她很荣幸地参与了此次考古发掘工作。

“这座古戍堡是米兰古城遗址中一座较有代表性的建筑。20 世纪五六十年代，当地人还没有文物保护意识，居然把它当成了羊圈。古戍堡南北宽 56 米，东西长 70 米，有大小房间共 43 间，均为泥土结构，面积在 15 ~ 20 平方米之间，其中有一间房最深处达 2.4 米。古戍堡北部为一阶梯形大土坡，自低回处至古戍堡北墙依坡盖屋，屋为平顶，不见门洞。听专家说，它的构造形式有点像西藏的布达拉宫……”一说起遗址，高景莲便滔滔不绝。

如今，古戍堡的 42 间房都回填了，只有 1 间位于东北角的厨房没有回填，因为在里面发现了古代的粮仓。古人很聪明，为了防水防潮，在粮仓下面铺上完整的羊皮。一个粮仓里是谷子，另一个粮仓里是小麦。谷子和小麦看起来好好的，但是抓起来的瞬间就飘走了，因为全都碳化了，只剩下空壳。厨房里有擀面杖、盘子、碗，盘子和碗都是用胡杨木雕刻成的，这里再现了古人屯垦戍边的生活场景。

“在此处的挖掘现场，我发现了一块黄玉和一只葫芦。我把黄玉拿在手上对着太阳看，它晶莹剔透，像流动的水。那只葫芦上面系着黑色的羊毛绳子，时间太久，绳子腐朽了。我用手托住葫芦小心翼翼地挪动，在晃动中，我一直盯着它两边深深的勒痕……”高景莲说。

那些日子里，高景莲每天跟着考古专家参与考古发掘工作，听他们讲米兰古城的历史。她觉得自己也像是在挖掘一座宝藏，打开宝藏的那一刻给她带来的惊喜难以用语言描述。

历史上的米兰古城，是古丝绸之路重要的商贾集散地之一。高景莲常常站在古戍堡的土墙下，想象自己正站在人声鼎沸的街市中，看人民安居乐业、商贾生意兴隆……

随着对米兰古城遗址的了解进一步加深，高景莲分得清戈壁滩上哪些是土丘、哪些是汉唐遗址，知道墙垛口上的红柳还是不是老样子。她会告诉你，哪里不久前还是一大片耕地，哪里曾经是米兰河经过的地方……

四

从两眼一抹黑到了解，再到热爱，直至痴迷，日积月累中，高景莲对米兰古城遗址的故事如数家珍。从 2014 年起，她主动为前来参观的游客当起义务讲解员。肚子里有故事是一回事，能绘声绘色地讲出来是另外一回事，表达能力同样需要胆量和长期锻炼。刚开始高景莲有些紧张，讲解得不是很连贯，语气也因紧张而发颤。随着时间的推移，讲的次数多了，她慢慢有了经验，有关米兰古城的故事、时间、地点、数字全都刻进她的大脑中，讲解越来越全面生动，得到了来自全国各地的参观者的认可和尊重。渐渐地，她成了米兰古城的“名人”。来参观的游客多了，在偌大的米兰古城遗址从早到晚转下来，她讲得口干舌燥，双腿像灌铅一样沉重。晚上，她拖着疲惫的身体回到家里，饭也没力气做，靠床就睡着了。

有时候高景莲也会感到委屈：自己只是文保员，并不是讲解员，这不是自己给自己找累受吗？可转念又想，新疆地区文化是中华文化的一部分，自己是在身体力行地传播中华文化，让更多的人走进新疆、走进若羌、走进米兰，促进文化交流和旅游发展。这么一想，就释然了，再苦再累也心甘情愿。

斜阳照耀遗址，大地上万物涂上了一层金光，美得惊心动魄。高景莲忍不住给老家的朋友发了一段视频。

“哎呀，这么多年我以为你在新疆挣大钱呢，你怎么住在这么荒凉的地方？快回来吧，太可怜了。”朋友看到视频后惊讶地发来一串语音。

高景莲咯咯地笑了："你不懂，我的生活虽然不富裕，但是，我很快乐，精神上很满足。"

年轻时，高景莲性格要强，脾气犟，现在她的性格变了，变得平和了。高景莲心里清楚，是新疆改变了她。新疆对她而言，是新的故乡，更是灵魂的安放地，让她活出了自己喜欢的样子。

现在高景莲每月工资4000多元，大女儿大学毕业后在若羌县工作，小女儿在石河子上大学。去年，若羌县文物局分来了一名维吾尔族和一名回族文保员，加上高景莲，他们共同守护米兰古城遗址。

如今的遗址保护管理站，从过去的土坯房变成了整洁舒适的砖房，还配备了通信设备和电视机，彻底告别了过去与孤灯相伴的生活，条件好了很多。更让高景莲欣慰的是，从2020年起，若羌县实施了米兰古城遗址旅游基础设施建设项目。目前，游客服务中心已建设完成，不久的将来，米兰古城遗址作为以文化为主线、自然为载体的考古遗址公园，就要对全国游客开放了。

"希望到时候我能做个兼职导游，把米兰古城遗址背后的故事讲给更多人听。"高景莲说。

◎熊红久

水润伽师

一

对于新疆喀什地区伽师县而言，2021 年 5 月 20 日是一个难忘的日子。这一天，来自慕士塔格峰的冰川雪水跨越上百公里的主管网，汩汩地流进伽师县城，又通过 1000 多公里的支线流进乡村，流到每一户家庭，结束了数百年伽师县百姓吃苦咸水的历史。这一天，从乡村到县城，欢声笑语像盛开的花朵。在明媚的阳光里，在嫩绿的白杨树下，在葡萄长廊间，老人们端着用甘甜的水泡出的香茶，姑娘们端出用清水洗净的水果，孩子们举着水枪，把吉祥如意的清水洒向人群。人们跳起麦西来普，载歌载舞，庆祝这得之不易的幸福。多少代人的期盼，终于在国家的脱贫攻坚战中得以实现，这一天必将载入史册！

也是这一天，暮色初降之时，一辆汽车急速驶离了灯火通明的伽师县水利局办公楼，朝着喀什方向疾驰。

副局长王磊的声音带着哭腔："刘局长，你早就同意的，只要一通水，你就住院！你看看，自己都病成啥样了？”

副局长阿巴斯·斯迪克紧紧握着刘虎的手，眼含泪水：“刘局，你看看自己瘦成啥样了？你不能再大把大把吃止痛药了，赶快治好病，水利局需要你，伽师县40多万人民需要你！”

刘虎的头无力地枕在车座椅靠背上，说：“我说了不要紧，等把手头的工作做完，再去医院也不迟。今天虽然通水了，但后续工作还有很多呢！”

“绝对不行，你的化疗都耽误半年了。”司机吾斯曼·热合曼抹了一把眼泪，将车开得飞快。

车子停靠在喀什地区第一人民医院停车场。

王磊和阿巴斯架着刘虎，直奔呼吸与危重症医学科。主治医生解承鑫已经等在那里了。刘虎问：“解医生，我父亲住在哪间病房？”

解医生神色凝重地说：“你父亲可能时日不多了，我把你安排在他隔壁的病房，方便你探望。”

“不，解医生，把我和父亲安排在一个病房吧！”

已经昏迷好几天的老人，在5月21日清晨忽然醒来，发现旁边床上躺着一个人，便问守在一旁的老伴儿：“那个人是谁？”老伴儿俯下身子说：“刘虎呀，你的儿子！”

老人费力地扭过头，声音颤抖着喊：“虎……子……”将颤颤巍巍的手伸向儿子。刘虎坐起来，攥紧父亲的手，半跪在床前，愧疚地说：“爸，儿子来看您了，儿子来晚了。”

老人紧蹙的眉头舒展了些，问：“虎子，那件事情办完了？”

“爸，办完了。您儿子把全县喝水的事，解决了！”

“喝水的事情解决了，可你的病，却耽误了。”两行混浊的泪水落在枕巾上。

“爸，我这不是来了吗？儿子有时间陪您了。”

刘虎正想讲讲群众喝到甜水的快乐场景，却被父亲剧烈的咳嗽打断。随后，老人又陷入昏迷中。刘虎也感到了自己身体的剧痛，却依然紧握着那只青筋凸起的手，仿佛一松，自己就再没有父亲了。

那是父子俩的最后一次对话，那晚之后，父亲一直高烧不退，再也没有清醒过。24 日一早，人就走了。

二

刘虎是土生土长的新疆伽师县人，打记事起，就陪着哥哥姐姐去村头的涝坝担水吃。所谓的涝坝，就是一个大水坑，四周长满芦苇。混浊的水里不但有癞蛤蟆、大量的蚊蝇，还有枯枝败叶和垃圾脏物。担水的人顶多用纱布过滤一下，再撒一把碱，沉淀一晚，第二天做生活用水，又苦又腥，难以下咽。即使这样，涝坝依然是全村人的生命线。由于人畜共饮、污染严重、病菌滋生，许多村民得了肺病、结石病、伤寒等，牙齿松动、脱发掉发是常态，妇女更是被不孕不育所累。有些新生儿一出生，就患有结石病。由于缺水，家里一年也洗不了几次衣服。只有到春节前，才烧一盆水，用毛巾擦擦身子。姐姐先来，然后是哥哥，轮到刘虎，水都成灰黑色了。

1982 年，8 岁的刘虎第一次离开伽师县。在乌鲁木齐火车站，背着行李走在前面的母亲忽然发现儿子不见了，着急寻找时，刘虎从一间水房里跑了出来，衣服头发都湿透了，冲着母亲兴奋地大喊:“妈妈，这里的水是甜的，特别甜！和咱们那里的水不一样，你去尝尝。”刘虎又追问:“妈妈，咱们啥时候也能吃上这样的甜水啊？”母亲抚摸着儿子湿漉漉的头说:“等你长大了，或许就能吃上了。”

1995 年春天，伽师县人民终于等来好消息，轰隆轰隆的钻机声，在全县响起，一共打了 62 眼机井。清澈的地下水从一口口井里涌出，担水的水桶排成了长队，花花绿绿、大大小小，成为一道别致的风景。涝坝都被填埋了，种上了果树。县城马路边也栽种了白杨树、核桃树、苹果树，修建了小广场。水让伽师县陡增了无限的生机。

好景不长，秋季的一天夜里，雷声隆隆，风雨交加，大地为之颤动。伽师县处在地震带上，历史上所经历的大大小小的地震不计其数，这一次的地震达到了6级。第二天，抽出的井水混浊不堪，一尝，又苦又涩。送去化验，氟化物、硫酸盐和砷的含量大幅超标。地震造成地下岩层断裂，地下水受到污染，已经不适合饮用。然而，对伽师县而言，他们没有选择，地上地下都找不到干净的水。天不佑人，人奈天何？在健康和活着之间，伽师人只能选择后者。

水，又一次扼住了全县人的咽喉。

三

2016年10月，刘虎任伽师县水利局局长，这一年他42岁。1.8米的大个子，80多公斤的体重，结实的双腿，健壮的臂膀，走起路来风风火火，摩托车骑得风驰电掣。在不到两周时间里，全县的水利站点，他跑了个遍。单位小会议室的灯光，每天都亮到深夜，桌上铺满了全县的水利施工图，都是关于水库设计、渠道建设、管网布置、农田灌溉等方面的。人们发现，新上任的局长对水利事业有着超乎寻常的热爱。

这一切让副局长阿巴斯深受鼓舞。这个同样出生在伽师县的维吾尔族汉子，对农村缺水的记忆也刻骨铭心。自己儿时的好伙伴就是吃涝坝水得了急性肺炎死了，他哭了好几天。1986年，14岁的阿巴斯去了喀什，第一次喝到了干干净净、没有馊味的自来水，当时就暗下决心，要好好努力，让家人也能喝上干净的水。他高考第一志愿就报了南京河海大学水利工程专业，毕业后，义无反顾地回到家乡，立志为家乡的水利事业做贡献。

同样热爱水利事业的，还有办公室主任吴红梅。她也是河海大学水利专业毕业的，高考时只填报了这一个志愿。她说："我之所以选择学水利，就是想让爸妈有生之年能喝到好水，他们太苦了。"还有努尔·马木提也是河海大学的高才生。伽师县水利局会聚的这一群人，似乎都有一个共同的心愿：一定要让亲人们喝上甘甜的水。

对于国家级贫困县而言，打赢脱贫攻坚战是伽师县不能输的战斗。2017 年 2 月，在脱贫攻坚战的关键时期，刘虎主动申请到单位帮扶的古勒鲁克乡欧吐拉古勒鲁克村担任驻村第一书记。

驻村后，他每天都把鲜红的党徽戴在胸前，从没摘掉过。第一个月，他就马不停蹄地访遍了全村农户，掌握了第一手资料。他能用流利的维吾尔语与村民谈心、了解情况，更能与群众吃住在一起、劳动在一起，大家很快就向他敞开了心扉。

一次下地劳动，他发现村里用于灌溉的居然还是毛渠。这里本来就是沙土地，这要渗漏掉多少水？他立刻向上级反映，技术人员很快就赶来查看，当月就修了一条防渗渠。

2017 年 4 月，入户走访过程中，村民们发现刘虎书记经常咳嗽，吃了很多药也不管用，村干部劝他去医院检查一下，他说春耕太忙，等全村的棉花都播种完了再去。一直拖到 5 月中旬，在队员们的强烈要求下，他才去喀什地区第一人民医院看病。拍片子后发现肺部有问题，再活检，确诊是恶性肿瘤，直径已达 7 厘米。刘虎拒绝了手术，说自己还在驻村，不能耽误工作，还是以化疗为主。一个疗程 21 天后，主治医生解承鑫高兴地告诉刘虎，效果很好，肿瘤已经缩小了三分之一，让他一定坚持每月化疗一次。

回村的路上，刘虎告诫司机，就说自己得了肺炎，不能透露实情。

回到工作队，刘虎专门做了大盘鸡，感谢他不在的这段时间里队员们的付出。为了显示自己没问题，他还招呼大家一起打篮球。

此后，刘虎每个月去一趟喀什，晚上去，一早就赶回村里。为了省时间，去之前他总要给妻子打电话，让她把住院手续办好，把药准备好。妻子就在医院等着他，陪他化疗，第二天又眼泪汪汪地看着他走。

他一直瞒着大家，每天工作十几个小时。一同下来驻村的努尔·马木提曾怀疑过，询问司机局长的病情，吾斯曼强忍着泪水，说不知道。吾斯曼打心眼儿里敬佩刘局长，明明是肺癌，却像好好的人一样工作。化疗的副作用，恶心、呕吐、口腔溃疡、食欲不振、便血、心律失常，他都坚强地承受了下来。

“刘虎，喀什医疗条件差，你来回跑，也不是治病的办法，咱们干脆去上海、北京治吧？”妻子宋桂荣终于忍不住，哭着恳求他。

“在哪治方案都一样，喀什的医院跟北京、上海的医院都有合作，治疗方案都是咨询过大医院的。到外面治还耽误时间，我们就在喀什，工作、治疗两不误。”刘虎的轻声细语中有着不容反驳的坚定。

回到村里，村干部转交给他一封信，是在伊犁师范大学读书的凯力比努尔·赛来写给她父母的。由于她家是贫困户，没交足学费，学校催得紧，她想放弃读书，回村务农。刘虎找到孩子父母，坚决支持孩子读书，说自己一定想办法。3 天后，刘虎把 6000 元学费寄给女孩，还写了信，鼓励她先好好读书，然后再回来建设家乡。

一次，贫困户艾尼·买买提的儿子阿尔曼·艾尼眼睛突然看不见了，家人找到刘虎，他不但帮忙联系上了乌鲁木齐眼科医院，还把 5000 元塞给艾尼，说一定要把孩子的病治好，不用担心家里的 50 亩地，工作队会安排好的。一个月后，阿尔曼的眼睛被治好了，还参加了当年的高考，考取了新疆现代职业技术学院医学化验专业。刘虎又继续支持，帮他凑足了 9000 元学费，还给他买了行李箱，希望他早日学成归来，为家乡做贡献。刘虎还帮助村民托乎提 · 吐地开了商店，给阿米娜 · 肉孜安排了公益性岗位，给图尔迪 · 卡斯木老人送菜苗子……驻村两年期间，很多家庭都得到过刘虎的帮助。

2020 年 9 月，刘虎已经离开村子回单位上班了，听说村民凯米拜尔尼沙 · 卡伊利的小儿子考上了大学，但学费不够，便立即给驻村工作队队员努尔曼古丽转了 5000 元，委托她转交给凯米拜尔尼沙，还告诉她，如果孩子以后再遇到困难，一定要告诉自己。

四

2019 年 2 月，在喀什地区水利局，王博局长紧紧握住刘虎的手说:“刘虎同志，告诉你一个好消息，自治区正式批准了伽师县城乡饮水安全工程方案，总投资 17.49 亿元，跨越 3 个县，干支管线总长 1827 公里，这可是目前我国投资最大的单体水工程。要求 2020 年 6 月前必须通水。”看着因病消瘦的刘虎，他又补充了一句:“这本来是 3 年的工程量，可脱贫攻坚不能等啊！留给你的只有 16 个月，担子很重啊！刘虎同志，能否啃下这块硬骨头？我最担心的，是你的身体……”

“王局长，我身体没问题。”怕局长不信，他紧握拳头在空中挥舞了几下，又原地跳了一圈，说，“局长，我这一辈子就等这件事了。我在伽师长大，从小就喝涝坝水，我知道伽师人对甜水的渴望。拼了命，我也要把它干好！”

王博紧抓刘虎的双肩晃了两下:“我就知道你行。一定要保重身体！”

在赶回县城的路上，刘虎把这一喜讯告诉妻子，电话里激动的语气完全控制不住:“桂荣，我的人生能完成这件事，值了! ”

早在一年前，还在驻村期间，他就开始谋划此事，时常带着县水利局的工程师和设计人员去寻找水源，先是把发源于喀喇昆仑山脉的叶尔羌河、发源于撒里科勒斯山北麓的盖孜河、喀什噶尔河的上游支流克孜勒苏河等方圆数百公里的河流、水道跑了个遍，又颠簸在崎岖的山道，勘察莎车县、阿克陶县、喀什市可能有水源的广阔地域。车里放的最多的就是干馕和止痛药。有时赶不回来，他就在车里睡一宿，好几次错过了化疗时间。经过全面考证，最后确定水源取离伽师县 120 公里的盖孜河。这条河主要由慕士塔格山、公格尔山等高山冰雪融化而成，水质清澈，达到了国家一级标准。在不同季节不同的点位进行检测，最后的结果都高度一致。即使在冬季枯水期，也有每秒 12 方的流量，完全能保证全县用水。

专家团队经过反复论证和现场调研，最终同意了刘虎提出的方案，上报自治区。

五

一个月的时间，县水利局各部门加班加点，完成了 65 个标段 105 个合同的招标和签订工作。白天开招标会，晚上签合同，上百个本子，近万页材料，刘虎都要审核、把关、签字。

整个工程和每个标段的情况，他都要了解、掌握，并及时协调各标段进度。工程进展的情况要向上级汇报，上级的相关要求要及时传达给每一个标段。他还要协调处理一系列突发的难题：穿铁路、公路要与交通运输部门协调，国道、省道、乡道归不同的部门管理，要分别沟通；穿越百姓的田地或者院落需要做工作；现场的垃圾要及时处理；农民工工资没有拿到手，要去协调；每一笔需要支付的进度款，都必须项目法人审核签字。

有时候一天要步行 20 多公里，寻找最佳的管网布线方案。每天晚上还要开会，分析白天的问题，部署下一个阶段的工作。刘虎经常顾不上吃饭，开完会才觉得饿了，都凌晨一两点了，只好给哥哥打电话，让他送几个馕过来。时间再晚，他也要在办公室把第二天的文件审核完，才能安心睡觉。

2019 年 5 月的一天，凌晨 5 点，一位施工单位负责人被叫到灯火通明的水利局，刘虎对着一大堆资料，特别细致地问了许多问题，直到弄清楚才让他走。大家看到他脸色苍白，黑眼圈特别明显，嘴唇乌黑，还以为是一夜没睡累的。谁能想到，他在和重病做着激烈的斗争。很多次，会都开到了凌晨四五点，他依然是早晨 9 点就起床，再赶往心里牵挂的工地。吾斯曼经常含着眼泪开车，这种工作强度正常人都受不了，何况他一个癌症病人。有一次，看局长睡着了，他悄悄把车停下来，刚停，刘虎就醒了，还批评他耽误工作。这之后，刘虎一上车，就给他规定到达时间。

2019 年 6 月，输水管道要穿过一片树林，碗口粗的白杨树、榆树在盐碱地至少生长了十几年，施工队为了赶工期，建议砍掉。刘虎坚决不同意，他知道绿树对沙漠腹地的重要意义，便要求施工人员将树连根挖起，移栽到旁边。3 天时间里，刘虎一直在现场指挥，没有伤到一棵树的根，全部移栽成活。工程监理事后感叹：“没见过这么爱树的人。”

2019 年 7 月，在卧里托格拉克村输水支管道施工现场，刘虎发现砌流量井的混凝土里竟然掺有泥土。平时脾气好，对谁都和颜悦色的他，此刻却像点燃的爆竹：“咱们改水工程，任何一个环节都容不得半点瑕疵，立即拆掉重砌！”当晚，他召集紧急会议，形成决议：

凡涉及乡村级的项目验收，必须由施工方、水利局负责干部和镇干部三方到场，查验签字后方算有效。这个制度实施后，每到一处，刘虎还是千叮咛万嘱咐地对施工人员说：“干不好，我们都是千古罪人！”

施工最难的是穿越盖孜河，工程队选择在河水流量最小的 9 月份开挖。河床宽 300 多米，下挖 9 米，55000 方的土方量，2300 方的混凝土量，42000 方的回填量，工期只有 20 天，这几乎又是一个无法翻越的高山。刘虎每天都会到现场，盯着导流渠的开挖工程，指挥围堰修筑，指导预制构件的生产，看着大型水管置入河底，全程监督混凝土浇灌筑牢。他与技术工程师一起钻进钢管里，查看无损探伤超声波的检测，看到全部焊点都达到 100% 才放心。等大家爬上大坡，却没见刘局长上来，赶紧下去找，才发现他已经昏倒在管道口，身子蜷缩在一起，不停抽搐。刘虎被抬到车上，吃了止痛药，缓过来的他坚决不去医院，让司机将他直接送到单位，说还有重要工作研究。

2020 年初，突如其来的新冠疫情打乱了正常的生活节奏，更让伽师县任务重大的改水工程雪上加霜。

原定项目人员 2 月 10 日全部到位的计划，不得不延后。刘虎眉头紧蹙，改水工程不能延迟，决不能等。他立即向上级请示：外省技术人员到不了，就组织当地施工人员复工，确保工期。他的请示得到上级批准，一场举全疆之力支援伽师县城乡饮水安全工程建设的大会战全面打响。一支支力量从四面八方赶到现场，一个个问题在相互支持中逐一解决。

2020 年 3 月 1 日，开始动工建设总水厂，刘虎与设计人员、建筑工人一起住在简易彩钢房里。新疆的 3 月还在寒冬里，彩钢房里没有暖气，十分寒冷，使得他的身体经常疼痛难忍。有时受不了了，他就吃一大把止痛药，继续工作。在所有人眼里，刘虎比正常人更具抗压能力。

2020年4月的一个傍晚，部分管道开始试水，刘虎和阿巴斯等人步行巡检到疏附县布拉克苏乡克孜坎特村时，发现田地里有水。此时农民还没有开始春灌，一定是排气井出了故障，刘虎立即指挥现场查疑。工作人员将水泵抬到现场，但设备太小，抽水量不够，排气井一直向外溢水。刘虎急了，脱下衣服就要下水查看，被同行人员抱住。他只好打电话联系更大的水泵。春寒料峭，副局长阿巴斯让刘局长先回去，自己保证处理好，向他报告，刘虎却坚决不走。直到两台大水泵运到，在泥泞中工作到凌晨4点，排除了故障，他才放心地离开。

六

刘虎最后一次化疗，是2019年12月10日。解医生通过片子告诉他，效果非常好，肿瘤已经缩小到2厘米，再坚持半年，一定能彻底消灭。

这个阶段正是水厂建设规划和设备采购论证的紧要时期，刘虎接到姐姐刘慧的电话，姐姐哽咽着告诉他，父亲检查出了肺癌，是晚期，医生说活不过半年……刘虎跌坐在椅子上，可面前还有堆积如山的图纸、资料、报表、设备清单……哪一样都离不开他。实在抽不出空，他只好含泪恳求姐姐替自己多尽一份孝，等忙完这个阶段，他一定第一时间赶去看父亲。自此之后的5个多月，他不是吃住在工地，就是睡在办公室，再没有去过医院。直到通水，直到送走父亲。

刘虎的检查结果也出来了，癌细胞已经扩散到全身，他错过了最好的治疗时机。解医生心痛地告诉他，他今后要面对的，是剧烈的疼痛，是把牙齿咬碎也无法缓解的撕心裂肺的痛。

5月26日，办完父亲的丧事，刘虎又回到了自己的工作岗位。

他知道自己的任务还没有结束，通水只是饮水工程的开始，之后的工程验收、财务结算、水厂运转、水质检测、水流调配、工人培训等许多阶段性工作和制度性建设还在等着他。他在车里备了一大包止痛药，他已经算好了时间，要和死神赛跑。

6月的一天深夜，刘虎从二楼会议室往五楼办公室走，爬到三楼时摔倒了，怎么都站不起来，只好打电话让司机上来，把他背回办公室。他拒绝了司机要带他去医院的请求，只安排司机第二天给自己配一副拐杖。

7月的一天，刘虎和副局长王磊一起加班到凌晨2点多，抬头却看不清东西了。他以为是累的，就让王磊扶自己回办公室休息。第二天一早，刘虎打电话给王磊，交代了几件事就出去了。晚上又一起加班，刘虎轻描淡写地说:“医院诊断，我左眼失明了。”王磊一下子跳起来:“刘局，你赶快回去休息，明天就去医院，这里有我们。”刘虎笑着说:“看把你紧张的，左眼看不见了，还有右眼，没什么影响。我的病就这样了，工作时间再不能耽误了。”

10月中旬，刘虎在水库检查蓄水量时，忽然摔倒，再用力也站不起来了，被同事们紧急送到医院。经过检查，癌细胞已经侵入骨头，脊柱发生病变，他已经无法再站立了。面对这样的结果，刘虎十分坦然，因为有关饮水工程的后续工作，在他的日夜奋战下已经基本结束。他告诉医生，不住院，要回家陪母亲和妻子过一个安安稳稳的新年。

七

2021年2月25日上午，全国脱贫攻坚总结表彰大会在北京人民大会堂隆重举行，习近平总书记向世界庄严宣告我国脱贫攻坚战取得了全面胜利。

大会现场，主持人宣读了刘虎获“全国脱贫攻坚楷模”荣誉称号的颁奖词——

“工作起来，他是位‘拼命三郎’，意志坚定，百折不挠；群众眼里，他是位‘好巴郎’，心怀大爱，一心为民；同事之间，他是‘领航人’，领导有方，宽严并济。他，就是拼了命也要把甘甜雪水引入新疆伽师县的伽师县水利局原局长刘虎。”

同一时刻，刘虎正躺在喀什地区第一人民医院的病床上，哥哥刘军抱着一个平板电脑，将屏幕对着弟弟，陪他收看大会直播。刘虎深陷的眼窝里，闪烁着激动的泪光。一起观看完直播，新疆电视台记者问他：“若您去北京领奖，最想对总书记说什么？”刘虎断断续续地说：“总书记，我完成了您的指示，完成了党交给我的任务……解决了我们伽师县贫困人口饮水不安全的问题……为了结束伽师县 40 多万人民喝苦咸水的历史，我值了！”

大颗大颗的泪珠从刘虎消瘦到脱形的脸颊上滚落。癌细胞已经侵蚀到神经，刘虎的表达已经很费劲。这泪水是内心的奖章，衡量出了他生命的重量。

这段视频在新疆电视台播放后，令无数人动容。

那天大家走后，病房里只有刘虎、刘军兄弟俩。看着疲惫的刘虎，刘军还是忍不住问：“虎子，你现在最想做的一件事是什么？”

“想站起来。”

“站起来之后呢？”

“回到工作岗位上去，还有好多事情没有做完呢。”

最终，刘虎的愿望没能实现。2021 年 7 月 2 日，这个热爱水利事业、把水利事业看得比生命还重的人，走完了他为之奋斗的一生，年仅 47 岁。临终时他交代家人，要把自己的一部分骨灰埋在水库的大坝上，他要听着水流向千家万户的声音。

2021 年 11 月 16 日，代替弟弟从北京领奖回来的刘军来到刘虎墓前，把“全国道德模范”和“全国优秀共产党员”的证书摆在刘虎的遗像前，对他说:“虎子，你为咱县老百姓做的好事，国家都知道！全国人民都知道！”

八

2021 年 11 月 22 日，我们采访组来到伽师县水利局，办公室主任吴红梅告诉我们，新来的局长在干部大会上说，刘虎同志是他们永远的局长，他的办公室按照原有的样子，一直保留下去。

刘虎牺牲后，他的办公室一直保持着他在岗时的状态，每天有人打扫通风，堆满资料的桌面上插着一面五星红旗，窗台上两盆绿萝爬上窗棂，生机盎然，仿佛主人刚刚离开。

副局长王磊告诉我们，他是从新疆生产建设兵团勘测设计院来伽师县水利局挂职的，时间原定是一年，跟着刘虎摸爬滚打，至今已待了 3 年多，可他还不想走。

“刘虎局长不去看病，一方面是因为在整个大改水工程中，他的角色非常重要，从项目立项、跑设计、找水源、抓施工，他都全程参与，全面协调，每个标段、每个环节、每件事情，他都掌握，这样一个角色，如果突然离开岗位，中途换人，对整个项目的推进速度和工程质量，都将产生重大影响。他是一个有担当的人，责任让他不能离开，这个重点工程，必须按期保质保量完成。另一方面，我能感觉到刘虎局长对家乡充满热爱之情。他经常说，党中央、总书记都想着我们伽师人民，我们自己的党员干部怎么能掉链子。工作中他充满激情，能参与这样大的工程建设，他感到特别荣耀。

“我为什么到现在不离开？因为自己也全程参与了这项工程，刘局长牺牲后，掌握情况最全面的就是我了，我有责任留下来完成后面的工作。如果现在离开，是对工程的不负责，更有愧于刘局长的付出。为了这个工程，他连自己的生命都可以弃之不顾，我们再多干几年算什么！英雄不是用来说的，是用来学的。”

王磊的话让我再次感受到了榜样的力量。我想，没有人不珍爱自己的生命，没有人不想追求舒适的生活，但当个体的生命放在国家利益面前、放在 40 多万人的愿望前的时候，奉献，就会成为高尚者唯一的选择。